KB055492

인간 실격

人間失格

인간 실격

人間失格

웅진지식하우스 일문학선집 ②

다자이 오사무 — 허호 옮김

웅진 지식하우스

o

차 례

인간
실격

머리
말

나는 그 사내의 사진을 석 장 본 적이 있다.

한 장은 그 사내의 어린 시절이랄까, 열 살 전후로 추정되는 무렵의 사진으로, 수많은 여자들에게 둘러싸여 — 그 여자들은 누나와 여동생 그리고 사촌들이 아닐까 생각된다 — 정원 연못가에 굵은 줄무늬 정장을 입고 서서 고개를 30도 정도 왼쪽으로 기울인 채 밉살스럽게 웃고 있는 사진이었다. 밉살스럽게? 하지만 둔감한 사람들이 — 즉, 미적 감각이 둔한 사람들이 — 건성으로,

'귀여운 도련님이로군요.'

하고 적당히 칭찬을 하더라도 전혀 마음에 없는 소리처럼은 들리지 않을 정도의, 이른바 통속적인 '귀여움' 같은 데가 그 아이의 웃는 얼굴에 없지는 않다. 그러나 조금이라도 미적 감각에 관하여 훈련을 쌓은 사람이라면 첫눈에 즉시,

'정말 기분 나쁜 아이로군.'

하고 몹시 불쾌한 듯이 중얼거리며 마치 송충이라도 떨쳐

버리듯이 그 사진을 던져 버릴지도 모른다.

　정말로 그 아이의 웃는 얼굴은 보면 볼수록 어딘지 모르게 불쾌하고 기분 나쁜 느낌이 들었다. 그것은 도무지 웃는 얼굴이 아니었다. 그 아이는 조금도 웃고 있는 것이 아니었다. 그 증거로 그 아이는 양쪽 주먹을 단단히 쥔 채로 서 있었다. 인간은 주먹을 단단히 쥔 채로 웃을 수 없다. 원숭이다. 원숭이가 웃는 얼굴이었다. 그냥 얼굴에 흉한 주름살을 짓고 있을 뿐이었다. '주름살투성이의 도련님'이라고 말하고 싶을 정도로, 정말로 기묘한 그리고 어딘가 불결하며 이상하게 남들을 역겹게 만드는 표정의 사진이었다. 나는 이제까지 이토록 야릇한 표정의 아이를 본 적이 한 번도 없었다.

　두 번째 사진의 얼굴은 이것 또한 깜짝 놀랄 정도로 변모되어 있었다. 학생 모습이었다. 고등학교 시절의 사진인지 대학 시절의 사진인지 분명치 않으나, 하여간에 굉장한 미모의 학생이었다. 그러나 이것 역시 기묘하게도 살아 있는 인간이라는 느낌이 들지 않았다. 교복을 입고 가슴 호주머니에 하얀 손수건을 꽂고 등나무 의자에 앉아서 다리를 꼰 채 역시 웃고 있었다. 요번의 웃는 얼굴은 주름살투성이의 원숭이 웃음이 아니라 아주 교묘한 미소이기는 하지만, 그러나 인간의 웃음과는 어딘가 달랐다. 피의 무게라고나 할까 생명의 은근함이라고나 할까 그러한 충실감은 전혀 없고, 그야말로 새처럼 아니 깃털처럼 가볍게 백지장처럼 웃고 있었다. 즉 하나부터 열까지 가짜라는 느낌이었다. 같잖다는 말로는 표현이 부족하다. 경박하다는 말로도 부족하다. 기생오라비 같다고 해도 부족하다. 멋지다는 표현으로도 물론 부족하다. 그러나 자세히 보면 역시 미모의 학생 같기도 하면서 어딘가 괴담과도 같은 오싹함이 느껴졌다. 나는 이제까지 이렇게 기묘한 미모의 청년을 본 적이 한 번도 없다.

나머지 한 장의 사진이 가장 기괴하였다. 전혀 나이를 알 수 없다. 머리는 약간 백발인 듯하였다. 더구나 너저분한 방 — 벽이 세 군데 정도 무너져 있는 것이 사진에 뚜렷이 나타나 있었다 — 구석에서 작은 화로에 양손을 내민 채, 요번에는 웃고 있지 않았다. 아무런 표정도 없었다. 다시 말해서 앉은 채로 화롯불을 쪼이다가 자연히 죽은 듯한, 그야말로 끔찍하고 불길한 냄새가 풍기는 사진이었다. 기괴한 것은 그것만이 아니었다. 그 사진은 비교적 얼굴이 크게 찍혀 있었기에 나는 그 얼굴의 구조을 자세히 살펴볼 수 있었는데, 이마는 평범하고 그 이마의 주름살도 평범하였다. 눈썹도 평범하고 눈도 코도 입도 턱도 평범하였다. 정말로 그 얼굴에는 표정만 없는 것이 아니라 인상조차 없었다. 특징이 없는 것이다. 가령 내가 그 사진을 보고 눈을 감으면 곧바로 그 얼굴들을 잊어버릴 정도였다. 벽이나 조그만 화로는 기억해 낼 수 있지만 그 방의 주인공 얼굴에 관한 인상은 안개처럼 사라져 도저히 기억해 낼 수가 없었다. 정말로 특징이 없는 얼굴이었다. 만화로도 그릴 수 없는 얼굴이었다. 다시 눈을 뜨면 '아, 이런 얼굴이었구나!' 하고 기억해 낸 기쁨조차 없었다. 극단적으로 말해서 눈을 뜨고 그 사진을 다시 보아도 기억이 나지 않았다. 단지 불쾌하고 답답하여 눈을 돌리고 싶어질 뿐이었다.

아마 '죽은 사람의 얼굴'이라 하더라도 어딘가 좀 더 표정이나 인상이 있을 텐데, 인간의 몸에 말대가리라도 붙여 놓으면 이런 느낌이 들까, 하여간에 어딘가 모르게 보는 사람으로 하여금 소름이 끼치고 불쾌한 느낌이 들게끔 만들었다. 나는 이제까지 이토록 괴이한 사내의 얼굴을 본 적 역시 단 한 번도 없었다.

첫
번
째
수
기

너무도 부끄러운 인생을 살아왔습니다.

　저로서는 인간다운 생활이란 도대체 어떤 것인지 모르겠습니다. 저는 동북 지방의 시골에서 태어났기 때문에 기차를 처음 본 것은 상당히 성장한 이후였습니다. 저는 역에 설치된 육교를 오르내리면서도 그것이 선로를 건너기 위하여 만들어진 것이라는 사실을 전혀 눈치채지 못하고, 단지 그것이 역 구내를 외국의 놀이터처럼 복잡하고 즐겁게, 하이칼라로 만들기 위하여 설치된 것으로만 생각하고 있었던 것입니다. 오히려 저는 육교를 오르내리는 것을 제법 세련된 놀이로, 철도청의 서비스 중에서도 가장 그럴듯한 서비스의 하나라고 생각하고 있었습니다. 그러나 훗날 그것은 단지 손님들이 선로를 건너기에 편리하도록 설치한 계단에 불과하다는 사실을 알고는 갑자기 흥이 깨졌습니다.

　또한 저는 어렸을 때 그림책에서 지하철이라는 것을 보고 이것도 역시 실리적인 필요에서 고안된 것이 아니라, 지상으로 달리는 차를 타는 것보다 지하로 달리는 차를 타는 편이 신기하고 재미있는 놀이이기 때문이라고만 생각하고 있었습니다.

저는 어렸을 때부터 병약하여 자주 앓아 누웠습니다. 누워 있으면서 시트, 베개 커버, 담요 커버 등을 그야말로 쓸데없는 장식이라고 생각하였으나, 이것이 의외의 실용품이라는 사실을 스무 살 정도나 되어서 알고는 인간의 검소함에 눈앞이 캄캄해지며 서글픈 생각이 들었습니다.

또한 저는 '시장기'를 몰랐습니다. 아니 그것은 제가 의식주에 불편함이 없는 집에서 자랐다는 뜻이 아니라, 그런 멍청한 이야기가 아니라, 저로서는 시장기라는 감각이 어떤 것인지 전혀 알 수 없었던 것입니다. 이상하게 들릴지 모르겠습니다만 배가 고파도 저는 그 사실을 알아차리지 못하였습니다. 초등학교 중학교 때에 제가 학교에서 돌아오면 주위 사람들이, "자, 배고프지? 나도 그랬거든. 학교에서 돌아왔을 때는 참을 수 없을 정도로 배가 고픈 법이야. 콩조림 먹을래? 카스텔라랑 빵도 있어." 하고 법석을 떨기에 저는 타고난 아부 정신을 발휘해서 "배고파." 하며 콩조림을 열 개 정도 입에 넣었습니다만 허기가 어떤 것인지 전혀 몰랐습니다.

저도 물론 포식을 합니다. 그러나 허기를 느껴서 음식을 먹은 기억은 별로 없습니다. 진귀하다는 음식을 먹습니다. 고급스러운 음식을 먹습니다. 또한 남의 집에 갔을 때 나온 음식도 무리를 하면서까지 대부분 먹습니다. 그렇기에 어렸을 때 저에게 가장 괴로웠던 시간은 바로 우리 집의 식사 시간이었습니다.

고향집에서는 열 명이 넘는 가족이 전원 각자의 밥상을 두 줄로 늘어놓고 마주 앉아서 먹었습니다. 막내인 저는 물론 가장 아래쪽 자리였습니다. 식사를 하는 그 방은 어두침침하였기에 점심때가 되어 10여 명의 가족이 잠자코 밥을 먹는 모습을 보고 있노라면 소름이 끼칠 정도였습니다. 더구나 시골의 고리타분한 집안이라 반찬도 대체로 정해져 있어서, 진귀한 것이나 고급스러운 것은 기대할 수도 없었기에 결국 저는 식사 시간을 두려워하였습니다. 저는 그 어두컴컴한 방의 끝자리에 앉아 추위에 덜덜 떨며 밥을 조금씩 입에 쑤셔 넣으면서 '인간은 어째서 하루에 세 번씩 꼬박꼬박 밥을 먹는 것일까, 정말로 모두들 엄숙한 얼굴을 하고 먹는구나, 이것도 일종의 의식과 같은 것으로 가족들이 매일 세 번씩 시간을 정하여 어두컴컴한 방 하나에 모여서 밥상을 가지런히 늘어놓고, 먹기 싫어도 말없이 밥을 씹으며 고개를 숙이고 집 안에 떠다니는 영혼들에게 기도하기 위한 행위일지도 모르겠다.'는 생각이 들 정도였습니다.

밥을 먹지 않으면 죽는다는 말은 제 귀에는 단지 못된 협박처럼 들릴 뿐이었습니다. 그러나 그 미신은 — 지금도 저는 어쩐지 미신이라는 생각이 듭니다만 — 언제나 저에게 불안과 공포를 주었습니다. 인간은 밥을 먹지 않으면 죽기 때문에 살기 위해서 일을 하고 밥을 먹어야만 한다는 말처럼 난해하고 까다롭고 또한 협박 같은 느낌을 주는 말은 없었던 것입니다.

즉 저는 아직도 인간의 삶에 관하여 전혀 모른다는 이야기가 되는 듯합니다. 제가 지니고 있는 행복의 관념과 세상 사람들 모두가 지니고 있는 행복의 관념이 전혀 다른 듯한 불안, 저는 그 불안 때문에 밤마다 전전긍긍 신음하며 발광할 뻔한 적도 있습니다. 저는 도대체 행복한 것일까요? 저는 어렸을 때부터 정말로 자주 남들에게서 행복한 놈이라는 말을 들어 왔습니다만, 제 자신은 항상 지옥과도 같은 느낌이 들며 오히려 저를 행복한 놈이라고 말하는 사람들 쪽이 저와는 비교도 안 될 정도로 훨씬 안락하게 보였습니다.

저에게는 재앙 보따리가 열 개나 있어서 그중의 하나라도 옆 사람이 짊어지게 된다면 그 사람은 그 하나만으로도 충분히 목숨을 잃게 되지 않을까 하고 생각한 적도 있습니다.

결국 저는 모르겠습니다. 남들이 겪는 고통의 성질이나 정도를 전혀 짐작할 수 없습니다. 실제적인 고통, 단지 밥을 먹을 수만 있다면 해결되는 고통, 그러나 그것이야말로 가장 심한 고통으로 제가 지니고 있는 열 개의 재앙 따위는 단번에 날려 버릴 정도로 비참한 아비지옥일지도 모르지만, 그렇다 하더라도 자살도 하지 않고, 발광도 하지 않고, 정치를 논하며, 절망하지도 않고, 굴복하는 일도 없이 일상 생활의 투쟁을 계속할 수 있다면 그들은 괴롭지 않은 것이 아닐까? 완전한 에고이스트가 되어 더구나 그것을 당연한 것으로 확신하고는, 단 한 번도 자신을 의심한 적이 없는 것이 아닐까? 그렇다면 간단하다. 그러나 인간이란 모두 그런 것이고, 또한 그것으로 만점이 아닐까? …… 밤에는 편안히 쉬고 상쾌한 아침을 맞이하는 것이 아닐까? 어떤 꿈을 꿀까? 길을 걸으며 무엇을 생각할까? 돈? 설마 그것만은 아니겠지. 인간은 밥을 먹기 위해 산다는 말은 들어 본 적이 있는 듯하지만 돈 때문에 산다는 말은 들어 본 적이 없다. 아니 하지만 어쩌면……. 아니 그것도 모르겠다……. 생각하면 생각할수록 알 수 없게 되어, 나 혼자만 색다른 인간인 듯한 불안과 공포를 느낄 뿐입니다. 저는 다른 사람들과 거의 대화를 나누지 못하였습니다. 무슨 말을 어떻게 하면 좋을지 몰랐던 것입니다.

그래서 생각해 낸 것이 익살입니다.

그것은 저의 인간에 대한 최후의 구애였습니다. 저는 인간을 극도로 두려워하면서도, 그 주제에 도저히 사람들과의 교제를 끊을 수가 없었습니다. 또한 저는 이 익살에 의해서만 간신히 사람들과의 관계를 유지할 수 있었습니다. 겉으로는 항상 웃음을 지으면서도 내심으로는 필사적인, 그야말로 줄타기와도 같은 위기일발의 진땀 나는 서비스를 하였습니다.

저는 어릴 때부터 가족들에 대하여조차 그들이 얼마나 괴로워하며 또한 무슨 생각을 하며 살고 있는지 전혀 모르는 채, 단지 두려움과 어색함을 견디지 못하여 이미 능숙한 익살꾼이 되어 있었습니다. 즉 저는 어느 틈엔가 한마디도 진실을 이야기하지 않는 아이가 되어 있었던 것입니다.

그 무렵 가족들과 함께 찍은 사진을 보면 다른 사람들은 모두 진지한 얼굴을 하고 있었는데도, 저 혼자만 반드시 기묘하게 얼굴을 찡그리며 웃고 있었습니다. 이것도 역시 저의 유치하고 서글픈 익살의 일종이었습니다.

또한 저는 가족들에게 무슨 일로 야단을 맞아도 말대꾸를 한 적이 한 번도 없습니다. 사소한 꾸지람이라도 저에게는 청천벽력처럼 어마어마하게 느껴져서 미칠 것 같아, 말대꾸는커녕 그 꾸지람이야말로 이른바 영구불변하는 인간의 '진리'임에 틀림없다, 나에게는 그 진리를 수행할 힘이 없으니까, 이미 남들과 함께 살 수 없는 것이 아닐까, 하고 생각했던 것입니다. 그렇기에 저에게는 언쟁도 변명도 불가능하였습니다. 남들에게 욕을 먹어도 당연히 제가 심한 오해를 하고 있는 듯한 생각이 들어서, 언제나 그 공격을 잠자코 받으며 내심 미쳐 버릴 듯한 공포를 느꼈습니다.

물론 누구나 남들이 비난하거나 화를 내면 기분 좋을 리가 없겠습니다만, 저는 화를 내는 사람들의 얼굴에서 사자보다도 악어보다도 용보다도 훨씬 무서운 동물의 본성을 발견하였습니다. 평소에는 그 본성을 감추고 있는 듯하여도, 우연한 기회에 가령 소가 초원에서 얌전히 자고 있다가 갑자기 꼬리로 찰싹 배 위의 등에를 때려죽이듯이, 인간의 끔찍한 정체가 분노로 인하여 불시에 폭로되는 모습을 보고는, 저는 언제나 머리카락이 곤두설 정도의 전율을 느꼈고, 이 본성도 또한 인간이 살아가기 위한 자격의 하나일지도 모른다는 생각이 들어 제 자신에게 절망할 정도였습니다.

인간에 대하여 언제나 공포로 부들부들 떨며, 또한 인간으로서 스스로의 행동에는 전혀 자신감을 지니지 못하고, 혼자만의 고뇌는 가슴속의 작은 상자에 숨긴 채 그 우울감과 초조함은 꼭꼭 숨기고, 오로지 천진난만한 낙천성으로 위장하여 점차로 저는 익살스러운 괴짜로 완성되어 갔습니다.

무엇이건 좋으니까 남들을 웃기기만 하면 된다, 그러면 남들은 내가 그들의 이른바 '생활' 밖에 있어도 그다지 신경을 쓰지 않겠지, 하여튼 그 인간들의 눈에 거슬리면 안 된다, 나는 무(無)다, 바람이다, 하늘이다, 하는 생각만 커져서 저는 익살을 떨어 가족들을 웃기고 또한 가족들보다 훨씬 불가사의하고 두려운 머슴이나 하녀들에게까지 필사적인 익살을 서비스하였습니다.

저는 여름에 유카타(목욕을 한 후에 혹은 평소에 집 안에서 걸치는 가운-옮긴이) 속에 빨간색 스웨터를 입고 복도를 걸어 다니며 집안 사람들을 웃겼습니다. 좀처럼 웃지 않는 맏형도 그것을 보고 웃음을 터뜨리며 "어이, 요조야, 어울리지 않아." 하고 귀여워서 어쩔 줄 모르겠다는 듯이 말했습니다. 물론 저도 한여름에 스웨터를 입고 다닐 정도로, 아무리 그래도 춥고 더운 것을 모를 정도의 괴짜는 아니었습니다. 누나의 각반을 양팔에 차고서 유카타의 소매 끝에 살짝 보이게끔 하여, 스웨터를 입고 있는 듯이 위장하였던 것입니다.

저의 아버님은 도쿄에 업무가 많은 분으로 우에노 사쿠라 기초에 별장을 가지고 있었기에, 한 달에 절반은 도쿄의 그 별장에서 지냈습니다. 그리고 돌아오실 때에는 가족들 또한 친척들에게까지 어마어마한 선물을 사 오는 것이 일종의 아버님의 취미와도 같았습니다. 언젠가 상경하시기 전날 밤, 아버님은 아이들을 응접실에 모아 놓고, 요번에 돌아올 때에는 무슨 선물이 좋을까 하고 한 사람 한 사람에게 웃으며 물으신 다음, 그에 대한 아이들의 대답을 일일이 수첩에 적으셨습니다. 아버님이 이렇게 아이들에게 다정하게 대하시는 것은 드문 일이었습니다. "요조는?" 하시는 물음에 저는 우물거리고 말았습니다.

무엇이 갖고 싶으냐는 물음을 듣자마자 아무것도 갖고 싶지 않게 되는 겁니다. 아무것이든 좋다, 어차피 나를 즐겁게 해 줄 물건은 없으리라는 생각이 얼핏 들었던 것입니다. 그와 동시에 남들이 주는 물건은 아무리 제 취향에 맞지 않더라도 그것을 거절할 수가 없었습니다. 싫은 것을 싫다하지 못하고 또한 좋아하는 것도 머뭇머뭇 훔치듯이 전혀 즐기지 못하며, 더구나 극도의 공포감에 전율하는 것이었습니다. 즉 저에게는 양자택일의 능력조차 없었던 것입니다. 결국 이것이 훗날 저의 이른바 '부끄럼 많은 생애'의 중대한 원인이 된 습성의 하나였던 것으로 생각됩니다.

제가 잠자코 머뭇거리자 아버님은 약간 불쾌한 표정을 지으시며 "역시 책이냐? 아사쿠사 가게에 가니까 설날에 사자춤을 출 때 쓰는 사자탈을, 아이들이 쓰고 놀기에 적당한 크기의 것을 팔고 있던데 갖고 싶지 않니?"

"갖고 싶지 않니?" 하는 질문을 들으면 이미 끝장입니다. 익살스러운 대답이고 뭐고 할 수 없게 됩니다. 익살꾼으로서 완전히 낙제였습니다.

"책이 좋을 겁니다."

맏형이 진지한 얼굴로 말했습니다.

"그래?"

아버님은 흥이 깨진 표정으로 수첩에 적지도 않고 탁 하며 수첩을 덮었습니다.

무슨 실수인가! 나는 아버님의 노여움을 샀다, 아버님의 복수는 분명히 엄청날 것이다, 지금 당장 무슨 수를 쓰더라도 무마시킬 수는 없을까, 하고 그날 밤 이불 속에서 부들부들 떨며 생각한 끝에 살짝 일어나 응접실로 가서 아버님이 아까 수첩을 넣어 두신 책상 서랍을 열고 수첩을 꺼내어 펼쳐서, 선물 주문이 기입된 곳을 찾아 연필을 핥고는 '사자탈'이라고 쓴 다음 잠자리에 들었습니다. 저는 그 사자탈을 전혀 갖고 싶지 않았습니다. 오히려 책이 좋았습니다. 하지만 저는 아버님께서 그 사자탈을 저에게 사 주고 싶어 하신다는 사실을 알고, 아버님의 뜻에 맞추어 아버님의 노여움을 풀어 드리겠다는 일념에서, 심야에 응접실에 숨어들어가는 모험도 불사하였던 것입니다.

그리하여 이러한 저의 비상 수단은 결국 예상대로 대성공을 거두었습니다. 이윽고 아버님이 도쿄에서 돌아오시더니 어머님께 큰 소리로 말씀하시는 것을 제 방에서 들었습니다.

"아사쿠사의 장난감 가게에서 이 수첩을 펼쳐 보니까, 이것 봐, 여기에 '사자탈'이라고 씌어 있잖아. 이건 내 글씨가 아니야, 어라? 하고 고개를 갸우뚱하다가 생각이 났지. 이건 요조의 장난이야. 그 녀석, 내가 물었을 때에는 싱긋이 웃으며 잠자코 있다가 나중에 아무래도 사자탈이 갖고 싶어서 못 견디게 된 거지. 그 녀석은 워낙 괴짜니까, 시치미 떼고는 여기에 적어 놓은 거야. 그렇게 갖고 싶으면 갖고 싶다고 말하면 될 텐데. 장난감 가게 앞에서 웃음이 나더군. 빨리 요조를 이리 불러와."

또 한편으로 나는 머슴이나 하녀들을 양실에 모아 놓고 머슴 하나에게 피아노 건반을 마구 두드리도록 시키고는 — 시골이기는 하지만 그 집에는 무엇이건 있었습니다 — 저는 그 엉터리 곡에 맞추어 인디언 춤을 추어서 모두를 크게 웃겼습니다. 둘째 형은 플래시를 터뜨리며 저의 인디언 춤을 찍었는데, 현상된 그 사진을 보니 제가 허리에 두른 천 — 그것은 사라사 보자기였습니다 — 사이로 자그만 고추가 드러나 있었기에 이것이 또한 집안 사람 모두의 웃음거리가 되었습니다. 저로서는 이것 또한 뜻밖의 성공이었다고 하겠습니다.

저는 매월 새로이 발간되는 소년 잡지를 열 권 이상이나 구독하였고, 그 이외에도 갖가지 책을 도쿄에 주문하여 읽었기 때문에 '메차라쿠차라 박사'라든지 '난자몬자 박사' 등에 관하여 잘 알고 있었으며 또한 괴담, 강담(講談), 만담, 에도코바나시(옛 도쿄에서 유행하던 콩트-옮긴이) 등에 관하여도 잘 알고 있었기에, 진지한 얼굴로 우스꽝스러운 소리를 하여 집안 사람들을 웃기기에는 부족함이 없었습니다.

그러나 아아, 학교!

학교에서 저는 존경받을 정도에 이르러 있었습니다. 존경을 받는다는 관념도 또한 저를 몹시 두렵게 하였습니다. 거의 완벽에 가까울 정도로 남들을 속이다가 결국에는 어느 한 사람의 전지전능한 자에게 들통이 나서 호되게 당하고는 죽고 싶을 정도의 창피를 당하는 것, 그것이 '존경을 받는다'는 상태에 대한 저의 정의였습니다. 남들을 속여서 '존경받는다' 하더라도 누군가 한 사람이 알게 되고, 결국에는 다른 사람들도 그 사람에게서 듣고는 속았다는 사실을 알아차렸을 때, 그때의 분노와 복수는 도대체 어느 정도일까요? 상상만 하여도 소름이 끼칠 지경입니다.

저는 부잣집에서 태어났다는 사실보다도 흔히들 말하는 '공부를 잘 한다'는 이유로 학교에서 모든 사람들로부터 존경을 받게 되었습니다. 저는 어렸을 때부터 병약하여 한 달이나 두 달 혹은 1년 가까이 드러누워 학교를 쉰 적도 자주 있었습니다만, 그래도 병후의 몸으로 인력거를 타고 학교에 가서 기말시험을 쳐 보면 학급의 어느 누구보다도 성적이 좋았습니다. 건강이 좋을 때에도 저는 전혀 공부를 하지 않았고, 학교에 가더라도 수업 시간에 만화 따위를 그려서 쉬는 시간이면 같은 반 학생들에게 그 그림에 대하여 설명하며 웃기곤 하였습니다. 또한 작문 시간에는 우스갯소리를 써서 선생님으로부터 주의를 들어도 저는 그만두지 않았습니다. 선생님도 사실은 은근히 저의 그 우스갯소리를 재미있게 여기고 있다는 사실을 저는 알고 있었기 때문입니다. 어느 날, 저는 여느 때처럼 제가 어머니를 따라서 상경하던 도중 기차에서 객차의 통로에 놓인 타구(唾具)에 오줌을 누고 말았다는 실수담 — 그러나 그때 저는 그것이 타구라는 사실을 모르고 한 짓이 아닙니다. 어린아이의 순진성을 이용하여 일부러 그렇게 한 것이었습니다 — 을 고의로 애처로운 필치로 써서 제출하고는, 선생님이 분명히 웃으리라는 자신이 있었기에 교직원실로 돌아가는 선생님의 뒤를 살짝 미행하여 보았습니다. 선생님은 교실을 나서자마자 즉시 저의 그 작문을 다른 학생들의 작문 속에서 찾아내어 복도를 걸으며 읽기 시작하더니, 큭큭 웃다가 이윽고 교직원실로 들어가자마자 다 읽었는지 얼굴이 새빨개져서 큰 소리로 웃으면서 다른 선생님에게 그것을 보여 주었습니다. 저는 그러한 장면을 확인하고 무척 만족하였습니다.

익살꾼.

저는 소위 익살꾼으로 보이는 데에 성공하였습니다. 존경받는 입장을 벗어나는 데에 성공하였습니다. 성적표는 전 학과에 걸쳐서 10점이었습니다만 품행만큼은 7점이나 6점이었기에 그것도 또한 집안 사람들의 웃음거리가 되었습니다.

하지만 저의 본성은 그러한 익살과는 완전히 대조적이었습니다. 그 무렵 이미 저는 하녀나 머슴들로부터 서글픈 짓을 배워 물들어 있었습니다. 어린아이에게 그러한 짓을 하는 것은 인간이 저지르는 범죄 중에서도 가장 추악하고 비열하며 잔혹한 범죄라고 저는 지금도 생각하고 있습니다. 그러나 저는 참았습니다. 이것에서 또 하나 인간의 특질을 본 듯한 느낌마저 들었기에 힘없이 웃었습니다. 만약 저에게 진실을 이야기하는 습관이 있었더라면, 겁내지 않고 그들의 범죄를 아버님이나 어머님께 호소할 수 있었을지도 모르겠습니다. 그러나 저는 아버님이나 어머님조차도 제대로 이해할 수가 없었습니다. 저는 남들에게 호소한다는 수단에 조금도 기대를 걸지 않았습니다. 아버님에게 호소하건 어머님에게 호소하건 경찰에 호소하건 정부에 호소하건, 결국은 처세술이 좋은 사람들의 세상에서 잘 통용되는 주장에 당하고 마는 것이 아닐까요?

반드시 편파적으로 되리라는 사실을 너무도 잘 알고 있었기에 어차피 남들에게 호소해야 소용없는 일이었습니다. 저는 역시 진실을 말하는 대신에 꾹 참고 익살을 계속하는 이외에는 방법이 없다고 생각하였습니다.

뭐야, 인간에 대한 불신을 말하자는 건가? 그래? 너는 언제 크리스천이 되었지? 하고 비웃는 사람도 간혹 있을지 모르겠습니다만 저는 인간에 대한 불신이 반드시 종교와 직결되는 것은 아니라고 생각합니다. 실제로 그렇게 비웃는 사람들도 포함하여 인간은 서로 간의 불신 속에서 여호와고 나발이고 염두에 없이 태연히 살고 있지 않습니까? 역시 제가 어렸을 때의 일입니다만 아버님이 소속하고 계셨던 정당의 유명인이 이 마을에 연설하러 왔기에 저는 머슴들을 따라 극장에 들으러 갔었습니다. 극장은 만원으로 이 마을에서 특히 아버님과 친분이 있는 사람들은 모두 모여서 큰 박수를 치고 있었습니다. 연설이 끝나고 청중들은 눈이 내리는 밤길을 삼삼오오 무리를 지어 집으로 돌아가면서 그날 밤의 연설회에 대하여 마구 욕을 하는 것이었습니다. 그중에는 아버님과 각별한 관계에 있는 사람의 목소리도 섞여 있었습니다. 아버님의 개회사도 엉망이고 그 유명인의 연설도 무슨 소리를 하는 건지 도무지 알 수가 없다며, 이른바 아버님의 '동지들'이 격분한 어조로 말하는 것이었습니다. 하지만 그 사람들은 저희 집에 들러 응접실에 들어오더니, 오늘 밤의 연설회는 대성공이었노라고 정말로 기쁜 듯한 얼굴을 하며 아버님께 말하는 것이었습니다. 머슴들까지도 오늘 밤의 연설회는 어땠느냐는 어머님의 질문에, 아주 재미있었다고 대답하고는 시치미를 떼었습니다. 그 머슴들은 집으로 돌아오는 도중에 연설회처럼 따분한 것은 없다며 탄식을 했었습니다.

  그러나 이러한 것들은 아주 사사로운 일례에 지나지 않습니다. 서로 속이고, 그러면서도 이상하게도 상처 입는 사람도 없이 서로 속이고 있다는 사실조차 깨닫지 못하는, 정말로 완벽한 그야말로 맑고 밝고 명랑한 불신의 예가 인간 생활에 충만되어 있는 듯합니다. 하지만 저는 사람들이 서로 속이며 지낸다는 사실에 그다지 특별한 흥미를 느끼지 않습니다. 저 역시도 익살을 떨며 아침부터 밤까지 남들을 속이고 있으니까요. 저는 윤리 교과서에 나오는 정의(正義) 따위의 도덕에는 별로 관심이 없습니다. 저에게는 서로 속이면서도 맑고 밝고 명랑하게 살아가는 혹은 살아갈 자신이 있는 인간이 난해할 뿐입니다. 사람들은 결국 저에게 그 비결을 가르쳐 주지 않았습니다. 그 비결만 알았더라면 저는 인간을 이처럼 두려워하거나 혹은 필사적인 서비스를 하지 않아도 되었을 것입니다. 인간 생활과 대립하며 이토록 밤마다 지옥과도 같은 고통을 맛보지 않아도 되었을 것입니다. 결국 제가 머슴이나 하녀들의 증오할 만한 범죄조차 아무에게도 호소하지 않았던 것은 인간에 대한 불신 때문이 아니고, 또한 물론 기독교 때문도 아니며 인간들이 요조라는 이름의 저에 대하여 신용의 껍질을 굳게 닫고 있었기 때문이라고 생각합니다. 부모님마저 저에게 이따금 난해한 행동을 하는 일이 있을 정도이니까요.

그리하여 누구에게도 호소하지 못하는 저의 고독한 냄새가 본능적으로 수많은 여성들의 후각을 자극하여 훗날 제가 갖가지 사건에 휘말리는 원인이 되었다는 생각이 들기도 합니다.

즉 저는 여성들에게 있어서 사랑의 비밀을 지킬 수 있는 사내였던 것입니다.

두
번
째 수
기

바다의 물가라고 해도 좋을 정도로 바다에 가까운 해변에 시커멓고 커다란 벚나무가 스무 그루 이상이나 늘어서 있었습니다. 새 학년이 시작될 무렵이면 벚나무는 갈색의 끈적끈적한 새싹과 더불어 푸른 바다를 배경으로 현란한 꽃을 피웠고, 이어서 꽃이 질 무렵이면 꽃잎이 무수히 바다에 떨어져 해면을 장식하다가 파도에 실려서 다시 바닷가로 되돌아오곤 하였습니다. 저는 그 벚나무의 해변이 그대로 교정으로 사용되는 동북 지방의 어느 중학교에, 시험 공부도 별로 하지 않았는데 그럭저럭 무사히 입학할 수 있었습니다. 그 중학교 제모의 휘장에도 제복의 단추에도 활짝 핀 벚꽃이 도안되어 있었습니다.

　그 중학교 바로 가까이에 저희 집안과 먼 친척뻘 되는 사람의 집이 있었기에, 그런 이유로 해서 아버님이 그 벚나무가 있는 바닷가의 중학교를 저에게 선택해 주셨습니다. 그 집에 맡겨진 저는 우선 학교가 바로 옆이었기에 조회 종소리를 들고서야 달려서 등교하는 아주 게으른 중학생이었습니다만, 그래도 익살 덕분에 나날이 같은 반 학생들의 인기를 얻어 갔습니다.

난생 처음으로 이른바 타향에 나간 저로서는 타향이 오히려 제가 태어난 고향보다 훨씬 편안한 장소처럼 여겨졌습니다. 그것은 저의 익살도 그 무렵에는 완숙의 경지에 들어서게 되어, 남들을 속이는 데 이전처럼 고생을 하지 않아도 되게 되었다는 식으로 설명할 수도 있겠지만, 그러나 그것보다도 육친과 타인, 고향과 타향, 여기에는 연기를 하는 데에 있어서 피할 수 없는 난이도의 차가, 어떠한 천재라 하더라도 가령 하느님의 아들인 예수라 하더라도 존재하는 것이 아닐까요? 배우에게 있어서 가장 연기하기 힘든 장소는 고향의 무대일 것입니다. 더구나 일가친척이 모두 모여 있는 방 안이라면 어떠한 명배우라도 연기를 제대로 할 수 없는 것이 아닐까요? 하지만 저는 연기를 하여 왔습니다. 더구나 그것이 상당한 성공을 거두었습니다. 그 정도의 실력자가 타향에 나와서 천에 하나라도 실수를 하는 일은 생각할 수 없었습니다.

대인 관계에서 제가 느끼는 공포는 예전에 못지않을 정도로 강렬하게 가슴속에서 꿈틀거리고 있었습니다. 반면에 연기는 정말로 능숙하여져 교실에서는 언제나 학우들을 웃기고,

교사들도 이 학급은 오바(주인공의 성. 이름은 '요조'-옮긴이)만 없다면 정말로 좋은 반일 텐데, 하며 말로는 탄식을 하면서도 손으로 입을 가리고 웃었습니다. 저는 벼락 같은 고함을 지르는 교관마저 아주 간단히 웃길 수 있었습니다.

이제는 나의 정체를 완전히 은폐할 수 있게 된 것이 아닌가 하고 안도의 한숨을 쉬려는 순간 저는 정말로 뜻밖에도 등 뒤에서 공격을 받았습니다. 그것은 등 뒤에서 습격하는 사내들이 모두 그렇듯이 반에서 가장 빈약한 체구를 지니고 얼굴도 창백하며, 또한 아버지나 형이 입던 옷을 물려받아 입었는지 마치 쇼토쿠 태자(聖德太子. 6세기 말부터 7세기 초에 걸쳐서 불교 문화와 각종 제도를 본격적으로 일본에 도입 시행한 황태자-옮긴이)처럼 소매가 긴 상의를 입고, 공부는 전혀 못하며, 교련이나 체조는 언제나 견학만 하는 백치에 가까운 학생이었습니다. 저도 정말이지 그 소년만큼은 경계할 필요를 느끼지 않았습니다.

그날 체조 시간에 그 학생 — 성은 지금 기억하지 못하지만 이름은 다케카즈였던 듯합니다 — 은 여전히 견학을 하였고 우리들은 철봉 연습을 하였습니다. 저는 일부러 최대한 엄숙한 얼굴을 하고 철봉을 향하여 "얏!" 하고 외치며 뛰어올라, 그대로 멀리 뛰기를 하듯이 앞으로 몸을 날려 모래밭에 쿵 하고 엉덩방아를 찧었습니다. 모두가 계획적인 실패였습니다. 과연 모두들 크게 웃었고 저 역시 쓴웃음을 지으며 일어나서 바지의 모래를 털고 있노라니, 언제 그곳에 와 있었는지 다케카즈가 제 등을 쿡쿡 찌르며 낮은 목소리로 이렇게 속삭였습니다.

"일부러 그랬지?"

저는 몸을 바르르 떨었습니다. 일부러 실패했다는 사실을 하필이면 다케카즈에게 들키다니 전혀 예상 밖의 일이었습니다. 저는 세상이 일순간에 지옥처럼 화염에 휩싸여 불타오르는 모습을 눈앞에 보는 듯한 느낌이 들어 '와아!' 하고 외치며 발광할 것 같은 기분을 필사적으로 억눌렀습니다.

그 이후로 계속되는 불안과 공포의 나날.

겉으로는 여전히 서글픈 익살을 부려서 모두를 웃기고 있었습니다만, 문득 후우 하며 무거운 한숨이 나면서 무엇을 하건 간에 다케카즈가 훤히 들여다볼 것이고 또한 언젠가는 이 사람 저 사람에게 그 사실을 떠들고 다닐 것이라 생각하니 이마에 비지땀이 흐르고, 광인처럼 기묘한 눈초리로 주위를 두리번두리번 허망하게 둘러보곤 하였습니다. 가능하다면 아침, 점심, 저녁 항상 다케카즈의 곁을 떠나지 않으며 그가 비밀을 누설하지 못하도록 감시하고 싶은 심정이었습니다. 또한 제가 그에게 붙어 지내는 동안 자신의 익살이 이른바 '일부러' 가 아니라 정말이었다고 믿도록 갖가지 노력을 하여 가능하다면 그와 절친한 친구가 되고 싶다, 만일 이러한 것들이 모두 불가능하다면 마지막으로 그가 죽기를 바라는 수밖에 없다고 생각하기까지 하였습니다. 그러나 역시 그를 죽이겠다는 생각 만큼은 떠오르지 않았습니다. 저는 이제까지의 생애에 있어서 남의 손에 죽고 싶다는 소망은 몇 번이고 지닌 적이 있습니다 만, 남을 죽이고 싶다고 생각한 적은 한 번도 없습니다. 그것은 두려운 상대에게 오히려 행복을 가져다 줄 뿐이라고 생각했기 때문입니다.

저는 그의 환심을 사기 위해서 우선 얼굴에 엉터리 크리스천처럼 '다정한' 미소를 띠고 고개를 30도 정도 왼쪽으로 기울이고는 그의 조그만 어깨를 가볍게 감싸 안으며 부드럽고 달콤한 목소리로 내가 살고 있는 집에 놀러 오지 않겠느냐고 이따금 그에게 말을 건넸습니다만, 그는 언제나 초점이 없는 눈을 한 채 잠자코 있었습니다. 그러나 어느 날 방과 후 초여름 무렵이었음에 틀림없습니다. 소나기가 하얗게 내려서 다른 학생들은 집에 가지 못하고 있었습니다만, 저는 집이 바로 근처였기 때문에 상관 않고 밖으로 뛰쳐나가려는 순간 문득 신발장 옆에 다케카즈가 멍하니 서 있는 것을 발견하고는 "같이 가자. 우산을 씌워 줄 테니." 하며 망설이는 다케카즈의 손을 이끌고 함께 빗속을 달렸습니다. 집에 도착하자 우리 둘의 상의를 말려 달라고 아줌마에게 부탁하고 다케카즈를 2층의 제 방으로 끌고 가는 데 성공하였습니다.

그 집에 쉰이 넘은 아줌마와 서른 정도의 안경을 쓰고 병약하며 키가 큰 맏딸 — 이 딸은 한 차례 시집을 갔다가 다시 친정에 돌아와 있는 사람이었습니다. 저는 이 사람을 이 집 사람들을 따라서 '언니'라고 불렀습니다 — 그리고 최근에 여고를 갓 졸업한 세쓰코라는 언니와는 달리 키가 작고 얼굴이 둥근 여동생, 이렇게 세 명뿐인 가족이 아래층 가게에 문구류와 운동기구를 약간 늘어놓고 있었습니다만, 주된 수입은 돌아가신 아버지가 생전에 세운 임대주택 대여섯 채의 월세인 모양이었습니다.

"귀가 아파."

다케카즈는 선 채로 그렇게 말했습니다.

"비에 젖어서 아픈 거야."

제가 보니까 양쪽 귀가 심하게 곪아 있었습니다. 고름이 당장이라도 귀 밖으로 흘러나올 듯하였습니다.

"이거 안 되겠군. 아프겠네."

하며 저는 과장되게 놀란 척하고는,

"비가 오는데 억지로 끌고 와서 미안해."

하며 여자 같은 말투로 '다정하게' 사과한 다음 아래로 가서 솜과 알코올을 갖다가, 다케카즈를 제 무릎에 눕히고 정성스럽게 귀를 닦아 주었습니다. 다케카즈도 정말이지 이것이 위선의 흉계라는 사실은 눈치채지 못한 듯,

"틀림없이 여자들이 너에게 반할 거야."

하고 제 무릎을 베고 누운 채 무심코 칭찬을 할 정도였습니다. 그러나 이 말은 아마 다케카즈 자신도 의식하지 못하였을 정도로 무서운 악마의 예언이었다는 사실을 저는 훗날에 이르러 통감하였습니다. 이쪽에서 반하건 상대방이 반하건, 그 말은 몹시 천박하고 경망스러우며 우쭐한 느낌을 주어 아무리 '엄숙'한 장소라 하더라도 그곳에 이 말이 한마디라도 불쑥 얼굴을 내밀면 순식간에 우울의 가람이 붕괴되어, 그냥 멋쩍은 자리가 되어 버릴 듯한 느낌이 들었습니다. 반면에 '여자들이 따르는 괴로움' 따위의 속된 말이 아니라 '사랑받는 불안'이라는 문학 용어를 사용한다면 반드시 우울의 가람을 무너뜨리지는 않을 테니까 기묘한 일이라고 생각됩니다.

다케카즈는 제가 귀의 고름을 돌봐 주자 여자들이 너에게 반할 것이라는 바보 같은 칭찬을 하였고, 저는 그때 단지 얼굴을 붉힌 채 웃으며 아무런 대답도 하지 못했습니다만 사실은

은근히 마음에 짚이는 데가 있었습니다. 하지만 '반한다'는 야
비한 말에서 느껴지는 우쭐한 분위기에 대하여 그러고 보면
마음에 짚이는 것이 있다는 식으로 쓰는 것은, 만담에 등장하
는 도련님조차도 입 밖에 내지 않을 정도로 어리석은 감회를
나타내는 말로, 저는 결코 그런 경망스럽고 우쭐한 기분에서
'마음에 짚이는 데가 있다.'고 말한 것은 아닙니다.

저에게는 여자가 남자보다도 훨씬 몇 배나 난해하였습니
다. 저의 가족은 여자들의 수가 남자들보다 많았고 또한 친척
들도 여자가 많고 또한 그 '범죄'를 저지른 하녀도 있었기에,
저는 어렸을 때부터 여자들하고만 놀며 자랐다고 해도 과언
이 아니리라고 생각합니다만, 그야말로 살얼음을 밟는 느낌으
로 그 여자들과 사귀어 왔습니다. 정말로 전혀 감을 잡을 수가
없었습니다. 오리무중이며 때로는 호랑이 꼬리를 밟는 듯한
실패를 저질러 심한 상처를 입었고, 그것이 또한 남자들에게
맞는 매와는 달리 내출혈처럼 극도로 불쾌하게 엄습하는 좀
처럼 치유하기 힘든 상처였습니다.

여자는 끌어당기다가 밀어젖히기도 하고 혹은 남들이 있
는 곳에서는 저를 경멸하고 냉담하게 대하다가 아무도 없을
때에는 꼭 껴안기도 하고, 죽은 듯이 깊은 잠을 자기도 하고
잠자기 위해서 사는 것처럼 보이기도 하였습니다. 그 밖에 여

자에 관한 갖가지 관찰을 저는 이미 어렸을 때부터 하여 왔습니다만, 같은 인류인 듯하면서도 또한 남자와는 전혀 다른 생물 같은 느낌이 들기도 하고, 게다가 이 불가해하며 방심할 수 없는 생물은 기묘하게도 저에게 관심을 보이는 것이었습니다. '반한다'는 말도 '좋아한다'는 말도 저의 경우에는 전혀 어울리지 않고, '관심을 보인다'고 말하는 편이 오히려 실상을 설명하기에 적당할지도 모릅니다.

익살에는 여자가 남자보다 훨씬 관대한 듯합니다. 제가 익살을 떨면 남자들은 언제까지고 낄낄 웃지는 않았기에, 게다가 저도 남자들을 상대로 신이 나서 익살을 떨다가는 실패하게 된다는 사실을 알고 있었기에 반드시 적당한 곳에서 끝내도록 유의하고 있었습니다. 그러나 여자는 적당이라는 것을 알지 못한 채, 언제까지고 언제까지고 저에게 익살을 요구하였고, 저는 그 끝없는 앙코르에 응하여 녹초가 되었습니다. 여자는 정말로 잘 웃습니다. 대체로 여자란 남자보다도 쾌락을 훨씬 마음껏 즐길 수 있는 모양입니다.

제가 중학교 시절에 신세를 진 그 집의 언니와 동생도 틈만 있으면 2층의 제 방으로 올라왔고, 저는 그때마다 펄쩍 뛸 정도로 놀라고 또한 몹시 겁먹었습니다.

"공부하는 거야?"

"아니요."

하고 웃으며 책을 덮고는,

"오늘 말이야, 학교에서 콤보라는 지리 선생님 말이야."

하며 입에서 줄줄 흘러나오는 것은 마음에도 없는 우스갯소리였습니다.

"요조야, 안경을 써 봐."

어느 날 밤, 동생인 세쓰코가 언니와 함께 제 방에 놀러 와서 한참 동안 저에게 익살을 떨도록 시킨 다음 그런 말을 꺼냈습니다.

"왜?"

"하여튼 써 봐, 언니 안경을 빌려서."

언제나 이렇게 막된 명령조로 말하는 것이었습니다. 익살꾼은 고분고분 언니의 안경을 썼습니다. 그 순간 두 여자는 배를 움켜잡고 웃었습니다.

"똑같아, 로이드하고 똑같아."

당시, 해럴드 로이드라는 외국영화의 희극배우가 일본에서 인기가 있었습니다.

저는 일어서서 한 손을 들고,

"제군!"

하고 말한 다음,

"이번에, 일본의 팬 여러분에……."

하며 즉석 인사로 한바탕 웃기고는 로이드의 영화가 그 마을의 극장에 올 때마다 보러 가서 그의 표정 등을 몰래 연구하였습니다.

또한 어느 가을밤 제가 잠자리에서 책을 읽고 있을 때 언니가 제비처럼 날쌔게 방 안에 들어오더니 느닷없이 제 이불 위에 쓰러져 울면서,

"요조야, 나를 도와주겠지? 그렇지? 이런 집은 함께 나가 버리는 게 좋아, 도와주겠지, 응?"

하며 격한 어조로 말하고는 다시 우는 것이었습니다. 하지만 여자가 저에게 이런 태도로 나오는 것이 처음은 아니었기에, 언니의 과격한 말에도 그다지 놀라지 않았을 뿐더러, 오히려 그 진부하고 평범한 말에 흥이 깨진 듯한 심정이 되어 살짝 이불에서 빠져나와서는 책상 위의 감을 깎아 언니에게 한 조각 건네주었습니다. 그러자 언니는 울먹이면서 그 감을 먹고는,

"뭔가 재미있는 책이 없을까? 있으면 빌려줘."

하고 말하였습니다.

저는 소세키(나쓰메 소세키, 일본의 소설가-옮긴이)의《나는 고양이로소이다》라는 책을 책장에서 골라 주었습니다.

"잘 먹었어."

언니는 부끄러운 듯이 웃으며 방을 나가 버렸습니다만, 이 언니뿐만이 아니라 도대체 여자란 어떤 기분으로 살고 있는 가를 생각한다는 것은 저에게는 지렁이의 마음을 헤아리는 것보다도 까다롭고 번거롭고 으스스한 느낌이 들었습니다. 하 지만 저는 여자가 그렇게 갑자기 울어 댈 경우, 무언가 달콤한 것을 건네주면 그것을 먹으며 기분이 가라앉는다는 사실만큼 은 어렸을 때부터 제 자신의 경험으로 알고 있었습니다.

또한 동생인 세쓰코는 자기 친구들까지 제 방으로 데리고 왔는데, 제가 여느 때처럼 공평하게 모두를 웃긴 다음 친구들 이 돌아가면 반드시 그 친구들의 험담을 하였습니다. 그 아이 는 불량 소녀이니까 조심하라고 반드시 말했습니다. 그렇다면 일부러 데리고 올 필요도 없을 텐데, 덕분에 제 방의 손님들은 대부분이 여자였습니다.

그러나 그것은 아직 다케카즈가 '반할 거야'라고 칭찬한 말 이 실현된 것은 결코 아니었습니다. 즉 저는 일본 동북 지방의 해럴드 로이드에 불과하였던 것입니다. 다케카즈의 무지한 칭 찬이 끔찍한 예언이 되어 생생히 살아나 불길한 모습을 드러 내게 된 것은 그 후로 다시 몇 년이 지난 후의 일이었습니다.

다케카즈는 저에게 또 다른 중대한 선물을 주었습니다.

"귀신 그림이야."

언젠가 다케카즈가 2층의 제 방에 놀러 왔을 때 갖고 온 천연색 그림 한 장을 자랑하듯이 저에게 보이며 그렇게 말하였습니다.

어라? 하는 느낌이 들었습니다. 훗날, 그 순간에 저의 앞날이 결정된 듯한 그런 느낌을 떨쳐 버릴 수가 없었습니다. 저는 알고 있었습니다. 그것은 고흐의 유명한 자화상에 불과하다는 사실을 알고 있었습니다. 저의 소년 시절 일본에서는 프랑스의 이른바 인상파 그림이 크게 유행하여, 서양화 감상의 첫 걸음은 대체로 그러한 그림으로 시작하였기에 고흐, 고갱, 세잔, 르누아르 등과 같은 사람들의 그림은 시골의 중학생이라도 대체로 그 사진판을 보고 알고 있었습니다. 저의 경우도 고흐의 원색판을 상당히 많이 보고 터치의 묘미, 색채의 선명함에 흥취를 느끼고 있었습니다. 그러나 '귀신 그림'이라고는 한 번도 생각한 적이 없었던 것입니다.

"그러면 이건 어떠냐? 역시 귀신이니?"

저는 책장에서 모딜리아니의 화집을 꺼내어 불에 달군 적동과도 같은 피부의 나부상을 다케카즈에게 보여 주었습니다.

"굉장하다!"

다케카즈는 감탄해서 눈을 동그랗게 떴습니다.

"지옥의 말 같아."

"역시 귀신이라고 생각하니?"

"나도 이런 귀신을 그려 보고 싶어."

너무도 인간을 두려워하는 사람들은 오히려 훨씬 무서운 요괴를 자기 눈으로 확실히 보고 싶다고 희망하기에 이르는 심리, 신경질적이고 겁을 잘 내는 사람일수록 폭풍우가 더욱 거세어지기를 바라는 심리, 아아, 이 파(派)의 작가들은 인간이라는 귀신에게 호되게 당하고 겁먹은 끝에 결국 환영(幻影)을 믿게 되어 대낮의 자연 속에서 뚜렷이 요괴를 본 것이리라. 더구나 그들은 그것을 익살로써 감추지 않고 보인 그대로를 표현하려 노력한 것이다. '여기에 장래의 나의 동료들이 있다.'는 생각에 저는 눈물이 날 정도로 흥분하여,

"나도 그릴 테야. 귀신 그림을 그릴 테야. 지옥의 말을 그릴 거야."

하고, 무슨 까닭인지 아주 목소리를 낮춰서 다케카즈에게 말하였습니다.

저는 초등학교 시절부터 그림을 그리는 것도 감상하는 것도 좋아하였습니다. 하지만 제가 그린 그림은 주위의 평판이 작문만큼 좋지는 않았습니다. 저는 애당초 인간의 언어를 전혀 신용하지 않았기 때문에 작문이란 저에게 있어서 단지 익

살꾼의 인사와 마찬가지라서, 초등학교 시절은 물론이고 중학교 시절에도 여전히 선생님들을 마구 웃기면서도 저는 전혀 재미를 느끼지 못하였습니다. 그러나 그림만큼은 ― 만화는 별개이지만 ― 그 대상을 표현하는 데에 있어서 유치한 솜씨이기는 하지만 나름대로 다소의 창의력을 발휘하였습니다. 학교의 미술 교본은 시시하였고 선생님도 그림이 서툴렀기에 저는 제멋대로 갖가지 표현법을 스스로 강구하여 시도하여야만 했습니다. 중학교에 진학하였을 때 저는 유화 도구를 한 벌 갖추고 있었습니다. 그러나 터치의 기법은 인상파 화풍을 흉내 내어도 완성된 그림은 마치 '지요 종이 세공'(千代紙細工. 갖가지 무늬의 종이로 만든 인형-옮긴이)처럼 입체감이 없어서 좋은 작품이라는 생각이 들지 않았습니다. 하지만 저는 다케카즈의 말을 듣고는 그때까지 회화에 임하는 저의 마음가짐이 완전히 잘못되어 있었다는 사실을 알게 되었습니다. 아름답다고 느낀 것을 그대로 아름답게 표현하려고 노력하는 것은 미숙하고 어리석은 짓이라는 사실을 깨달았습니다. 마이스터들은 아무것도 아닌 것을 주관에 의하여 아름답게 창조하기도 하고 혹은 추악한 것에 역겨움을 느끼면서도 그에 대한 흥미를 숨김없이 표현하는 기쁨을 만끽하고 있었습니다. 즉 남들의 방식에 조금도 의지하면 안 된다는 화법의 초보적인 비법을 다케카즈로부터 배워 여자 방문객들에게는 숨긴 채, 조금씩 자화상 제작에 착수하였습니다.

저 스스로도 놀랄 정도의 끔찍한 그림이 완성되었습니다. 그러나 '이것이야말로 내 가슴속 깊이 감추고 있던 내 정체이다, 겉으로는 활달하게 웃으며 남들을 웃기고 있지만 사실은 이처럼 어둡고 참담한 마음을 지니고 있다, 어쩔 수 없지 않은가?' 하고 내심으로는 인정하면서도, 그 그림은 다케카즈 이외에는 누구에게도 보여 주지 않았습니다. 저의 익살 속에 감추어진 어둡고 참담한 이면이 들통나 갑자기 시시콜콜 주위 사람들로부터 경계당하는 것도 싫었고, 또한 이것이 제 정체라는 사실을 알아차리기는커녕 또다시 기발한 익살을 생각해 냈다며 웃어 댈지도 모른다는 우려도 있었기에, 그렇게 되면 저로서는 정말로 괴로운 일이기에 그 그림은 곧바로 벽장 속 깊이 감추어 버렸습니다.

또한 학교의 미술 시간에도, 저는 그 '귀신기법'은 숨기고, 이제까지와 마찬가지로 아름다운 것을 아름답게 그리는 식의 평범한 터치로 그렸습니다.

저는 예전부터 다케카즈에게만큼은 저의 상처받기 쉬운 성격을 그대로 드러내고 있었기에 요번의 자화상도 안심하고 보여 주었습니다. 그의 극찬을 듣고는 귀신 그림을 두세 장 더

그린 결과, 다케카즈로부터 또다시,

"너는 위대한 화가가 될 거야."

하는 예언을 듣게 되었습니다.

바보인 다케카즈로부터 여자들이 반하게 되리라는 예언과 위대한 화가가 되리라는 예언을 듣고는 그 말을 머릿속에 새긴 채 이윽고 저는 도쿄로 떠나게 되었습니다.

저는 도쿄의 미술 학교에 들어가고 싶었지만 아버님은 예전부터 저를 고등학교로 보내어 장래에는 관리로 만들 작정이셨고, 그러한 말씀을 저에게도 하셨기 때문에 한마디도 대꾸를 하지 못하는 성격의 저는 그냥 아버님 말씀에 따랐습니다. 4학년이 되면 시험을 쳐 보라는 말씀에 저도 벚나무와 바다가 있는 중학교에는 이미 싫증이 나 있었던 참이라, 5학년에 진급하지 않고 4학년만 수료한 채 도쿄의 고등학교에 응시하여 합격하고는 곧바로 기숙사 생활을 시작하였습니다. 그러나 그 기숙사의 불결함과 난폭함에 질린 저는 익살도 잊은 채의사에게서 폐병이라는 진단서를 받아 기숙사에서 나와, 우에노 사쿠라기초에 있는 아버님 별장으로 옮겼습니다. 저에게는단체 생활이라는 것이 도저히 불가능하였습니다. 더구나 청춘의 감격이라든지 젊은이의 긍지라는 말은 듣기만 하여도 등골이 오싹하여, 도저히 그 하이스쿨 스피릿이라는 것을 따라

갈 수 없었습니다. 교실도 기숙사도 삐뚤어진 성욕의 배출구라는 생각마저 들어 저의 완벽에 가까운 익살이 그곳에서는 전혀 효과를 발휘하지 못하였습니다.

아버님은 국회가 열리지 않을 때에는 한 달에 한 주나 두 주 정도밖에 그 집에 머무르지 않으셨기 때문에, 아버님이 안 계실 때면 상당히 넓은 그 집에 별장지기 노부부하고 저하고 세 사람뿐이었기에 저는 가끔 학교를 쉬었습니다. 그렇다고 해서 도쿄 구경을 할 생각도 들지 않아 ― 저는 결국 메이지 신궁도, 구스노키 마사시게(남북조 시대의 장군-옮긴이)의 동상도, 선약사에 있는 47열사의 무덤도 보지 못하고 말 것 같았습니다 ― 집에서 하루 종일 책을 읽거나 그림을 그리거나 하였습니다. 아버님이 상경하여 오시면 저는 매일 아침 서둘러 등교하였지만, 혼고 센다기초에 있는 서양화가 야스다 신타로 씨의 미술 학원에 가서 세 시간이고 네 시간이고 데생 연습을 하는 때도 있었습니다. 고등학교 기숙사에서 빠져나오자 학교 수업에 나가더라도 마치 청강생처럼 특별한 위치에 있는 듯한, 그것은 저의 삐뚤어진 성격 때문일지도 모르지만, 어쩐지 저 스스로가 서먹서먹한 느낌이 들어 더욱더 학교에 가기가 싫어졌습니다. 저는 초등학교, 중학교, 고등학교를 통하여 결국 애교심이라는 것을 이해하지 못하고 말았습니다. 교가조차

한 번도 외우려 한 적이 없습니다.

저는 이윽고 미술 학원에서 어느 미술 생도로부터 술과 담배와 여자와 전당포와 좌익 사상을 배웠습니다. 기묘한 배합이기는 하지만 그러나 이것은 사실입니다.

그 미술 생도는 호리키 마사오라는 이름의 도쿄 번화가에서 태어난, 저보다 여섯 살 위의 사람이었습니다. 사립 미술 학교를 졸업하였으나 집에 아틀리에가 없어서 이 미술 학원에 다니며 서양화 공부를 계속하고 있다고 했습니다.

"5엔, 빌려주지 않겠니?"

서로 그냥 얼굴을 알고 있을 뿐 그때까지 한마디도 이야기를 나눈 적이 없었습니다. 저는 당황하며 5엔을 내밀었습니다.

"좋아, 마시러 가자. 내가 한턱 낼 테니. 좋은 친구로군."

제가 마지못하여 그 미술 학원 부근의 호라이초에 있는 카페로 끌려간 것이 그와의 교제의 시작이었습니다.

"전부터 너에게 관심이 있었어. 지금 너의 그 부끄러운 듯한 미소, 그 미소가 유망한 예술가 특유의 표정이지. 새로운 우정을 위하여 건배! 기누코 씨, 이 녀석 제법 미남이지? 조심하라고. 이 녀석이 학원에 나타난 덕분에 유감스럽게도 난 두 번째 미남으로 전락했어."

호리키는 피부가 거무스레하고 단정한 얼굴로 미술 생도

로서는 드물게 그럴싸한 양복을 입고 넥타이 취미도 고상하고, 또한 머리도 한가운데에 가르마를 타고 포마드를 발랐습니다.

저는 낯선 장소인 탓에 무작정 두렵기만 하여 팔짱을 끼었다 풀었다 하며 그야말로 부끄러운 듯한 미소만 짓고 있었지만, 맥주를 두세 잔 마시다 보니 묘한 해방감과도 같은 경쾌함을 느끼게 되었습니다.

"저는 미술 학교에 들어갈 생각이었습니다만……."

"아니, 별 볼 일 없어. 그런 곳은 별 볼 일 없다고. 학교는 시시해. 우리들의 선생님은 자연 속에 있노라! 자연에 대한 파토스(pathos)!"

그러나 저는 그의 말에 전혀 경의를 느끼지 못하였습니다. 바보 같은 사람이다. 그림 솜씨도 형편없겠지, 하지만 놀기에는 좋은 상대일지도 모른다고 생각했습니다. 저는 그때 난생처음으로 진정한 도회지의 불량배를 본 것입니다. 그는 저와 모습은 다르지만, 역시 이 세상 사람들의 생활로부터 완전히 분리되어 어쩔 줄 모른다는 점에서는 분명히 동류였습니다. 그러나 그는 전혀 의식하지 않고 그러한 익살을 부렸으며, 더구나 그 익살의 비참함을 전혀 알아차리지 못한다는 점이 저와는 본질적으로 달랐습니다.

단지 함께 놀 뿐이다, 놀이 상대로 사귈 뿐이라며 항상 그를 경멸하였고 때로는 그와의 교제를 부끄럽게까지 생각하면서도 그와 함께 돌아다니던 중 결국 저는 이 사내에게도 패하고 말았습니다.

하지만 처음에는 이 사내를 호인, 드물게 보는 호인이라고만 생각하고는 대인 공포가 있는 저조차도 완전히 방심한 채 도쿄의 좋은 안내자가 생겼다는 정도로만 생각하고 있었습니다. 저는 사실 혼자서는 전차를 타면 차장이 두려웠고 가부키 극장에 들어가고 싶어도 그 정면 현관의 붉은 카펫이 깔려 있는 계단 양쪽에 늘어선 안내양들이 두려웠고, 레스토랑에 들어가면 제 뒤에 말없이 서서 빈 접시를 기다리는 웨이터가 두려웠고, 특히 계산을 할 때 아아, 어설픈 제 손놀림, 저는 물건을 사고 돈을 지불할 때에는 구두쇠라서가 아니라 격심한 긴장과 부끄러움과 불안과 공포 때문에 눈이 빙빙 돌고 눈앞이 캄캄해지며 거의 미칠 것 같은 기분이 되어, 값을 깎기는커녕 잔돈을 잊을 뿐만 아니라 산 물건을 잊고 오는 일까지 자주 있을 정도로 정말이지 혼자서는 도쿄의 거리를 걷지 못하였기 때문에, 그래서 하는 수 없이 하루 종일 집에서 빈둥거리는 적도 있는 실정이었습니다.

하지만 호리키에게 지갑을 건네주고 함께 다니면 호리키

는 물건값을 잘 깎았고 더구나 노는 재주가 있다고나 할까, 빈약한 돈으로 최대의 효과를 올릴 수 있는 솜씨를 발휘하였고, 또한 비싼 택시를 피해 전차, 버스, 기차 등을 적절히 이용하여 최단 시간에 목적지에 도착하는 솜씨를 발휘하였고, 그리고 아침에 사창가에서 돌아오는 도중에는 요정에 들러 목욕을 한 후 두부 요리로 가볍게 한잔하는 편이 비교적 싸게 먹히고 푸짐한 느낌이 든다며 현지 교육을 시켜 주기도 하였고, 그 밖에도 포장마차의 고기덮밥이나 꼬치가 값이 싸고 영양도 풍부하다는 사실을 역설하였고, 취기가 빨리 도는 술로는 '덴키브란'(당시에 유행하던 가짜 브랜디의 상표-옮긴이)이 최고라고 보증하기도 하였기에 아무튼 저는 한 번도 계산에 관하여 불안이나 공포를 느낀 적이 없었습니다.

그뿐만이 아니라 호리키와 사귀며 다행이라고 여긴 것은 그가 듣는 사람의 입장을 완전히 무시한 채, 이른바 파토스가 분출하는 대로 ― 어쩌면 파토스란 상대방의 입장을 무시하는 짓인지도 모르지만 ― 하루 종일 쓸데없는 소리를 지껄이는 덕분에 둘이서 돌아다니다가 지쳐도 어색한 침묵에 빠질 염려가 전혀 없다는 점이었습니다. 남들과 접할 때 그 무서운 침묵이 찾아올까 봐 경계하며 원래 입이 무거운 제가 기회를 놓칠세라 필사적인 익살을 떨어 왔습니다만, 이제는 호리키라는 바보가 무의식 중에 그 익살꾼 역할을 스스로 자진하여 맡아 주고 있는 덕분에 저는 제대로 대답도 않고 그냥 흘려 듣다가 이따금 "설마!"라고 한마디 하고는 웃어 넘기면 되었습니다.

술, 담배, 매춘부. 이러한 것들은 전부 비록 일시적이나마 대인 공포를 해소시킬 수 있는 아주 적절한 수단이라는 사실을 이윽고 저도 알게 되었습니다. 이러한 수단을 얻기 위해서라면 제가 지니고 있는 물건을 전부 팔아도 아깝지 않으리라는 생각까지 들게 되었습니다.

저에게는 매춘부라는 존재가 인간도 여자도 아닌 백치나 미치광이처럼 보였기 때문에 그 품 안에서 저는 오히려 완전히 안심하고 편안히 잠들 수가 있었습니다. 모두들 애처로울 정도로 그야말로 욕정이라곤 전혀 없었습니다. 그리고 저에게 동류의 친화감이랄 수 있는 것을 느끼는지 그 매춘부들은 언제나 저에게 거북하지 않을 정도의 자연스러운 호의를 보여 주었습니다. 아무런 타산도 없는 호의, 강요가 아닌 호의, 두 번 다시 오지 않을지도 모르는 사람에 대한 호의. 저는 그 백치나 미치광이 매춘부들에게서 마리아의 후광을 실제로 보았던 밤도 있었습니다.

그러나 저는 대인 공포에서 벗어나 불과 하룻밤의 휴양을 얻기 위하여 그곳에 가, 그야말로 저와 '동류'인 매춘부들과 노는 사이에 어느 틈엔가 무의식적으로 일종의 꺼림칙한 분위기를 항상 몸 주위에 풍기게 되었습니다. 이것은 저로서는 전혀 예상하지 못했던 이른바 '별책 부록'이었지만, 차츰 그러한 '부록'이 선명하게 표면에 나타나자, 호리키의 지적을 받고는 깜짝 놀라 불쾌한 느낌이 들었습니다. 남들이 보기에는 속된 표현으로 말하자면 저는 매춘부를 통하여 여자 수행(修行)을 쌓았고 더구나 최근에는 두드러지게 솜씨가 좋아졌습니다. 여자 수행은 매춘부로 쌓는 것이 가장 힘들지만 그만큼 효과가 있다고들 합니다. 이미 저에게는 '바람둥이' 냄새가 절어서, 여자들이 — 매춘부뿐만이 아니라 — 본능적으로 그 냄새를 맡고 모여드는, 그러한 외설적이고 불명예스러운 분위기를 '별책 부록'으로 얻었고, 또한 그것이 자신의 휴양보다도 훨씬 두드러지게 된 모양이었습니다.

호리키는 그 말을 칭찬 삼아 한 것이겠지만, 그러나 저에게도 어딘가 몹시 마음에 걸리는 일들이 있었습니다. 예를 들자면 다방 레지로부터 유치한 편지를 받은 적도 있고, 사쿠라기 초 집의 옆에 사는 스무 살 가량의 장군 딸이 매일 아침 제가 등교할 시간이 되면 용건도 없어 보이는데 옅은 화장을 하고 자기 집 문을 들락거렸고, 쇠고기를 사러 가면 제가 잠자코 있어도 그곳에서 일하는 아가씨가……, 또한 단골 담배 가게의 딸에게서 받은 담배 상자 속에……, 또한 가부키를 보러 갔을 때 옆자리에 앉은 사람이……, 또한 심야에 전차에서 술에 취하여 자고 있을 때……, 또한 뜻하지도 않게 고향의 친척 딸로부터 심각한 편지를 받고……, 또한 제가 없는 동안에 누군지도 모르는 여자가 손으로 만든 인형을……. 제가 극도로 소극적이기에 전부 그 정도로 끝났을 뿐 아무런 진전도 없었지만 무언가 여자들을 꿈꾸게 만드는 분위기가 제 몸의 어딘가에 배어 있다는 점은 단순한 자만이나 농담이 아니라 부정할 수 없는 사실이었습니다. 저는 그 사실을 호리키와 같은 자에게 지적당하여 굴욕과도 같은 쓸쓸함을 느낌과 동시에 매춘부를 상대하는 짓에도 갑자기 흥미를 잃었습니다.

호리키는 또한 자만하기 좋아하는 모더니티에서 ― 호리키의 경우 저로서는 지금도 그 이외의 이유는 생각할 수 없습니다만 ― 어느 날 저를 공산주의 독서회라는 ― R·S라고 하였던 듯하나, 기억이 확실하지 않습니다 ― 비밀 연구회에 데리고 갔습니다. 호리키와 같은 인물에게는 공산주의의 비밀 회합도 그 '도쿄 안내'의 하나에 불과하였는지도 모릅니다. 저는 이른바 '동지'라는 사람들에게 소개되어 팸플릿을 한 부 샀고 또한 몹시 흉한 얼굴의 지도층 청년에게서 마르크스 경제학 강의를 들었습니다. 그러나 저에게는 그 강의가 너무도 당연한 내용처럼 여겨졌습니다. 그 강의는 물론 사실이겠지만 인간의 마음에는 이유를 알 수 없는 훨씬 무서운 것이 있습니다. 욕망이라는 표현으로도 부족하고 허영심이라는 표현으로도 부족하며 색(色)과 욕(慾)의 두 가지를 합쳐도 부족한, 저도 무엇인지 모르지만 인간 세상의 근저에는 경제만이 아니라 묘한 괴담과도 같은 것이 있는 듯한 느낌이 들어, 그 괴담에 무서워서 벌벌 떠는 저로서는 이른바 유물론을 물이 낮은 곳으로 흐르듯이 자연스럽게 긍정하면서도, 그러나 그 때문에 인간에 대한 공포에서 해방되어, 새싹을 향하여 눈을 뜨고, 희망의 기쁨을 느끼는 일은 불가능하였습니다. 그러나 저는 한 번도 결석하지 않고 그 R·S — 라고 했던 것 같습니다만, 틀릴지도 모릅니다 — 라는 것에 출석하여, '동지'들이 대단한 큰일처럼 심각한 얼굴로, '1+1=2'라는 식과 같은 거의 초보적인 산술 이론의 연구에 몰두하고 있는 모습이 너무도 우스꽝스러워 제 특유의 익살로 회합 분위기를 부드럽게 만드는 데 노력하였고, 그 때문인지 차츰 연구회의 딱딱한 분위기도 풀리고 저는 그 회합에서 없어서는 안 될 인기인이 되었습니다. 그 단순해 보이는 사람들은 저를 역시 자신들처럼 단순히 익살꾼 '동지' 정도로 생각하고 있었는지도 모르지만, 만약 그렇다면 저는 이 사람들을 하나부터 열까지 속이고 있었던 것이 됩니다. 저는 동지가 아니었습니다. 하지만 그 회합에 항상 빠짐없이 출석하여 모두에게 익살을 서비스하였습니다.

좋아하였기 때문입니다. 그 사람들이 제 마음에 들었기 때문입니다. 그러나 그것은 결코 마르크스에 의하여 맺어진 친화감이 아니었습니다.

비합법. 저로서는 그것이 어쩐지 즐거웠습니다. 오히려 마음이 편했던 것입니다. 이 세상의 합법이라는 행위 쪽이 오히려 무섭고 ― 거기에는 한없이 강한 힘이 느껴집니다 ― 그 장치가 이해되지 않았기에 바깥은 비합법의 바다라 하더라도 그곳에 뛰어들어 헤엄치다가 이윽고 죽게 되는 것이 저로서는 차라리 마음이 편하였습니다.

'어둠의 자식'이라는 말이 있습니다. 인간 세상에서 비참한 패배자나 패륜아들을 가리켜 하는 말이지만, 저는 스스로가 태어날 때부터 어둠의 자식이라는 생각이 들어 세상으로부터 어둠의 자식이라고 손가락질당하는 사람들과 만나면 반드시 다정한 마음씨가 됩니다. 그리고 저의 '다정한 마음씨'는 제 자신이 반할 정도로 다정한 마음씨였습니다.

또한 '범인(犯人) 의식'이라는 말도 있습니다. 이 세상에서 평생을 그 의식에 괴로워하면서도, 조강지처 같은 좋은 반려로서 그 의식과 단둘이서 적적한 생활을 보내는 것도 제 나름 대로의 살아가는 자세일지 모르겠습니다. 또한 '정강이에 상처를 지닌 자'라는 말도 있듯이 그 상처는 제가 어렸을 때부터 자연히 정강이에 나타나 성장과 더불어 치유되기는커녕 더욱더 심해질 뿐 뼛속으로 파고들어 밤마다 느끼는 고통은 변화무쌍한 지옥과도 같았습니다. 그러나 — 이것은 아주 기묘한 표현이지만 — 그 상처는 차츰 저의 혈육보다도 친하여져, 그 통증이 바로 상처의 생생한 감정 혹은 애정의 속삭임이라고까지 생각되는 저에게 있어서는 지하 운동 그룹의 분위기가 기묘하게도 마음이 편안하고 안락하였습니다. 즉 그 운동의 본래 목적보다도 그 운동의 본질이 저에게 맞는 듯한 느낌이었습니다. 호리키의 경우는 단순히 장난삼아 저를 소개하기 위해서 한 차례 그 회합에 나갔을 뿐 그 마르크시스트는 생산 면의 연구와 동시에 소비 면의 시찰도 필요하다고 어설픈 농담을 하며, 그 회합에는 얼굴도 보이지 않고 무작정 저를 그 소비 면의 시찰 쪽으로 유혹하려 하였습니다. 생각해 보면 그때는 갖가지 유형의 마르크시스트들이 있었습니다. 호리키처럼 허영이라는 모더니티에서 마르크시스트를 자칭하는 자도 있었고, 또한 저처럼 단지 비합법이라는 냄새가 마음에 들어서 그곳에 주저앉은 자도 있었는데, 만약 이러한 실체가 마르크스주의의 진정한 신봉자에게 발각되었더라면 호리키도 저도 심한 욕설과 함께 비겁한 배신자라는 이유로 당장 쫓겨났을 것입니다. 그러나 저도 또한 호리키조차도 좀처럼 제명 처분을 당하지 않았고, 특히 저는 그 비합법의 세계에서 합법적인 신사들의 세계에서보다도 오히려 마음껏 이른바 '건강'하게 행동할 수 있었기에, 바람직한 '동지'로서 웃음이 터질 정도로 과도하게 비밀스러운 갖가지 용건을 부탁받게 되었습니다. 또한 사실 저는 그러한 부탁을 한 번도 거절하지 않고 태연히 무엇이건 응낙하였으며, 공연히 부자연스러운 행동을 취하여 개 — 동지들은 경찰을 그렇게 불렀습니다 — 의 의심을 사서 불심검문을 당하여 붙잡히는 일도 없었고, 웃으면서 또한 남들을 웃기면서 그들이 위험하다고 — 그 운동에 참가한 자들은 대단한 일처럼 긴장하여 탐정소설의 어설픈 흉내까지 내며 극도로 경계하였고, 게다가 나에게 부탁하는 일은 정말로 어이가 없을 정도로 쓸데없는 것이었습니다만, 그래도 그들은 그 용건을 무척 신중하고 조심스럽게 이야기하였습니다 — 하는 일을 하여간에 정확히 수행하였습니다. 그 당시의 제 기분 같아서는 당원이 되어 붙잡혀 설령 종신형을 받아 형무소에 들어가게 되었다 하더라도 태연하였을 것입니다. 세상 사람들의 '실생활'을 두려워하며 밤마다 불면의 지옥에서 신음하느니 차라리 감옥 쪽이 편안할지 모른다는 생각마저 들었습니다.

아버님은 사쿠라기초 별장에서는 손님을 상대하거나 외출하거나 하며, 같은 집에 있어도 사나흘씩이나 얼굴도 못 보는 수가 있을 정도였습니다. 하지만 아무래도 아버님이 마음에 걸리고 무서워서 집을 나가 어딘가 하숙이라도 얻으려고 생각하던 참에, 아버님이 그 집을 팔려 한다는 말을 꺼내지 못하고 있던 차에, 아버님이 그 집을 파실 생각이라는 말을 별장지기 할아범으로부터 들었습니다.

아버님의 의원 임기도 그럭저럭 만기에 가까워졌고 여러 가지 이유가 있었겠지만, 더 이상 출마할 의사도 없으신 듯, 더구나 은퇴 후에 지내실 별채를 고향에 세우는 등 도쿄에 미련도 없으신 모양으로, 고작 고등학생에 불과한 저를 위하여 저택과 하인을 그대로 두기는 아깝다고 생각하신 것인지 — 아버님의 마음도 또한 세상 사람들의 경우와 마찬가지로 저로서는 잘 알 수가 없었습니다 — 하여간에 그 집은 이윽고 남의 손으로 넘어가고, 저는 혼고 모리카와초에 있는 선유관이라는 낡은 하숙집의 어두컴컴한 방으로 이사하여 얼마 지나지 않아 돈이 궁하여졌습니다.

그때까지는 아버님이 매월 일정한 금액의 용돈을 주셨는

데 그 돈은 불과 이삼 일 사이에 써 버렸지만, 그래도 담배나 술 혹은 치즈, 과일 등이 항상 집에 있었으며 책이나 문구류 및 의복에 관한 것 일체는 항상 부근의 가게에서 이른바 '외상'으로 구입할 수 있었고, 호리키에게 메밀국수나 튀김덮밥을 사 주더라도, 아버님이 단골로 다니시는 곳의 가게라면 저는 잠자코 그 가게를 나와도 상관이 없었습니다.

그러던 것이 갑자기 혼자 사는 하숙 생활이 되자 모든 것을 매월 일정한 금액의 송금으로 해결하여야만 되었기에 저는 어찌할 바를 몰랐습니다. 송금은 역시 이삼 일 사이에 사라지고 저는 섬뜩한 느낌이 들어 아버님, 형님, 누님 등에게 번갈아 돈을 요구하는 전보와 편지 ― 그 편지에 호소한 사정은 모두 익살스러운 허구였습니다. 남에게 무엇인가 부탁하려면 우선 그 사람을 웃기는 것이 상책이라고 생각하였던 것입니다 ― 를 연발하는 한편, 또한 호리키의 가르침을 받아 부지런히 전당포를 드나들기 시작하였지만, 그래도 언제나 돈이 궁하였습니다.

어차피 저에게는 아무런 연고도 없는 하숙집에서 혼자 '생활'할 능력이 없었습니다. 저는 하숙집의 그 방에서 혼자 가만히 있는 것이 무서웠고, 당장이라도 누군가의 습격을 받아 일격을 당할 듯한 느낌이 들었기에 거리로 뛰쳐나와서는 좌익 운동을 돕거나 혹은 호리키와 함께 다니면서 싸구려 술을 마시기도 하며, 거의 학업도 그림 공부도 포기하고 지내던 중, 고등학교에 입학한 지 2년째 되던 해의 10월, 저보다 연상인 유부녀와 정사(情死)사건을 일으킴으로 해서 제 신상은 일변하고 말았습니다.

학교는 결석만 하고 학과 공부도 전혀 하지 않았음에도 그래도 기묘하게 시험 답안 작성에는 요령이 좋았던 덕분에 그때까지는 그럭저럭 고향의 부모님을 감쪽같이 속여 왔습니다만, 그러나 서서히 출석 일수 부족 등으로 학교 측에서 비밀리에 고향의 아버님께 통지를 한 듯, 아버님의 대리로 만형이 고압적인 문장의 긴 편지를 저에게 보내오기에 이르렀습니다. 하지만 그것보다도 저에게 직접적인 고통은 돈이 없다는 것과 또한 비합법 운동이 도저히 장난삼아 할 수 없을 정도로 과격해지고 바빠진 것이었습니다. 저는 '중앙 지구'인가 뭔가 하는, 혼고·고이시카와·시타야·간다 부근에 있는 모든 학교의 마르크스주의 학생들의 행동 대장이 되었습니다. 무장봉기가 있으리라는 말을 듣고 조그만 칼을 사서 — 지금 생각하면 그것은 연필도 제대로 깎을 수 없을 정도로 빈약한 칼이었습니다 — 그것을 레인코트 호주머니에 넣고 이리저리 뛰어다니며 이른바 '연락'을 하는 직책이었습니다.

술을 마시고 푹 자고 싶었지만 돈이 없었습니다. 더구나 P — 당을 그러한 은어로 불렀던 것으로 기억하지만 어쩌면 틀릴지도 모릅니다 — 로부터는 숨 쉴 겨를도 없을 정도로 잇달아 용건 의뢰가 들어왔습니다. 저의 병약한 몸으로는 도저히 감당할 수 있을 것 같지 않았습니다. 애당초 비합법에 대한 흥미만으로 그 그룹을 도왔을 뿐, 이런 식으로 그야말로 농담이 진담된다는 식으로 너무나도 바빠지게 되자, 저는 은근히 P의 사람들에게 "그건 제 전문이 아닙니다." "당신네 직계 사람들에게 시키면 어떻겠습니까?" 하는 식으로 정이 떨어지는 소리를 하다가 결국 도망치고 말았습니다. 물론 도망을 치고 기분 좋을 리는 없었기에 죽기로 작정하였습니다.

그 무렵 저에게 특별한 호의를 보이던 여자가 세 사람 있었습니다. 한 사람은 제가 하숙하고 있는 선유관의 딸이었습니다. 그 아가씨는 제가 좌익 운동을 돕다가 녹초가 되어 돌아와 밥도 먹지 않고 잠자리에 들고 나면 반드시 편지지와 만년필을 갖고 제 방으로 와서,

"죄송합니다. 아래층은 동생들이 시끄러워서 제대로 편지를 쓸 수가 없어요."

하며 제 책상 앞에 앉아서 한 시간 이상이나 무언가를 썼습니다.

저도 또한 모르는 척하며 누워 있으면 될 것을 그 아가씨가 무척이나 저와 대화를 나누고 싶어 하는 눈치이기에 제 특유의 수동적 봉사 정신을 발휘하여, 사실은 전혀 말을 할 기분이 아닌데도 안간힘을 써서 피로로 축 늘어진 몸을 일으켜 담배를 물고는,

"여자에게서 받은 연애편지로 목욕물을 데운 사내가 있다더군요."

"어머나, 세상에! 당신이지요?"

"우유를 데워서 마신 적은 있습니다."

"영광스러운 일이로군요. 많이 드세요."

이 여자는 언제까지 있을 작정인가? 편지라니 속이 빤히 들여다보이는군. 아마도 낙서만 하는 거겠지.

"어디 좀 볼까요?"

하고 죽어도 보고 싶지 않은 심정에서 그렇게 말하면, "어머나, 안 돼요." 하며 기뻐하는 모습이란 너무도 꼴사나워서 흥이 깨질 뿐이었습니다. 그래서 저는 아무 일이라도 부탁해야지, 하고 생각하게 됩니다.

"미안하지만, 전찻길 옆의 약국에 가서 칼모틴을 사다 주지 않겠어요? 너무 피곤하니까 얼굴에 열이 나서 오히려 잠을 잘 수가 없네. 미안해요. 돈은……."

"괜찮아요, 돈은."

좋아서 일어납니다. 일거리를 부탁하면 결코 풀이 죽는 것이 아니라 오히려 여자들은 남자에게서 무슨 부탁을 받으면 기뻐한다는 사실도 저는 이미 알고 있었습니다.

또 한 사람은 여자사범고등학교의 문과생으로 이른바 '동지'였습니다. 이 사람과는 좌익 운동에 관한 일로 싫건 좋건 매일 얼굴을 마주하지 않을 수 없었습니다. 회합이 끝나도 그 여자는 항상 저를 따라다니며 무작정 저에게 무엇인가 사 주었습니다.

"나를 진짜 누나라고 생각해도 좋아."

그 말에 몸서리를 치며, 저는,

"그렇게 생각하고 있습니다."

하고, 우수가 섞인 미소를 지으며 대답하였습니다. 하여간에 비위를 건드리면 무섭다, 어떻게든 얼버무려 넘겨야만 한다는 일념에서, 저는 결국 이 추하고 끔찍한 여자에게 봉사하며 무언가 선물을 받으면 — 그 선물은 정말로 형편없는 취미의 것들뿐이라, 저는 대개 그것을 꼬치구이집 아저씨 같은 사람들에게 곧바로 줘 버렸습니다 — 기쁜 듯한 얼굴로 농담을 하여 웃겼지만 어느 여름날 밤 아무리 하여도 떨어지지 않기에 어두운 길거리에서 그 여자가 어서 돌아가 주었으면 하는 생각에 키스를 해 주었더니, 딱하게도 미친 듯이 흥분하여 택시를 세우고는, 그 사람들이 운동을 하기 위하여 비밀리에 빌린 빌딩 사무소 같은 비좁은 방으로 데려가 아침까지 소란을 피우게 되자, 어이없는 누나로군, 하며 저는 속으로 쓴웃음을 지었습니다.

하숙집 딸도 이 '동지'도 어쨌거나 매일 얼굴을 마주 대해야만 하는 상황이라 이제까지의 여러 여자들처럼 쉽게 피할 수가 없었기에, 결국 모르는 사이에 그 불안한 마음에서 필사적으로 이 두 사람의 비위를 맞추느라고 이미 나는 꼼짝도 할 수 없는 상태가 되어 버렸습니다.

같은 무렵, 저는 긴자에 있는 어느 커다란 카페의 여종업원으로부터 뜻하지 않은 은혜를 입게 되어, 단 한 번밖에 만나지 않았지만 그래도 그 은혜가 마음에 걸려서 역시 꼼짝도 할 수 없을 정도의 불안과 공포감을 느꼈습니다. 그 무렵에는 저도 굳이 호리키의 안내에 의지하지 않더라도 혼자서 전차를 탈 수 있으며 또한 가부키 극장에도 갈 수 있고, 혹은 붓으로 살짝 스친 듯한 무늬의 기모노를 입고 카페에도 들어갈 수 있을 정도로, 다소나마 뻔뻔스러움을 가장할 수 있게 되었습니다. 마음속으로는 여전히 인간의 자신감과 폭력을 의심하고 두려워하고 걱정하면서도 겉으로는 조금씩 타인과 진지한 얼굴로 인사를, 아니 사실 저는 역시 패배의 익살로 쓴웃음을 짓지 않으면 인사를 하지 못하는 성격입니다만, 하여간에 필사적이고 어설픈 운동에 가담한 덕분(?)으로, 또한 여자들(?)과 술(?)덕분으로, 그러나 주로 경제적 부자유로 인하여 배우게 되었습니다. 어디에 있건 두려움을 느꼈지만, 반면에 커다란 카페의 수많은 취객 혹은 여종업원, 보이들 사이에 끼여서 뒤섞일 수 있다면 끊임없이 쫓기는 듯한 저의 이 느낌도 가라앉지 않을까 생각하고는, 10엔을 들고 긴자의 커다란 카페에 혼자 들어가 웃으면서 상대방 호스티스에게,

"10엔밖에 없으니까 알아서 해." 하고 말했습니다.

"걱정하실 거 없어요."

어딘지 모르게 관서 지방의 사투리가 느껴졌습니다. 그리고 그 한마디가 기묘하게도 저의 부들부들 떨리는 마음을 가라앉게 해 주었습니다. 그것은 돈 걱정을 하지 않아도 되었기 때문이 아니라, 그 여자의 옆에 있어도 괜찮으리라는 생각이 들었기 때문입니다.

저는 술을 마셨습니다. 그 여자에게 안심할 수 있었기에 오히려 익살 부릴 생각도 들지 않았고 묵묵하고 어두운 저의 본성을 숨김없이 보이며 잠자코 술을 마셨습니다.

"이런 것들을 좋아하세요?"

여자는 갖가지 요리를 제 앞으로 늘어놓았습니다. 저는 고개를 저었습니다.

　"술만 드시겠어요? 나도 마셔야지."

　쌀쌀한 가을밤이었습니다. 저는 쓰네코 ― 라고 불렀던 것으로 기억합니다만 기억이 희미하여 확실하지 않습니다. 저는 정사 상대의 이름조차 잊어버리는 사내입니다 ― 가 가르쳐 준 대로, 긴자 뒷골목의 어느 포장마차에서 전혀 맛이 없는 초밥을 먹으며 ― 그 여자의 이름은 잊었어도 그때 먹은 초밥이 맛없다는 사실은 또렷이 기억에 남아 있습니다. 그리고 구렁이 얼굴을 닮은 까까머리의 주인 아저씨가 고개를 저으며 그럴싸한 폼으로 초밥 만드는 모습도 눈앞에 보듯이 선명하게 떠올라, 훗날 전차에서 '어라, 아는 얼굴인데.' 하며 이리저리 생각하다가, '아아, 그때 초밥집 주인 아저씨와 닮았구나.' 하고 깨닫고는 쓴웃음을 지은 적이 몇 번이나 있을 정도였습니다. 상대방 여자의 이름도 또한 생김새마저 기억에서 사라져 가는 지금, 아직도 초밥집 주인 아저씨의 얼굴만큼은 그림으로 그릴 수 있을 정도로 정확히 기억하고는 있는 것을 보면, 어지간히 그때의 초밥이 맛없었고, 추위와 고통이 심했던 모양입니다. 원래 저는 맛있는 초밥을 파는 음식점에 남들이 데려가 주어도 맛있다고 생각한 적은 한 번도 없습니다. 초밥이

대체로 너무 큽니다. '엄지손가락만 한 크기로 제대로 만들 수는 없는 걸까?' 하는 생각이 항상 들었습니다 ― 그 사람을 기다리고 있었습니다.

그 사람은 혼조에 있는 목수집 2층에 세 들어 살고 있었습니다. 저는 그 2층에서 평소의 음울한 성격을 조금도 감추지 않고 심한 치통이라도 앓듯이 한 손을 뺨에 대고 차를 마셨습니다. 그런데 그러한 저의 태도가 오히려 그 사람의 마음에 들었던 모양입니다. 그 사람도 주위에 차가운 초겨울 바람이 불어 낙엽만 휘날릴 뿐 완전히 고립되어 있는 느낌의 여자였습니다.

함께 자면서 그 여자는 저보다 두 살 연상이라는 사실, "고향은 히로시마이고, 남편이 있는 몸이에요. 히로시마에서 이발소를 했었지요. 작년 봄에 함께 도쿄로 도망쳐 왔지만 남편은 도쿄에서 제대로 일도 하지 않다가 어느 날 사기죄로 잡혀서 형무소에 있어요. 저는 매일 이것저것 차입을 하러 형무소에 갔지만 내일부터는 그만둘래요." 하는 따위의 신상 이야기를 하였습니다. 저는 무슨 이유인지 여자의 신상 이야기에는 전혀 흥미를 느끼지 못하는 성격으로, 여자의 말솜씨가 서투른 탓인지, 즉 이야기의 요점을 제대로 전달하지 못하는 탓인지 하여튼 저에게는 언제나 마이동풍이었습니다.

적적하다.

저는 여자의 잡다한 신상 이야기보다도, 그 한마디에 공감을 느끼게 되리라고 기대하고 있어도, 결국 이 세상 여자들로부터 한 번도 그 말을 들은 적이 없다는 사실을 이상야릇하게 느끼고 있습니다. 하지만 그 사람은 입으로는 '적적하다'는 말을 하지 않았지만 무언의 격렬한 적적함을 몸 주변에 한 치 정도 폭의 기류처럼 지니고 있었기에, 그 사람 곁으로 가면 제 몸도 그 기류에 휩싸여 제가 지니고 있는 약간의 신경질적인 기류와 잘 융화되어 '물 밑의 바위로 가라앉는 낙엽'처럼 제 몸은 공포로부터도 불안으로부터도 해방될 수가 있었습니다.

그 백치 같은 매춘부들의 품속에서 안심하고 깊이 잠드는 기분과는 전혀 달리 ― 우선 그 매춘부들은 쾌활하였습니다 ― 저에게는 그 사기범의 아내와 지낸 하룻밤이 행복하고 ― 이토록 당치 않은 말을 아무런 주저도 없이 긍정하며 사용하는 것은 저의 이 수기에서는 두 번 다시 없을 것입니다 ― 해방감을 느끼게 하는 밤이었습니다.

하지만 단 하룻밤이었습니다. 아침에 눈을 뜨자 자리를 박차고 일어난 저는 원래의 경박하고 진실하지 못한 익살꾼이 되어 있었습니다. 겁쟁이는 행복조차도 두려워하게 마련입니다. 솜에도 상처를 입습니다. 행복에 상처를 입는 수도 있습니다. 상처 입기 전에 빨리 이대로 헤어지고 싶다는 초조한 마음에서 다시 익살의 연막을 치게 됩니다.

"'돈이 떨어지면 정도 떨어진다.'는 속담은 잘못된 말이야. 돈이 떨어지면 여자에게 차인다는 의미가 아니라고. 남자에게 돈이 떨어지면 남자는 저절로 의기소침하게 되어 맥을 못 추고 웃음소리에도 힘이 없게 되고, 또한 어딘가 삐뚤어지게 되고 결국에는 자포자기가 되어 남자 쪽에서 여자를 차 버리는 거야. 거의 미치광이가 되어 마구 차 버린다는 뜻이지. '가나자와 대사림(金澤大辭林)'이라는 사전에 의하자면 말이야, 불쌍하게도. 나도 그 기분을 알고 있지."

분명히 그런 식으로 바보 같은 소리를 하며 쓰네코를 웃겼던 기억이 있습니다. '너무 오래 신세를 지면 안 된다. 자칫하면 그렇게 될 염려가 있다.' 하는 생각에 세수도 하지 않고 잽싸게 빠져나왔습니다만, 그때 저의 '돈이 떨어지면 정도 떨어진다.'는 헛소리가 훗날 의외의 결과를 낳았습니다.

그 후로 한 달 동안 저는 그날 밤의 은인과 만나지 않았습니다. 헤어진 후 날이 감에 따라서 기쁨도 잊혀지고 잠시나마 은혜를 입었던 일이 두렵게 여겨지고, 혼자서 멋대로 격심한 속박감을 느끼게 되고 그 카페의 계산을 그때 전부 쓰네코에게 부담시켰던 것까지도 차츰 마음에 걸리게 되자, 쓰네코도 역시 하숙집 딸이나 사범학교생과 마찬가지로 저를 협박만 하는 여자처럼 여겨져서 멀리 떨어져 있으면서도 항상 쓰네코를 두려워하였습니다. 더구나 저는 함께 잔 적이 있는 여자와 다시 만나면 갑자기 열화같이 성을 낼 듯한 느낌이 들어 다시 만나는 것을 몹시 꺼리는 성질이었기 때문에 결국 긴자와 같은 번화가는 기피하게 되었습니다. 그러나 그렇게 꺼리는 성격은 결코 제가 교활하기 때문이 아니라 애당초 여자들이 잠을 잘 때와 아침에 일어났을 때의 사이에, 티끌만치도 연관을 두지 않고 완전히 망각한 듯, 양쪽 세계를 너무도 깨끗이 분리시켜 살아간다는 불가사의한 현상을 아직 제대로 이해하지 못한 때문이었습니다.

11월 말, 저는 호리키와 간다의 포장마차에서 싸구려 술을 마셨습니다. 이 악우(惡友)는 그 포장마차에서 다른 곳으로 가서 또 마시자고 우겼습니다. 이미 돈이 떨어졌는데도 그래도 "마시자, 마시자." 하며 고집을 부렸습니다. 그때 저는 취해서 대담해진 탓도 있었습니다만,

"좋아, 그렇다면 천국으로 데려다주지. 놀라지 마, 주지육림에……."

"카페야?"

"그래."

"가자!"

하며 둘이서 전차를 탔습니다. 호리키는 신이 나서,

"오늘 밤은 유달리 여자 생각이 간절하군. 호스티스에게 키스해도 될까?"

저는 호리키가 그렇게 추태 부리는 것을 그다지 좋아하지 않았습니다. 호리키도 그것을 알고 있었기 때문에 저에게 그렇게 물어본 것입니다.

"알겠지? 키스할 거야. 내 옆에 앉은 호스티스에게 반드시 키스할 테니까. 알겠지?"

"괜찮겠지."

"고마워! 난 여자에게 굶주려 있거든."

긴자 4번가에서 내려 이른바 주지육림의 카페에 돈도 한푼 없이 쓰네코만 믿고 들어가 비어 있는 룸에 호리키와 마주 앉자마자, 쓰네코와 또 한 명의 호스티스가 달려오더니 쓰네코는 호리키 옆에 다른 호스티스는 내 옆에 털썩 주저앉기에 저는 깜짝 놀랐습니다.

'쓰네코가 키스당하면 어쩌나.'

아깝다는 기분은 아니었습니다. 저에게는 원래 소유욕이라는 것이 별로 없었고 또한 어쩌다가 미약하나마 아깝다는 느낌은 들어도 그 소유권을 당당하게 주장하며 남들과 싸울 정도의 기력은 없었습니다. 훗날 저는 제 내연의 처가 겁탈당하는 것을 잠자코 지켜본 적도 있을 정도입니다.

저는 가능한 한 남들의 싸움에 끼어들고 싶지 않았습니다. 그 소용돌이에 휘말리는 것이 두려웠습니다. 쓰네코와 저는 단 하룻밤을 지낸 사이입니다. 쓰네코는 제 것이 아닙니다. 제가 '아깝다'는 건방진 욕심을 지닐 리가 없습니다. 하지만 저는 깜짝 놀랐습니다.

저의 눈앞에서 호리키의 맹렬한 키스를 받는 쓰네코의 입장이 불쌍하게 여겨졌기 때문입니다. '호리키에게 더럽혀진 쓰네코는 나와 헤어져야만 하리라, 더구나 나에게는 쓰네코를 만류할 능동적인 정열은 없다. 아아, 이제는 끝장이다.' 하며 쓰네코의 불행에 일순간 깜짝 놀라기는 하였지만, 저는 금세 고분고분 포기하고 호리키와 쓰네코의 얼굴을 번갈아 보며 히죽히죽 웃었습니다.

그러나 사태는 정말 예상외로 훨씬 나쁘게 전개되었습니다.

"그만두겠어!"

호리키는 입술을 일그러뜨리더니,

"아무리 내가 굶주려 있기로서니, 이런 빈상의 여자와……."

하며 아주 질린 듯이 팔짱을 끼고 쓰네코를 뚫어지게 바라보며 쓴웃음을 지었습니다.

"술 좀 갖다 줘. 돈은 없어."

저는 작은 소리로 쓰네코에게 말했습니다. 그야말로 술독에 빠진 듯이 마시고 싶었습니다. 이른바 속물의 눈으로 보면 쓰네코는 주정꾼의 키스조차 받을 자격이 없을 정도로 초라한 여자였던 것입니다. 뜻밖이랄까 어처구니가 없다고나 할까 저에게는 청천벽력과도 같은 느낌이었습니다. 저는 이제까지 그토록 마셔 본 적이 없을 정도로 술을 퍼마시고 만취가 되어 쓰네코와 얼굴을 마주 보며 서로 웃었습니다. 호리키의 말을 듣고 보니, '이 여자는 어딘가 피곤하고 초라한 여자로구나.' 하는 생각이 듦과 동시에 가난뱅이끼리의 친화감 — 빈부의 불화는 진부한 듯하면서도, 역시 드라마의 영원한 테마라고 저는 지금도 생각하고 있습니다만 — 이 가슴에서 솟구쳐 쓰네코가 가엽게 여겨졌습니다. 저는 이때 난생 처음으로 제 쪽에서 적극적으로 미약하나마 사랑이라는 감정을 자각하게 되었습니다. 토했습니다. 인사불성이 되었습니다. 술을 마시고 이토록 정신을 못 차릴 정도로 취한 것은 그때가 처음이었습니다.

눈을 떠 보니 머리맡에 쓰네코가 앉아 있었습니다. 혼조 목수집의 2층 방에 누워 있었던 것입니다.

"'돈이 떨어지면 정도 떨어진다.'고 말한 건 농담인 줄 알았더니 정말이었나 봐요. 전혀 들르지 않았잖아요. 까다로운 이별법이로군요. 제가 벌어도 안 될까요?"

"안 돼."

이윽고 그녀도 잠자리에 들었습니다. 새벽녘에 그녀의 입에서 '죽음'이라는 말이 처음으로 나왔습니다. 그녀도 인간으로서의 삶에 지쳐 있는 듯이 보였고 저도 또한 이 세상에 대한 공포, 번거로움, 돈, 비합법 운동, 여자, 학업 등등을 생각하니, 도저히 더 이상 참고 살아갈 수가 없을 것 같았기에 그녀의 제안에 가볍게 동의하였습니다.

하지만 그때는 아직 실감을 느낄 정도의 '죽자'는 각오는 되어 있지 않았습니다. 어딘지 모르게 '장난'이 섞여 있었습니다.

그날 오전, 둘이는 아사쿠사 6구(區)를 방황하였습니다. 다방에 들어가서 우유를 마셨습니다.

"당신이 돈을 내세요."

저는 일어나서 품속의 지갑을 꺼내어 열었습니다. 동전이 세 개 있을 뿐이었습니다. 수치심보다도 처참한 느낌에 휩싸여 그 순간 뇌리에 떠오른 것은 '선유관'의 제 방이었습니다. 제복과 이불만 남아 있을 뿐 그 밖에는 전당포에 잡힐 만한 것이라곤 하나도 없는 황량한 방. '그 외에는 내가 지금 입고 다니는 기모노와 망토, 이것이 나의 현실이다. 더 이상 살아갈 수가 없다.'고 확실히 깨달았습니다.

제가 망설이는 것을 보고는 그녀도 일어나서 제 지갑을 들여다보았습니다.

"어머나, 겨우 그것뿐이에요?"

무심코 한 말이었습니다만 이것이 또한 제 가슴에 파고들 정도로 타격을 주었습니다. 처음으로 제가 사랑한 사람의 목소리였던 만큼 타격이 컸습니다. 그것뿐이고 나발이고 없습니다. 동전 세 개는 애당초 돈이라고도 할 수 없습니다. 그것은 제가 예전에 미처 맛보지 못한 기묘한 굴욕이었습니다. 도저히 살아 있을 수 없는 굴욕이었습니다. 필경 그 당시의 저는 여전히 부잣집 도련님이라는 딱지를 떼어 버리지 못하고 있었던 것이겠지요. 그때 저는 스스로 자진하여 죽겠다는 실감이 나는 결의를 하였습니다.

그날 밤, 저희들은 가마쿠라 앞바다에 뛰어들었습니다. 그녀는 "이 오비(기모노의 허리띠-옮긴이)는 같은 술집 동료한테서 빌린 거예요." 하며 풀어서 잘 접어 바위 위에 두었습니다. 저도 망토를 벗어서 같은 장소에 두고는 함께 뛰어들었습니다.

그녀는 죽었습니다. 그리고 저만 살아남았습니다.

제가 고등학생이었고 또한 아버님의 함자도 어느 정도 뉴스거리가 되었던 때문인지 신문에 제법 커다란 기사로 실린 모양이었습니다.

제가 해변에 있는 병원에 수용되자 고향의 친척이 하나 오더니 여러모로 뒤치다꺼리를 해 주고는, 고향에 계신 아버님을 비롯하여 집안이 온통 격노하고 계시니까 앞으로 가족들로부터 버림받을지도 모른다는 말을 남기고 가 버렸습니다. 하지만 저는 죽은 쓰네코가 그리워서 홀쩍홀쩍 울고만 있었습니다. 정말로 이제까지 사귀었던 여자들 중에서 그 빈상의 쓰네코만 사랑했기 때문입니다.

하숙집 딸에게서 단가(短歌. 5·7·5·7·7조의 시-옮긴이)를 50수나 늘어놓은 긴 편지가 왔습니다. '살아 달라'는 기묘한 말로 시작되는 단가만 50수였습니다. 또한 간호사들이 활짝 웃으며 제 병실에 놀러 오기도 하였는데 그중에는 제 손을 꼭 잡아 주고 가는 간호사도 있었습니다.

제 왼쪽 폐에 이상이 있다는 사실이 병원에서 발견되어 이것이 저에게는 무척 유리하게 작용하였습니다. 이윽고 제가 자살방조죄라는 죄명으로 경찰서에 끌려갔을 때 경찰서에서는 저를 환자 취급하여 특별히 보호실에 수용시켰습니다.

심야에 보호실 옆의 숙직실에서 철야 당번을 하고 있던 나이 든 순경이 방문을 살짝 열고,

"어이!"

하며 저에게 말을 걸더니,

"춥지? 이리 와서 난로라도 쬐어."

하고 말해 주었습니다.

저는 일부러 순순히 숙직실로 들어가 걸상에 앉아서 난로를 쬐었습니다.

"아무래도 죽은 여자가 그립지?"

"네."

한결 기어들어가는 듯한 가는 목소리로 대답했습니다.

"그게 바로 인정이란 거야."

그는 차츰 거만한 태도가 되었습니다.

"처음 여자와 관계를 맺은 건 어디지?"

마치 재판관처럼 거드름을 피우며 묻는 것이었습니다. 그는 저를 어린애라고 업신여기며 가을밤의 심심풀이로 마치 그 자신이 취조 주임이기라도 한 듯이 저에게서 음담패설 같은 진술을 들어 보려는 심산인 모양이었습니다. 저는 재빨리 그 사실을 눈치채고는 웃음이 터지려는 것을 억지로 참았습니다. 순경의 그러한 '비공식적인 심문'에 대하여는 일체의 대답을 거부하여도 된다는 사실은 저도 알고 있었지만, 그러나 기나긴 가을밤의 흥취를 돋우기 위해서 저는 어디까지나 고분고분 그 순경이야말로 취조 주임이며 형량을 결정하는 것도 그 순경의 손에 달려 있다고 믿어 의심하지 않는 듯한 '성의'를 드러내 보이며, 그의 호색적인 호기심을 어느 정도 만족시켜 줄 수 있는 그럴싸한 '진술'을 하였습니다.

"음, 이제야 대충 짐작이 가는군. 무엇이건 정직하게 대답한다면 이쪽에서도 어느 정도 정상을 참작하도록 하지."

"감사합니다. 잘 부탁드립니다."

그야말로 신기(神技)에 가까운 연기였습니다. 더구나 저에게는 무엇 하나 득이 되지 않는 열연이었습니다.

날이 밝자 저는 소장에게로 불려갔습니다. 요번에는 정식 취조였습니다.

문을 열고 서장실에 들어선 순간,

"어이구, 미남자로군. 이건, 자네가 나쁜 게 아니야. 이렇게 잘생긴 남자를 낳은 자네 어머님이 나쁜 거지."

검은 피부에 대졸인 듯한 느낌을 주는 아직 젊은 서장이었습니다. 다짜고짜 그런 말을 들은 저는 얼굴에 커다란 반점이라도 있는 듯한, 흉한 모습의 불구자라도 된 듯한 비참한 느낌이 들었습니다.

유도나 검도 선수 같은 이 서장의 취조는 정말로 담백하였기에 간밤에 나이 든 순경이 하였던 은근하며 집요하기 그지없던 흥미 위주의 '취조'와는 천양지차였습니다. 심문이 끝나

자 서장은 검사국에 보낼 서류를 작성하면서,

"건강에 신경을 써야 하겠군. 혈담이 나온다던데."

하고 말하였습니다.

그날 아침, 이상하게도 기침이 나와 저는 기침을 할 때마다 손수건으로 입을 가렸는데 그 손수건에 빨간 싸락눈이 내린 것처럼 피가 묻어 있었습니다. 하지만 그것은 목에서 나온 피가 아니라 어젯밤 귀밑에 난 종기를 만지다가 그 종기에서 묻은 피였습니다. 그러나 저는 그 사실을 밝히지 않는 편이 도움이 되리라는 생각이 문득 들었기 때문에, 단지,

"네."

하고 눈을 내리깔고는 고분고분 대답하였습니다.

서장은 서류 작성을 끝내고,

"기소를 할지 안 할지 그건 검사님이 정할 일이지만, 자네의 신원을 인수할 사람에게 전보나 전화로 오늘 요코하마의 검사국에 오시도록 부탁드리는 게 좋을 거야. 누군가 있지? 자네의 보호자나 보증인이."

아버님의 도쿄 별장에 드나들던 서화 골동품상인 시부타라는 사내가 생각났습니다. 아버님에게 빌붙어 지낸 적이 있는 그는 나와 같은 고향 출신인데, 작달막한 체구에 마흔 가량의 독신으로, 저의 학교 보증인이었습니다. 그 사내의 얼굴,

특히 눈초리가 넙치와 비슷하였기에 아버님은 언제나 그 사내를 '넙치'라고 불렀고 저도 그렇게 부르는 데에 익숙하여 있었습니다.

저는 경찰의 전화번호부를 빌려서 넙치의 집 전화번호를 찾아내어 전화를 걸어 요코하마 검사국까지 와 달라고 부탁하였습니다. 넙치는 사람이 변한 듯 거드름을 피우는 어조였지만 그래도 일단 승낙하여 주었습니다.

"어이, 그 전화기, 빨리 소독해야 할 거야. 혈담이 나온다니까."

제가 다시 보호실로 돌아오자 순경들에게 그렇게 시키는 서장의 커다란 목소리가 보호실에 앉아 있는 제 귀에까지 들렸습니다.

점심때가 조금 지나 저는 가느다란 밧줄에 묶여, 일단 망토로 가릴 수 있도록 허락을 받았습니다만, 그 밧줄 끝을 젊은 순경이 단단히 잡고는, 둘이 함께 전차를 타고 요코하마로 향하였습니다.

하지만 저에게는 전혀 불안이 없었을뿐더러, 그 경찰 보호실도 나이 든 순경까지도 그립게 느껴졌습니다. 아아, 어째서 저는 이 모양일까요? 죄인이 되어 포박되자 오히려 안도의 한숨이 나오고 편안한 느낌이 들어 그때의 추억을 지금 적으면서도 정말로 해방감과도 같은 즐거운 기분이 듭니다.

그러나 당시의 그리운 기억 속에도 단 하나, 식은땀 서 말의 평생 잊지 못할 실수가 있었습니다. 저는 검사국의 어두컴컴한 방에서 검사의 간단한 취조를 받았습니다. 검사는 마흔 전후의 조용하고 — 설령 제가 미남자라 할지라도 그것은 사악하고 음란한 미모임에 틀림없겠지만, 그 검사의 얼굴은 단정한 미모라 할 수 있는 총명한 정밀감(靜謐感)을 지니고 있었습니다 — 대범한 성품처럼 보였기 때문에 저도 전혀 경계를 하지 않은 채 멍하니 진술하고 있었는데, 갑자기 기침이 나와서 저는 품속에서 손수건을 꺼내어 문득 그 피를 보고, 이 기침도 역시 무언가 도움이 될지도 모른다는 얄팍한 생각에 콜록콜록 두 번 정도 더구나 억지로 힘을 주어 과장되게 하고는 손수건으로 입을 가린 채 검사의 얼굴을 힐끗 보았습니다. 그 순간,

"정말인가?"

조용한 미소였습니다. 식은땀 서 말, 아니, 지금 생각해도 안절부절못할 지경입니다. 중학교 시절, 그 바보 같은 다케카즈의 "일부러 그랬지?" 하는 말과 함께 지옥으로 굴러떨어졌던 그 당시의 심정 이상이라고 해도 전혀 과언이 아닙니다. 그것과 이것 이 두 가지가 제 생애에 있어서 연기에 크게 실패

한 기록입니다. 저는 검사에게서 그런 조용한 모멸을 당하는 것보다는 차라리 10년 형을 언도받는 편이 나았을 거라고 생각한 적도 이따금 있을 정도였습니다.

저는 기소 유예가 되었습니다. 하지만 반갑기는커녕 비참한 기분으로 검사국 대기실의 벤치에 앉아 넙치가 인수하러 오기를 기다렸습니다.

등 뒤의 높은 창문으로 저녁놀에 물든 하늘이 보였고 기러기들이 '여(女)' 자와 비슷한 형태로 날고 있었습니다.

세
번
째

수
기

*

1

다케카즈의 예언은, 하나는 맞고 하나는 빗나갔습니다. 여자들이 반하리라는 명예스럽지 못한 예언은 맞았습니다만 틀림없이 위대한 화가가 되리라는 축복의 예언은 빗나갔습니다.

저는 고작 조잡한 잡지의 어설픈 무명 만화가가 되었을 뿐입니다.

가마쿠라 사건 때문에 학교에서 추방당한 저는 '넙치'의 집 2층의 한 평 반짜리 방에 기거하며, 고향으로부터 매달 그야말로 소액의 돈을 그것도 직접 저에게가 아니라 넙치에게 몰래 보내 주는 모양이었습니다만 — 더구나 그 돈은 고향의 형님들이 아버지 몰래 보내 주는 것으로 되어 있었습니다 — 그이외에는 고향과의 관계가 완전히 끊겨 버렸기에, 넙치는 늘 불쾌한 표정으로 제가 웃는 얼굴로 대하여도 전혀 반응이 없었습니다. 인간이 이토록 간단히 그야말로 손바닥을 뒤집듯이 변할 수 있을까 하는 생각에 한심한 느낌이, 아니 오히려 우스운 느낌이 들 정도였습니다.

"외출하시면 안 됩니다. 하여간에 집에 계십시오."

이런 소리만 저에게 하는 것이었습니다.

넙치는 제가 자살할 가능성이 있다고, 즉 여자의 뒤를 따라 또다시 바다에 뛰어들 위험이 있다고 판단한 듯 저의 외출을 엄중하게 단속하였습니다. 하지만 술도 마시지 못하고, 담배도 피우지 못하고, 다만 아침부터 밤까지 2층 방의 고타쓰(이불 속에 넣은 화로-옮긴이) 앞에 쭈그리고 앉아서 낡은 잡지나 읽으며 멍청하게 지내는 저에게는 자살할 기력도 없었습니다.

넙치의 집은 오쿠보 의과 전문대학 가까이에 있었습니다. '서화 골동품점, 청룡원'이라고 간판의 글자만큼은 제법 그럴싸하여도 한 건물에 세 들어 있는 두 집 중의 하나로, 가게 입구도 비좁고 가게 안은 먼지투성이에 변변치 않은 잡동사니만 늘어놓고 — 물론 넙치는 그 가게의 잡동사니로 장사를 하는 것이 아니라 남들이 소장하고 있는 골동품을 다른 사람에게 소개하거나 소유권 이전에 관한 일을 맡아 하며 돈을 버는 모양이었습니다 — 가게에 앉아 있는 적은 거의 없이 대체로 아침부터 심각한 표정을 지으며 서둘러 외출하였습니다. 가게를 지키는 것은 17~18세 가량의 점원이었는데, 이 점원이 제

감시역을 맡아서 틈만 있으면 근처의 아이들과 밖에서 캐치 볼을 하면서도 2층의 식객을 마치 바보나 미치광이 정도로 생각하는 듯, 저에게 어른들의 설교와도 같은 소리까지 해 대었습니다. 저는 남들과 언쟁을 할 줄 모르는 성격이었기 때문에 피곤한 듯한 또한 감동한 듯한 얼굴을 하고 그 말에 귀를 기울이며 복종하였습니다. 이 점원은 시부타의 사생아이지만 무언가 묘한 사정이 있어서 시부타는 친자식이라는 사실을 숨기고 있었고, 또한 시부타가 독신으로 지내는 것도 그것과 무언가 관련이 있는 듯, 저도 이전에 집안 식구들로부터 그것과 관련된 소문을 언뜻 들었던 기억이 있습니다만, 저는 원래 남들의 신상에 관하여는 별로 흥미를 느끼지 못하는 편이라 자세한 사정은 잘 모르겠습니다. 그러나 그 점원의 눈초리도 어딘가 생선 눈을 연상시키는 것을 보면 어쩌면 정말로 넙치의 사생아……, 하지만 그렇다면 두 사람은 정말로 외로운 부자 지간이라 하겠습니다. 밤늦게 2층에 있는 저 몰래, 두 사람은 소바를 시켜다가 잠자코 먹은 적도 있었습니다.

넙치의 집에서는 언제나 그 점원이 식사를 차렸는데 2층에 있는 골칫거리의 식사는 별도로 밥상에 얹어서 매번 끼니때마다 날라다 주고, 넙치와 점원은 아래층의 습기 찬 골방에서 무언가 덜그럭덜그럭 그릇 부딪치는 소리를 내며 분주히 식사를 하였습니다.

3월 말의 어느 날 저녁, 넙치는 뜻하지 않은 돈벌이라도 생겼는지 아니면 무언가 별도의 술책이라도 있는지 — 이 두 가지 추측이 모두 맞는다고 해도, 또 다른 몇 가지의, 저로서는 도저히 추측할 수 없는 자질구레한 원인도 있으리라고 생각합니다만 — 오랜만에 술까지 차려 놓은 아래층의 식탁으로 저를 불러, 넙치가 아닌 참치 회에, 대접하는 주인 스스로 감탄하며, 멍하니 있는 저에게도 약간 술을 권하였습니다.

"어떻게 하실 작정인가요, 도대체, 앞으로?"

저는 그 질문에 대답도 않고 접시에서 멸치포를 집어 들어 그 작은 고기들의 은빛 눈을 바라보고 있노라니 은근히 술기운이 돌았습니다. 그러자 마음껏 놀러 다니던 시절이 그리워지고, 호리키마저 그리운 생각이 들어 '자유'로운 생활을 하고 싶다는 심정에 느닷없이 눈물이 날 것 같았습니다.

저는 이 집에 온 이후로 익살을 부릴 기력조차 없이 단지 넙치와 점원의 멸시 속에 몸을 맡기고 있었습니다. 넙치 쪽에서도 역시 저와 마음을 터놓고 이야기하는 것을 꺼리는 눈치였고, 저도 그 넙치에게 매달려 무언가 호소할 마음이 생기지 않았기에 저는 거의 얼간이 같은 식객 행세를 하고 있었습니다.

"집행 유예란, 전과 몇 범이라든지, 그런 것은 아닌 모양입니다. 그러니까 당신의 마음가짐 하나로 갱생을 할 수도 있습니다. 당신이 만약 개심해서 자진하여 저에게 상담을 해 온다면 저도 생각해 보겠습니다."

넙치의 말투는 아니, 세상 사람들 모두의 말투는 이런 식으로 까다롭고 어딘가 애매하고 발뺌이라도 하듯이 복잡미묘하며, 전혀 무익하게 느껴지는 엄중한 경계와 무수히 많고 까다로운 술책이 숨겨져 있기에, 당혹한 저는 언제나 될 대로 되라는 식이 되어 익살로 얼버무리거나 혹은 무언의 긍정으로 모든 것을 상대방에게 맡기는 이른바 패배의 태도를 취하고 마는 것이었습니다.

이때에도 넙치가 저에게 대충 다음과 같이 간단히 보고하였더라면 그것으로 끝날 일이었다는 것을 훗날에 알고는 넙치의 불필요한 조심성 아니, 세상 사람들의 불가사의한 허세와 거드름에 저는 몹시 우울한 기분이 되었습니다.

넙치는 그때, 다만 이렇게 말하면 되었을 것입니다.

'공립이건 사립이건 일단 4월부터 어딘가의 학교를 다니십시오. 당신의 생활비는 학교에 들어가기만 하면 고향에서 지금보다 충분하게 보내 주도록 되어 있습니다.'

훨씬 훗날에 알게 된 사실입니다만, 진상은 그러하였습니다. 그랬더라면 저도 그 말을 따랐겠지요. 하지만 넙치가 지나친 조심성을 발휘하며 말을 한 탓으로, 기묘하게 뒤얽혀서 제 인생의 방향도 완전히 뒤바뀌고 말았습니다.

"진지하게 저에게 상담할 마음이 없으시다면 어쩔 도리가 없습니다만."

"무슨 상담?"

저로서는 정말로 감을 잡을 수가 없었습니다.

"그건 당신 가슴속에 있지 않겠습니까?"

"예를 들자면?"

"예를 들자면이 아니라, 당신 자신은 앞으로 어쩔 작정인가요?"

"일을 하는 게 좋을까요?"

"아니, 당신의 생각은 도대체 어떻습니까?"

"글쎄요, 학교에 다니라고 해도……."

"그야, 돈이 필요하겠지요. 그러나 문제는 돈이 아닙니다. 당신의 마음가짐이지."

어째서 돈은 고향에서 보내 주게끔 되어 있노라고 한마디 하지 않은 것일까요? 그 한마디에 따라서 제 마음가짐도 결정이 났을 텐데 저에게는 여전히 오리무중일 뿐이었습니다.

"어떻습니까? 무언가, 장래의 희망이라는 것이 있습니까? 도대체, 사람을 하나 수발한다는 것이 얼마나 어려운 일인지,

수발을 받는 사람은 모를 겁니다."

"죄송합니다."

"정말로 걱정이 됩니다. 저로서도 일단 당신 일을 부탁받은 이상, 당신이 어영부영 지내는 것은 원하지 않습니다. 훌륭하게 갱생의 길을 걷겠다는 각오를 보여 주시기 바랍니다. 예를 들자면, 장래의 방침에 관하여 당신 쪽에서 저에게 진지하게 상담을 해 온다면 저도 그 상담에 응할 생각으로 있습니다. 물론 이렇게 가난한 넙치의 원조인 만큼 예전처럼 사치스러운 생활을 원하신다면 기대에 보답할 수 없습니다. 하지만 마음을 굳게 먹고 장래의 방침을 확실히 세워서 저에게 상담하여 주신다면, 저는 비록 조금씩이나마 당신의 갱생을 위해서 도와 드릴 생각도 있습니다. 아시겠습니까, 제 심정을? 도대체 당신은 이제부터 어떻게 하실 작정인가요?"

"이곳에 있게 해 주지 않는다면, 일자리를 찾아서……."

"진정으로 하시는 말씀입니까? 지금 같은 세상에 아무리 제국대학을 나왔다 하더라도……."

"아니요, 월급쟁이가 되려는 게 아닙니다."

"그러면, 뭡니까?"

"화가입니다."

과감하게, 그렇게 말했습니다.

"그래요?"

그때 목을 움츠리며 웃었던 넙치의 얼굴에 숨겨진 교활한 그림자를 저는 잊을 수가 없습니다. 경멸하는 표정과 비슷하면서도 다른, 이 세상을 바다에 비교한다면, 그 천길이나 되는 심해의 깊숙한 곳에 그러한 기묘한 그림자가 어른거리고 있을 것 같아 무언가 성인의 생활 깊은 곳을 언뜻 들여다본 듯한 느낌이었습니다.

그따위 소리를 하면 도무지 이야기가 되지 않는다. 전혀 마음가짐이 돼먹지 않았다. 잘 생각해 봐라, 오늘 하룻밤 진지하게 생각해 봐라, 하는 말을 듣고 저는 쫓기듯이 2층으로 올라가 자리에 누웠으나 별달리 이렇다 할 생각도 떠오르지 않았습니다. 그리하여 새벽이 되자 넙치의 집에서 도망쳐 나왔습니다.

"저녁때, 틀림없이 돌아오겠습니다, 오른쪽에 적혀 있는 친구 집에, 장래의 방침에 관하여 상담하러 가는 것이니 아무런 걱정도 하실 필요가 없습니다. 정말입니다."

하고 편지지에 연필로 커다랗게 쓴 다음, 아사쿠사에 있는 호리키 마사오의 주소와 이름을 적어 놓고는 살그머니 넙치의 집을 나왔습니다.

넙치에게 설교 들은 것이 분해서 도망친 것은 아닙니다. 저는 넙치가 말한 그대로 마음가짐이 돼먹지 못한 사내라 장래의 방침이고 나발이고 전혀 서지 않은 채로, 이 이상 넙치의 집에 신세를 진다는 것은 넙치에게도 미안하고, 더구나 만에 하나라도 제가 분발할 생각으로 각오를 새로이 하였을 때, 그에 필요한 갱생 자금을 그 빈털터리인 넙치로부터 매달 원조 받아야 하는가 생각하니 너무도 마음이 괴로워 견딜 수 없는 기분이 되었기 때문입니다.

그러나 저는 이른바 '장래의 방침'을 정말로 호리키 따위에게 상담하러 가려는 생각에 넙치의 집을 나온 것은 아니었습니다. 실은 그냥 잠시나마 일순간이라도 넙치를 안심시켜 주고 싶어서 ― 그 사이에 제가 조금이라도 멀리 도망치고 싶다는 탐정소설적인 책략에서 그러한 편지를 쓰게 되었다기보다는 아니, 그런 생각도 조금은 있었겠지만, 그것보다도 역시 저는 갑자기 넙치에게 쇼크를 주어 그를 혼란시키고 당혹하게 하는 것이 두려웠기 때문에 편지를 써 두었다고 하는 편이 어느 정도 정확하리라고 생각합니다. 어차피 들킬 것이 뻔한데 사실 그대로 말하는 것이 두려워서 반드시 무언가 장식을 덧붙이는 것이 저의 서글픈 성격입니다. 그 성격은 세상 사람들이 '거짓말쟁이'라고 부르며 경멸하는 성격과 비슷하지만, 저는 제 자신이 이익을 보려고 그러한 장식을 덧붙인 적은 거의 없었고, 단지 분위기가 일변하여 흥이 깨지는 것이 질식할 정도로 두려웠기 때문에, 나중에 제가 불이익을 당하리라는 사실을 알면서도 그 '필사적인 봉사', 그 봉사가 아무리 삐뚤어지고 나약하며 바보 같은 것이라 하더라도, 그 봉사하는 기분에서, 결국 한마디 장식을 해 두는 경우가 많았던 듯한 느낌도 듭니다만, 그러나 나중에는 이 습성도 또한 세상의 이른바 '정직한 사람'들에게 잔뜩 이용을 당하게 되었습니다 — 그때 문득 머리에 떠오르는 대로 호리키의 주소와 이름을 편지지 끝에 적어 두었을 뿐입니다.

저는 넙치의 집을 나와서 신주쿠까지 걸어가 품속에 지니고 있던 책을 팔았지만 역시 어쩌면 좋을지 막연했습니다. 저는 누구에게나 붙임성이 좋은 반면, '우정'이란 것을 한 번도 실감한 적이 없었습니다. 호리키 같은 술친구는 별도로 치더라도, 모든 교제에서는 단지 고통만 느낄 뿐, 그 고통을 해소시키려는 생각에 필사적으로 익살을 떨다가 오히려 녹초가 되어, 겨우 얼굴이나 알 정도의 사람을, 심지어는 그 사람과 비슷한 얼굴을 길거리에서 보기만 하여도 가슴이 뜨끔하여 일순간 현기증이 날 정도로 불쾌한 전율을 느끼는 성격이라, 남들에게 호감을 사고 있다는 사실을 알면서도 남들을 사랑하는 능력은 결여되어 있었습니다. 애당초 저는 세상 사람들도 과연 '사랑'의 능력을 지니고 있는지 궁금합니다. 이러한 저에게 이른바 '친구' 같은 것이 생길 리가 없었고, 더구나 저에게는 남을 '방문'할 능력도 없었습니다. 다른 사람 집의 대문은 저에게는, 〈신곡〉에 나오는 지옥문 이상으로 기분 나쁘고 그 문 안에는 무시무시한 공룡처럼 비린내 나는 괴수가 꿈틀거리고 있는 듯한 느낌을, 과장이 아니라 실감하게 만드는 것이었습니다.

사귀는 사람이 아무도 없었습니다. 아무 데도 갈 곳이 없었습니다.

호리키.

그야말로 농담이 진담이 된 격입니다. 편지에 적어 두고 온 대로 저는 아사쿠사의 호리키를 찾아가기로 하였습니다. 저는 이제까지 자진하여 호리키를 방문한 적은 한 번도 없었고 대개는 전보로 호리키를 저의 집으로 불렀습니다만, 지금은 그 전보료조차 부담이 되었고 게다가 초라한 신세가 되고 보니 전보를 치는 정도로는 호리키가 와 주지 않을지도 모른다는 생각이 들었기 때문에 그토록 어려운 '방문'을 결심한 것이었습니다. 한숨을 쉬며 전차에 올라 이 세상에 남은 한 가닥의 희망이 호리키인가 하고 깨닫게 되자 어쩐지 등골이 오싹해지는 처참한 기분이 되었습니다.

호리키는 집에 있었습니다. 너저분한 골목 안쪽의 2층집이었습니다. 호리키는 2층에 단 하나뿐인 세 평짜리 방을 사용하였고, 아래층에서는 호리키의 노부모가 젊은 종업원과 셋이서 왜나막신을 만들고 있었습니다.

호리키는 그날, 도회지 사람으로서의 새로운 일면을 저에게 보여 주었습니다. 그것은 흔히들 말하는 얌체 근성이었습니다. 시골 사람인 제가 깜짝 놀라 눈이 휘둥그레질 정도의 차갑고 교활한 에고이즘이었습니다. 저처럼 되는 대로 마냥 흘러가는 성격의 사내는 아니었던 것입니다.

"정말로 너에게는 질렸어. 아버님이 허락을 하던가? 아직 안 하던가?"

도망쳐 왔노라고는 대답할 수 없었습니다.

저는 평소와 마찬가지로 얼버무렸습니다. 호리키가 금세 알아차릴 텐데도 얼버무렸습니다.

"그건, 어떻게 되겠지."

"어이, 웃을 일이 아니라구. 충고해 두겠는데, 바보 같은 짓은 이 정도로 그만두는 게 좋을 거야. 난 오늘 볼일이 있어. 요즈음 무척 바쁘거든."

"볼일이라니, 무슨?"

"어이, 이것 봐, 방석 실을 끊으면 안 돼."

저는 이야기하면서 매듭인지 뭔지, 제가 깔고 있는 방석의 네 귀퉁이에 달려 있는 장식 하나를 무의식중에 손가락 끝으로 만지작거리다가 살짝 잡아당기기도 하였습니다. 호리키는 자기 집 물건이라면 방석의 실 한 가닥이라도 소중한 듯 부끄러워하는 기색도 없이, 그야말로 눈에 쌍심지를 켜고 저를 나무라는 것이었습니다. 생각해 보니 호리키는 이제까지 저와의 교제에 있어서 무엇 하나 잃은 것이 없었습니다.

호리키의 노모가 팥죽 두 그릇을 쟁반에 얹어서 갖고 왔습니다.

"아, 이런!"

하며 호리키는 대단한 효자이기라도 한 듯이 노모에게 미안해하며 듣기에도 어색할 정도로 정중하게,

"죄송합니다, 팥죽인가요? 이렇게 신경 쓰실 건 없어요. 볼일이 있어서 곧 나가 봐야 하니까요. 아니 그렇지만 모처럼 어머님이 자랑하시는 팥죽을 만들어 오셨는데 아깝잖아요. 들겠습니다. 너도 하나 들지? 어머님께서 일부러 만들어 주셨는데. 야아, 이거 맛있다!"

하며, 전혀 연극만은 아닌 듯이 무척 기뻐하며 맛있다는 듯이 먹었습니다. 저도 그 팥죽을 먹었습니다만 수돗물 냄새가 나고, 그 속에 넣은 것도 떡이 아니라 무언지 모를 것이었습니

다. 결코 그 빈곤함을 비웃는 것이 아닙니다. 저는 그때 그 팥죽을 맛이 없다고 느끼지는 않았습니다. 또한 노모의 성의도 고맙게 생각했습니다. 저에게는 빈곤에 대한 공포감은 있어도 경멸감은 없었습니다. 그 팥죽과, 그 팥죽을 반가워하는 호리키로 인하여 저는 도회인들의 검소한 본성, 또한 속과 겉을 확실히 구별하며 지내는 도쿄 사람들의 가정 생활의 실체를 보게 되자, 속과 겉의 구별도 없이, 다만 끊임없이 인간 생활로부터 도망 다니기만 하는 멍청한 저 혼자만이 완전히 소외되어, 호리키에게마저 버림받은 듯한 기분에, 낭패하여 칠이 벗겨진 젓가락으로 팥죽을 먹으며 견딜 수 없는 외로움을 느꼈다는 사실을 언급해 두고자 하는 것뿐입니다.

"미안하지만, 난, 오늘은 볼일이 있어."

호리키는 일어나서 상의를 입으며 그렇게 말하고는,

"이만 실례할게, 미안하지만."

그때 호리키에게 여자 손님이 찾아온 덕분에 제 처지도 크게 바뀌었습니다.

호리키는 갑자기 활기를 띠며,

"아, 죄송합니다. 지금 당신에게로 가려던 참이었는데 이 사람이 갑자기 찾아와서, 아니, 상관없습니다. 자, 들어오세요."

호리키는 무척이나 당황한 듯, 제가 깔고 있던 방석에서 내려와 그 방석을 뒤집어서 권한 것을 빼앗더니, 다시 뒤집어서 그 여자에게 권하였습니다. 그 방에는 호리키의 방석 이외에 손님용 방석이 하나밖에 없었습니다.

그 여자는 마르고 키가 큰 사람이었습니다. 여자는 그 방석을 곁으로 밀어 놓고는 문 앞 가까이의 구석 쪽에 앉았습니다.

저는 멍하니 두 사람의 대화를 듣고 있었습니다. 여자는 잡지사 사람인 듯, 호리키에게 부탁했던 삽화를 받으러 온 모양이었습니다.

"서둘러야 하니까."

"해 두었습니다. 오래 전에 해 두었습니다. 이겁니다, 자."

그때 전보가 왔습니다.

그 전보를 읽은 호리키는 방금 전의 즐거운 표정이 차츰 험악해지더니,

"쳇! 어이, 도대체 이게 어떻게 된 거야?"

넙치에게서 온 전보였습니다.

"하여간에 당장 돌아가 줘. 내가 데려다주면 좋겠지만, 난 지금 그럴 틈이 없어. 가출한 주제에 어떻게 그토록 태평할 수가 있나?"

"댁이 어디세요?"

"오쿠보입니다."

무심코 대답하고 말았습니다.

"그렇다면, 회사에서 가까우니까요."

여자는 고슈 태생으로 스물여덟이었습니다. 다섯 살짜리 딸과 고엔지의 아파트에 살고 있었습니다. 남편과 사별한 지 3년이 된다고 했습니다.

"당신은 무척이나 고생하며 자란 사람 같아요. 눈치가 빠르거든요. 불쌍하게도."

처음으로 정부(情夫)와도 같은 생활을 했습니다. 시즈코 ― 라는 것이 그 여기자의 이름이었습니다 ― 가 신주쿠에 있는 잡지사에 출근하고 나면 저하고 시게코라는 다섯 살짜리 계집아이하고 둘이서 얌전하게 집을 지켰습니다. 이전에는 엄마가 없을 때 시게코는 아파트 관리인 방에서 놀았는데, '눈치 빠른' 아저씨가 놀이 상대로 나타났기 때문에 무척 기분이 좋은 모양이었습니다.

일주일 정도 멍하니 저는 그곳에 있었습니다. 아파트 창 바로 가까이의 전깃줄에 얏코다코(에도 시대 무가의 하인 모습으로 만든 연-옮긴이)가 하나 휘감겨, 부서진 채로 봄날의 먼지 바람에 날리고 있었습니다. 그 연은 그래도 제법 끈질기게 전선에 휘감겨서 떨어지지도 않고 무언가 고개를 끄덕이며 있었기에, 저는 그것을 볼 때마다 쓴웃음을 짓거나 얼굴을 붉혔고, 꿈에서까지 보고는 괴로워하였습니다.

"돈이 필요한데."

"얼마나?"

"많이. 돈이 떨어지면 정도 떨어진다는 말은 정말이야."

"무슨 소리예요? 그따위 케케묵은······."

"그래? 하지만 당신은 모를 거야. 이대로라면 난 도망칠지도 몰라."

"도대체 누가 돈이 없고, 누가 도망친다는 말이에요?"

"스스로 벌어서 그 돈으로 술을, 아니, 담배를 사고 싶어. 그림도 내가 호리키보다 훨씬 잘 그리거든."

이때 제 뇌리에 자연스럽게 떠오른 것은, 중학교 시절, 다케카즈가 이른바 '귀신'이라고 칭하였던, 몇 장의 그림이었습니다. 잃어버린 걸작, 그 그림들은 잦은 이사로 분실했습니다만, 그것만큼은 확실히 뛰어났던 것 같은 느낌이 듭니다. 그후, 이것저것 그려 보아도 그 추억의 일품(逸品)에는 훨씬 미치지 못하였기에 저는 언제나 가슴이 텅 빈 듯한 나른한 상실감에 괴로워하며 지냈습니다.

마시고 남은 한 잔의 압생트(absinthe).

저는 영원히 메울 수 없는 그 상실감을 마음속으로 그렇게 형용하였습니다. 그림 이야기가 나오면 제 눈앞에 마시고 남은 압생트가 어른거려서, '아아, 그 그림을 이 사람에게 보여 주고 싶다. 그리고 내 재능을 믿도록 만들고 싶다.' 하는 초조감에 몸부림쳤습니다.

"호호, 글쎄요. 당신은 진지한 얼굴로 농담을 하니까 사랑스러워요."

'농담이 아니야, 정말이라니까. 아아, 그 그림을 보여 줄 수 있다면.' 하며 헛되이 번민하다가, 별안간 기분을 바꾸어 포기하고는,

"만화 말이야. 적어도 만화라면, 호리키보다 잘 그린다고."

얼버무리려는 그 익살 쪽이 상대방에게는 오히려 진지하게 받아들여졌습니다.

"글쎄요. 저도 사실은 감탄하고 있었어요. 시게코에게 늘 그려주는 만화를 보면 저도 그만 웃음이 터지거든요. 한번 해 보면 어떻겠어요? 우리 회사의 편집장에게 부탁해 볼 수도 있어요."

그 회사에서는 아이들 상대의 그다지 이름이 알려지지 않은 월간 잡지를 발행하고 있었습니다.

……당신을 보면 대부분의 여자들은 무언가를 해 주고 싶어서 가만히 있지를 못하지요. ……언제나 안절부절못하면서, 그래도 익살꾼이거든요. ……이따금 혼자서 몹시 침울해 있지

만 그 모습이 더욱더 여자들의 마음을 자극하거든요.

시즈코부터 그 밖에 갖가지 말을 듣고 칭찬을 들어도 '그것이 곧 정부의 더러운 특질이다.' 하고 생각하면, 더더욱 침울해질 뿐 전혀 기운이 나지 않고, 여자보다는 돈, 하여간에 시즈코로부터 벗어나서 자활하여 보겠다고 결심하며 궁리를 하지만 오히려 더욱더 시즈코에게 의지하지 않을 수 없는 입장이 되어, 가출 후의 뒤처리라든지 그 밖의 대부분을 모두 고슈 출신의 이 여장부에게 맡기고, 저는 더욱더 시즈코에 대하여 '안절부절'못하는 결과가 되었습니다.

시즈코의 주선으로 넙치, 호리키, 그리고 시즈코, 세 사람의 회담이 성립되어 저는 고향으로부터 완전히 의절당하고 그 대신에 시즈코와는 떳떳한 동거 생활을 하게 되었습니다. 더구나 시즈코가 동분서주한 덕분에 제 그림도 의외로 돈이 되어 저는 그 돈으로 술도 담배도 샀습니다만, 저의 불안감, 우울감은 더욱더 심해질 뿐이었습니다. 그야말로 맨 밑바닥까지 가라앉아 시즈코가 근무하는 회사의 월간 잡지에 연재 만화 〈긴타와 오타의 모험〉을 그리고 있노라면, 문득 고향 집이 생각나 너무나 쓸쓸한 기분에 펜이 움직이질 않아, 엎드려서 눈물을 흘린 적도 있습니다.

그러한 때의 저에게 있어서 그나마 한 가닥의 희망은 시게

코였습니다. 시게코는 그 무렵이 되자 저를 아무런 거리낌도 없이 '아빠'라고 불렀습니다.

"아빠, 기도를 드리면 하느님께서 무엇이건 주신다는데, 정말이야?"

저야말로 그러한 기도를 드리고 싶은 심정이었습니다.

아아, 저에게 차가운 의지를 주소서. 저에게 '인간'의 본질을 알려 주소서. 인간이 인간을 밀어젖혀도 죄가 되지 않는단 말입니까? 저에게 분노의 가면을 주소서.

"응, 그래. 시게코에게는 무엇이건 주시겠지만 아빠에게는 안 주실지도 몰라."

저는 하느님마저 두려워하고 있었습니다. 하느님의 사랑은 믿지 못하면서도 그 벌만큼은 믿었습니다. 신앙. 그것은 단지 하느님의 채찍을 받기 위하여 머리를 숙이고 심판대로 향하는 것이라는 생각이 들었습니다. 지옥은 믿을 수 있었지만 천국의 존재는 도저히 믿어지지 않았습니다.

"어째서 안 주시지?"

"부모님 말씀을 안 들었으니까."

"그래? 아빠는 정말 좋은 사람이라고 모두들 말하던데."

그것은 내가 속이고 있기 때문이다. 이 아파트에 사는 사람들이 모두 나에게 호의를 보이는 것은 나도 알고 있다. 하지만 나는 얼마나 모두를 두려워하는가. 두려워하면 두려워할수록 상대방은 나를 좋아하고, 또한 상대방이 좋아하면 좋아할수록 나는 두려워하며, 모두로부터 떨어져 나가야 한다는 이 불행한 습성을 시게코에게 알아듣도록 설명한다는 것은 지극히 어려운 일이었습니다.

"시게코는 도대체 하느님께 무얼 부탁하고 싶지?"

저는 슬그머니 말머리를 돌렸습니다.

"나는 말이지, 진짜 아빠가 있었으면 좋겠어."

가슴이 뜨끔하며 어찔어찔 현기증이 났습니다. 적. 제가 시게코의 적인지 시게코가 저의 적인지 모르지만 여기에도 저를 두렵게 만드는 '어른'이 있었습니다. 타인. 불가사의한 타인. 비밀투성이의 타인. 시게코의 얼굴이 갑자기 그렇게 보였습니다.

'시게코만큼은…….' 하고 생각하고 있었는데, 역시 이 아이도 그 '불시에 등에를 때려죽이는 소 꼬리'를 지니고 있는 것이었습니다. 저는 그 이후로 시게코에게마저 안절부절못하게 되었습니다.

"색마! 집에 있나?"

호리키가 다시 저를 찾아오게 되었습니다. 가출하였던 그날 그토록 저를 서운하게 만들었던 사내였지만 그래도 저는 거절하지 못하고 희미한 미소로 맞이하는 것이었습니다.

"네가 그린 만화가 제법 인기가 있다며? 아마추어는 무서움을 모르는 용기가 있으니까 당할 수가 없지. 하지만 조심하라고. 데생이 전혀 돼먹지 않았으니까."

스승 같은 태도마저 보였습니다. 저는 그 '귀신' 그림을 이 녀석에게 보인다면 어떤 표정을 지을까, 하고 그 헛된 몸부림을 치면서,

"그런 소리 마. 꽥 하는 비명이 나오니까."

호리키는 더욱더 의기양양하여,

"처세술이 뛰어난 것만으론 언젠가 들통이 날 테니까."

처세술······. 저로서는 정말로 쓴웃음만 나왔습니다. 나에게 처세술이 있다니! 하지만 저처럼 인간을 두려워하고 피하고 속이는 것은, "긁어 부스럼 만들지 말라."는 속담의 영리하고 교활한 처세술을 준수하는 것과 마찬가지일까요? 아아, 인간은 서로 아무것도 모릅니다. 제대로 알지도 못하면서 둘도 없는 친구처럼 평생을 눈치채지 못하고, 상대가 죽으면 울면서 조문을 읽는 것이 아닐까요?

호리키는 어쨌든 ─ 그것은 시즈코가 억지로 부탁하니까 어쩔 수 없이 승낙하였음에 틀림없겠지만 ─ 가출한 저의 뒤처리를 맡아 준 사람이었기에, 마치 저를 갱생시킨 대단한 은

인이나 중매인처럼 행동하며 거만한 자세로 저에게 설교 같
은 소리를 하기도 하고, 심야에 술에 취하여 찾아와서는 자고
가기도 하고, 5엔 — 반드시 5엔이었습니다 — 을 빌려 가기
도 하였습니다.

"하지만 너도 이제 적당히 계집질은 그만둬야지. 더 이상
은 세상이 용납하지 않을 테니까."

세상이란 도대체 무엇일까요? 인간의 복수(複數)일까요?
어디에 그 세상이란 것의 실체가 있을까요? 하지만 어쨌든 강
하고 엄하고 무서운 것이라고만 생각하며 이제까지 살아왔습
니다만, 호리키의 그 말을 듣고는 문득,

'세상이란, 자네가 아닐까?'

하는 말이 목구멍에서 나오려다가 호리키를 화나게 만드
는 것이 싫어서 그만 들어가고 말았습니다.

'그런 세상이 용납하지 않는다.'

'세상이 아니야. 당신이 용납하지 않는 거지요?'

'그런 짓을 하면 세상으로부터 호되게 당할걸.'

'세상이 아니라 당신이지요?'

'머지않아 세상으로부터 매장당할 거야.'

'세상이 아니라, 매장하는 건 당신이지요?'

'너는 너 개인의 무서움, 기괴함, 악랄함, 교활함, 요사함을

알라!' 하는 따위의 갖가지 말들이 가슴속에서 오갔습니다만,
저는 단지 얼굴의 땀을 손수건으로 닦고는,

"진땀, 진땀!"

하며 웃었을 뿐입니다.

하지만 그 이후로 저는 '세상이란 개인이 아닐까?' 하는 사
상과도 같은 것을 지니게 되었습니다.

그리고 세상이란 개인이 아닐까 하고 생각하게 된 이후로
저는 이제까지보다는 다소 자신의 의지로 일을 할 수 있게 되
었습니다. 시즈코의 말을 빌리자면 저는 약간 고집을 부리게
된 반면에 안절부절못하는 일은 없게 되었습니다. 또한 호리
키의 말을 빌리자면 이상하게도 구두쇠가 되었습니다. 또한
시게코의 말을 빌리자면 그다지 시게코를 귀여워하지 않게
되었습니다.

묵묵히 웃지도 않고 매일같이 시게코를 봐 주면서 〈긴타
와 오타의 모험〉이라든지, 〈태평스러운 아빠〉의 명백한 아류
인 〈태평스러운 스님〉이라든지, 또한 〈촐랑이 핀짱〉이라는 저
조차도 잘 모르는 엉터리 제목의 연재 만화 등을 각 잡지사
의 주문 — 조금씩 시즈코가 근무하는 출판사 이외에서도 주
문이 오게 되었습니다만, 모두가 시즈코의 출판사보다도 훨씬
저질의 이른바 삼류 출판사로부터의 주문뿐이었습니다 — 에

응하여 정말로 음울한 기분으로 천천히 — 저의 그림 그리는 속도는 상당히 느린 편이었습니다 — 오로지 술 마실 돈을 마련하겠다는 생각에 그렸습니다. 그리고 시즈코가 회사에서 돌아오면 교대하여 훌쩍 나가서 고엔지 역 부근의 포장마차나 스탠드바에서 독한 싸구려 술을 마시고는 조금이나마 기분이 좋아져서 아파트에 돌아와,

"보면 볼수록 기묘한 얼굴을 하고 있군, 당신은. '태평스러운 스님'의 얼굴은 사실은 당신의 잠자는 얼굴에서 힌트를 얻은 거야."

"당신의 잠자는 얼굴도 상당히 늙어 보여요. 40대 남자 같아요."

"당신 탓이야. 정기를 다 빨렸지. 물의 흐름과 사람의 몸은 말이야. 강가의 버드나무는 말이야. 무얼 그렇게 강가의 버드나무 말이야."

"소란 피우지 말고 빨리 주무세요. 아니면 식사를 하시겠어요?"

시즈코는 침착한 태도로 전혀 상대를 해 주지 않습니다.

"술이라면 마시지. 물의 흐름과 사람의 몸은 말이야. 사람의 흐름과 아니, 물의 흐름과 물의 몸은 말이야."

노래를 부르며 시즈코에게 옷을 벗기도록 시키고는 시즈

코의 가슴에 얼굴을 파묻고 잠이 드는 것이 보통이었습니다.

그리고 그 이튿날도 같은 일을 되풀이하고,
어제와 다를 바 없는 관습을 따르면 된다.
즉, 거칠고 커다란 환락을 피하기만 하면,
자연히 커다란 슬픔도 오지 않는 법이다.
앞길을 가로막는 돌멩이를
두꺼비는 우회하여 지나간다.

우에다 빈(일본의 문학 평론가이자 시인이며 소설가. 주로 유럽
문학을 일본에 소개하였다-옮긴이)이 번역한 '기 샤를 크로'라는
사람의 이러한 시구를 발견하였을 때 저는 혼자서 뺨이 타오
를 정도로 붉어졌습니다.

두꺼비.

'내가 바로 그렇다. 세상이 용서하건 안 하건 상관없다. 매
장하건 안 하건 상관없다. 나는 개나 고양이보다도 열등한 동
물이다. 두꺼비. 느릿느릿 움직일 뿐이다.'

저의 음주는 차츰 양이 많아졌습니다. 고엔지 역 부근만이
아니라 신주쿠, 긴자 방면까지 가서 마시고 외박하는 일도 있
었습니다. 하여간에 '관습'을 따르지 않으려고 바에서 불량배

짓도 해 보고 아무에게나 마구 키스를 하기도 하며, 결국에는 다시 자살 소동 이전의 아니 그때보다 더욱 황폐해지고 야비한 술꾼이 되어 돈이 궁해지면 시즈코의 옷을 내다가 처분할 정도가 되었습니다.

이곳에 와서 그 부서진 연을 보고 쓴웃음을 지었던 때로부터 1년 이상이 지나 벚꽃도 다 졌을 무렵 저는 다시금 시즈코의 오비나 지반(기모노 속에 입는 속옷-옮긴이) 같은 것을 내다가 전당포로 가서 돈을 마련하여 긴자에서 술을 마시며 이틀 밤을 계속해서 외박하고, 사흘째 밤에는 역시 입장이 난처해져 무의식적으로 발소리를 죽여 아파트의 시즈코 방 앞까지 오자 시즈코와 시게코의 대화가 들렸습니다.

"어째서 술을 마시지?"

"아빠는 술이 좋아서 마시는 게 아니야. 너무나 좋은 사람이니까, 그래서……."

"좋은 사람은 술을 마시는 거야?"

"반드시 그런 건 아니지만……."

"아빠가 틀림없이 깜짝 놀라실 거야."

"싫어하실지도 몰라. 저것 봐, 상자에서 뛰어나왔네."

"'촐랑이 핀짱' 같아."

"그래."

시즈코의 정말로 행복한 듯한 낮은 웃음소리가 들렸습니다.

제가 문을 살짝 열고 안을 들여다보니 하얀 토끼 새끼였습니다. 깡충깡충 방 안을 뛰어다니는 것을 잡으려고 모녀가 뒤쫓고 있었습니다.

'이 사람들은 행복하구나. 나 같은 얼간이가 이 두 사람 사이에 끼어들어 머지않아 두 사람을 망쳐 놓겠지. 소박한 행복. 사이좋은 모녀. 아아, 만약에 하느님이 나 같은 자의 기도를 들어 주신다면 한 번만 평생에 단 한 번만이라도 좋으니 행복해지고 싶다.'

저는 그 자리에 쭈그리고 앉아서 두 손을 모으고 싶은 기분이었습니다. 저는 살짝 문을 닫고 다시 긴자로 가서 두 번 다시 그 아파트에 돌아가지 않았습니다.

그리고 교바시 바로 곁에 있는 스탠드바 2층에서 저는 다시 정부와 같은 생활을 하며 지내게 되었습니다.

세상. 그럭저럭 저도 세상이라는 것을 막연하게나마 알게 된 듯한 느낌이 들었습니다. '개인과 개인의 싸움에서, 게다가 당장의 싸움에서, 그것도 그 자리에서 이기면 된다. 인간은 결코 인간에게 복종하지 않는다. 노예조차도 노예다운 비굴한 보복을 하게 마련이다. 그러니까 인간은 순간순간의 단판 승부에 의존하지 않고는 살아갈 방도가 없는 것이다. 대의명분

따위를 부르짖으면서도 노력하는 목표는 반드시 개인, 개인을 뛰어넘어 또 개인, 세상의 난해함은 개인의 난해함, 대양(大洋)은 세상이 아니라 개인이다.' 하며 이 세상이라는 대해의 환영에 대한 두려움으로부터 다소 해방되어, 예전처럼 이것저것 끊임없이 걱정하는 일도 없이 말하자면 당장의 필요에 응하여, 어느 정도 뻔뻔스럽게 행동하는 법을 익히게 된 것입니다.

고엔지의 아파트를 버리고 교바시 스탠드바의 마담에게,

"헤어지고 왔어."

하고 한마디 하는 것으로 충분하였습니다. 즉 단판 승부는 결정이 나고, 그날 밤부터 저는 맨몸으로 그곳의 2층에서 살게 되었습니다. 그러나 무서울 줄로 알았던 '세상'은 저에게 아무런 해를 끼치지 않았고, 또한 저도 '세상'에 대하여 아무런 변명도 하지 않았습니다. 마담만 좋다면 그것으로 모든 것이 오케이였습니다.

저는 그 가게의 손님 같기도 하고 주인 같기도 하고 심부름꾼 같기도 하고 친척 같기도 하여 남들 눈에는 전혀 정체를 알 수 없는 존재로 보였을 텐데, '세상'은 전혀 의아하게 생각하지도 않았고 또한 단골 손님들은 저를 "요조, 요조." 하고 부르며 무척 다정하게 대하여 줄 뿐만 아니라 술을 권하기도 하였습니다.

저는 세상에 대하여 차츰 경계하지 않게 되었습니다. '세상이란 곳은 그다지 무서운 곳이 아니다.'라고 생각하게 되었습니다. 즉 이제까지 제가 느꼈던 공포감이란 봄바람에는 백일해균이 수십만 마리, 목욕탕에는 안질균이 수십만 마리, 이발소에는 독두병균이 수십만 마리, 전차의 손잡이에는 옴벌레가 우글우글, 또한 생선회나 덜 익은 소고기, 돼지고기에는 촌충의 유충이나 디스토마 따위의 알이 반드시 들어 있고, 또한 맨발로 걸으면 발뒤꿈치에 자그만 유리 조각이 박혀서 그 유리가 몸속을 맴돌다가 눈알을 찔러서 실명하게 되는 일이 있다거나 하는, 이른바 '과학의 미신'에 겁을 먹고 있었던 것이나 마찬가지였습니다. 물론 수십만 마리의 병균이 떠다니고 우글거리는 것은 '과학적'으로도 정확한 사실이겠지요. 그와 동시에 그 존재를 완전히 묵살하기만 하면 그것은 저와 티끌만치도 관련이 없게 되어 곧바로 사라져 버리는 '과학의 유령'에 불과하다는 사실도 저는 알게 되었습니다. 도시락에 남아 있는 밥풀 세 알, 1천만 명이 하루에 세 알씩 남기더라도 그것은 쌀 몇 가마를 헛되이 버리는 결과가 된다거나, 혹은 1천만 명이 휴지 한 장을 절약한다면 얼마만큼의 펄프가 남는다거나 하는 따위의 '과학적 통계'에 저는 겁을 먹고, 밥풀 한 알을 남길 때마다 또한 코를 풀 때마다 산더미 같은 쌀, 산더미 같은 펄프를 낭비하는 듯한 착각에 빠져서 고민하며, 자신이 지금 중대한 범죄를 저지르고 있는 듯한 침울한 기분이 되었습니다. 그러나 그것은 바로 '과학의 거짓' '통계의 거짓' '수학의 거짓'일 뿐 세 알의 밥풀은 곱셈 나눗셈의 응용 문제치고도 무척이나 원시적이고 저능한 데이터일 뿐, 전깃불이 없는 어두운 변소의 구멍에 인간은 몇 번에 한 번꼴로 발을 헛디뎌서 빠지는가, 혹은 전차에서 내릴 때 플랫폼과의 틈 사이에 발이 빠지는 것은 승객 몇 사람 중의 몇 사람인가, 그러한 확률을 계산하는 것과 마찬가지 정도의 어리석은 짓으로 그러한 일이 정말로 있을 수 있는 것처럼도 생각되지만, 잘못하여 변소 구멍에 빠져서 부상당하였다는 소리는 전혀 들어 본 적이 없으며, 그러한 가설을 '과학적 사실'로 믿고 그것을 완전히 현실로 받아들여 겁을 먹었던 어제까지의 제가 애처롭게 여겨져 웃고 싶어질 만큼, 저는 세상이라는 것의 실체를 조금씩 알게 된 것입니다.

　이렇게 말은 하지만 저에게는 역시 인간이라는 존재가 여전히 두렵게 느껴졌기에 술을 컵으로 한 잔 벌컥 들이켜지 않으면 가게에 오는 손님들을 대할 수가 없었습니다. '무서운 것에 이끌리는 심정'으로 저는 매일 밤 그래도 가게에 나가서 어린아이가 사실은 약간 무서워하는 동물을 오히려 꽉 붙잡는 것처럼 술에 취하여 가게 손님들에게 쓸데없는 예술론을 떠들어 대는 일도 있었습니다.

만화가. 아아, 그러나 나는 커다란 기쁨도 또한 커다란 슬픔도 없는 무명의 만화가. 아무리 커다란 슬픔이 뒤따르더라도 좋으니, 거칠고 커다란 기쁨을 맛보고 싶다는 생각에 내심으로는 안달을 하면서도, 현재의 기쁨이란 기껏해야 손님들과 쓸데없는 이야기를 나누며 술을 얻어먹는 일뿐이었습니다.

교바시에 와서 이러한 생활을 1년 가까이 하는 동안, 저의 만화도 아이들 상대의 잡지만이 아니라 역에서 판매되는 조악하고 외설적인 잡지 등에까지 실리게 되어 저는 조시 이키타('정사, 살았다'와 같은 발음의 이름-옮긴이)라는 엉터리 펜네임으로 지저분한 에로물을 그린 다음, 〈루바이야트〉의 시구를 삽입시켜 두는 일이 많았습니다.

공연한 기도는 집어치워라
눈물을 자아내게 만드는 것은 내다 버려라
자, 한잔 마시자, 좋은 일만 생각하며
쓸데없는 근심은 잊어버려라

불안이나 공포로 남들을 위협하는 작자들은

스스로 만들어 낸 커다란 죄악에 떨며
죽은 자들의 복수에 대비하려고
머릿속으로 끊임없이 궁리한다

어젯밤 술에 취한 내 가슴은 기쁨으로 가득하고
아침에 깨어나니 다만 황량할 뿐
의아하도다, 하룻밤 사이에
변해 버린 이 기분

벌이라고 생각하지는 말라
멀리서 들려오는 북소리처럼
어쩐지 그것이 불안하다
방귀 뀐 것까지 일일이 죄로 간주하면 안 된다

정의는 인생의 지침인가?
그렇다면 피로 물든 싸움터에
암살자의 칼끝에
무슨 정의가 있겠는가?

어디에 지도 원리가 있는가?

어떠한 예지의 빛이 있는가?

아름답고 무서운 것은 속세

연약한 인간의 자식은 힘에 겨운 짐을 짊어지고

어쩔 수 없는 정욕의 씨앗을 품고 있기에

선이다, 악이다, 죄다, 벌이다, 하며 저주당할 뿐

어쩔 수 없이 마냥 당황할 뿐

억제할 수 있는 힘도 의지도 없이

어디를 어떻게 방황하였는가?

뭐라고? 비판 검토 재인식?

쳇, 헛된 꿈을 있지도 않은 환상을

헤헤, 술을 잊었다니 모두 바보 같은 생각이지

어떻냐? 이 끝없는 하늘을 보라

그 속에 살짝 솟은 점이로구나

이 지구가 어째서 자전하는지 알게 뭔가?

자전 공전 반전도 제 마음이지

가는 곳마다 지고(至高)의 힘을 느끼고

모든 나라의 모든 민족에게서

동일한 인간성을 발견하는

나는 이단자인가?

모두 성경을 잘못 읽은 거야

그렇지 않다면 상식도 지혜도 없는 거지

삶의 기쁨을 금하고 술을 금하고

좋아 무스타파, 나는 그런 게 아주 싫어

_ 호리이 료호 역(驛) 〈루바이야트〉에서

그러나 그 무렵, 저에게 술을 끊으라고 권하는 처녀가 있었습니다.

"안 돼요. 매일 대낮부터 술에 취해 있으면."

술집 건너편에 있는 조그만 담배 가게의 17~18세 가량의 아가씨였습니다. 요시코라는 이름의 피부가 희고 덧니가 있는 아가씨였습니다. 제가 담배를 사러 갈 때마다 웃으면서 충고하였습니다.

"어째서 안 되지? 어째서 나쁘냐고? '있는 대로 술을 마시고, 사람의 자식아, 증오를 잊어라.'라고 옛날 페르시아의, 그만두지, '슬프고 지쳐 있는 가슴에 희망을 주는 것은 단지 향기로운 술잔이도다.'라는 말을 아는가?"

"몰라요."

"이 녀석, 키스해 줄까 보다."

"하세요."

그녀는 전혀 거리끼는 기색도 없이 아랫입술을 내밀었습니다.

"무슨 짓이야, 정조 관념······."

그러나 요시코의 표정에서는 분명히 누구에게도 더럽혀지지 않은 숫처녀의 냄새가 풍겼습니다.

새해가 되어 몹시 추운 날 밤, 저는 술에 취하여 담배를 사러 갔다가 그 담배 가게 앞의 맨홀에 빠져서, "요시코, 살려줘!" 하고 소리쳤습니다. 요시코는 저를 끌어 내어 오른팔의 상처를 치료해 주었습니다. 그때 요시코는 조용한 목소리로,

"너무 많이 마시는군요."

하고 웃지도 않고 말했습니다.

저는 죽는 것은 조금도 두렵지 않았지만, 부상을 당하여 피가 나거나 불구자가 되는 것은 정말로 싫었기에 요시코에게 팔의 상처를 치료받으며, '술도 이제는 적당히 끊어야겠군.' 하고 생각했습니다.

"끊을게. 내일부터 한 방울도 마시지 않을 테야."

"정말?"

"반드시 끊을게. 끊으면 요시코, 나와 결혼해 주겠어?"

그러나 결혼 이야기는 농담이었습니다.

"'물'이죠."

'물'이란 '물론'의 약어였습니다. 그 무렵에는 '모던 보이'('모던 보이'의 준말-옮긴이)라든지 '모거'('모던 걸'의 준말-옮긴이)라든지 하는 여러 가지 약어가 유행하였습니다.

"좋아, 손가락을 걸고 약속하지. 반드시 끊을 테니까."

그러고는 이튿날, 저는 역시 대낮부터 마셨습니다.

저녁때 비틀비틀 밖으로 나가 요시코의 가게 앞에 서서,

"요시코, 미안, 또 마셨어."

"어머머, 싫어요. 취한 척하시면."

뜨끔했습니다. 술이 깨는 기분이었습니다.

"아니, 정말이야. 정말로 마셨어. 취한 척하는 게 아니야."

"놀리지 마세요. 짓궂은 분이로군요."

전혀 의심하려 들지 않았습니다.

"보면 알 수 있잖아. 오늘도 대낮부터 마셨다고. 용서해 줘."

"연극이 훌륭하시군요."

"연극이 아니라니까, 바보야, 키스해 줄 테야."

"하세요."

"아니, 난 자격이 없어. 결혼하는 것도 포기해야 하겠군. 얼굴을 봐. 빨갛지? 마신 거야."

"그건, 저녁 햇살 때문이에요. 속이려 해도 소용없어요. 어저께 약속했으니까, 마실 리가 없잖아요. 손가락까지 걸었는데. 마셨다는 말은 거짓말, 거짓말, 거짓말."

어두컴컴한 가게 안에 앉아서 미소 짓고 있는 요시코의 하얀 얼굴, '아아, 더러움을 모르는 순결함은 고귀한 것이로구나. 나는 이제까지 나보다 젊은 처녀와 잔 적이 없다. 결혼하자. 그 때문에 아무리 커다란 슬픔이 따르더라도 좋다. 거칠 정도로 커다란 기쁨을 생애에 단 한 번만이라도 좋다. 처녀성의 아름다움이란 바보 같은 시인의 달콤한 감상의 환상에 불과하다고 생각했지만 역시 이 세상에 존재하는구나. 결혼해서 봄이 되면 둘이서 자전거로 아오바 폭포를 보러 가야지.' 하며 그 자리에서 결심하고는 이른바 '한판 승부'로 그 꽃을 훔치는 행위를 전혀 주저하지 않았습니다.

그리하여 이윽고 우리들은 결혼하였지만 그 결혼으로 얻은 기쁨은 그다지 크지 않았습니다. 반면에 그에 따르는 슬픔은 처참하다는 말로도 표현할 수 없을 만큼 정말로 상상을 초월할 정도로 컸습니다. 저에게 있어서 '세상'이란 역시 무한정

으로 두려운 것이었습니다. 결코 그러한 단판 승부 따위로 일
관할 수 있는 단순한 것이 아니었습니다.

*
2

호리키와 나.

서로 경멸하면서도 사귀고 사귀면서 서로가 자신을 망치
게 하는 그러한 것이 흔히들 말하는 '친구'의 본모습이라면
저와 호리키 사이도 그야말로 '친구'임에 틀림없었습니다.

저는 스탠드바 마담의 의협심에 매달려 — 여자의 의협심
이란 기묘한 표현이기는 합니다만 제 경험에 의하면, 적어도
도회지 남녀의 경우 남자보다는 여자 쪽이 그 의협심이라는
것을 잔뜩 지니고 있었습니다. 남자들은 대체로 겁쟁이에다가
체면만 차리고 또한 구두쇠였습니다 — 담배 가게의 요시코
를 내연의 처로 삼을 수가 있었습니다. 쓰키지에 있는 스미다
강 가까이의 2층 목조 건물에 아래층 방 하나를 빌려서 둘이
살면서, 술을 끊고 이제는 저의 본업이나 다름없게 된 만화 일
에 열중하며 저녁 식사 후에는 둘이서 영화를 보러 가기도 하
고 돌아오는 길에 다방에 들르거나, 또는 화분을 사 오거나 하

며, 아니, 그러한 것보다는 저를 진심으로 신뢰해 주는 이 꼬마 신부의 이야기를 듣거나 그 동작을 보는 것이 즐거워서, 이러다가 나도 혹시나 점차로 인간다운 인간이 되어 비참한 죽음을 당하지 않아도 되는 것이 아닐까, 하는 달콤한 생각을 어렴풋이나마 가슴에 간직하기 시작하려는 순간 호리키가 다시 제 눈앞에 나타났습니다.

"여어, 색마! 어라? 그래도 제법 그럴싸한 얼굴을 하고 있네? 오늘은 고엔지 여사의 심부름을 왔지."

하고는, 갑자기 소리를 죽여, 부엌에서 차를 끓이고 있는 요시코 쪽을 턱으로 가리키며 "괜찮아?" 하고 묻기에,

"상관없어. 무슨 말이건 해도 좋아."

하고 저는 침착하게 대답했습니다.

사실 요시코는 신뢰의 천재라 할 수 있을 정도라서, 교바시 마담과의 관계는 물론이고, 제가 가마쿠라에서 저지른 일을 알려 주어도 쓰네코와의 관계를 의심하지 않았습니다. 그것은 제가 거짓말을 잘하기 때문이 아니라 때로는 적나라한 표현을 한 적도 있는데 요시코에게는 그것이 모두 농담으로밖에 들리지 않는 모양이었습니다.

"여전하군. 뭐, 대단한 일은 아니고 이따금 고엔지 쪽에도 놀러 와 달라는 전갈이야."

잊어버릴 만하면 괴조가 날개를 펄럭이며 날아와서 기억의 상처를 주둥이로 쪼아 댑니다. 그 즉시 과거의 수치와 죄악의 기억이 역력히 눈앞에 전개되어 '으악!' 하고 외치고 싶을 정도의 공포로 가만히 앉아 있을 수가 없을 지경이 되고 맙니다.

"한잔할까?"

하는 제 말에,

"그러지."

하고 호리키가 대답했습니다.

저와 호리키. 겉모습은 둘이 비슷했습니다. 꼭 닮은 인간인 듯한 느낌이 드는 때도 있었습니다. 물론 그것은 여기저기 싸구려 술을 마시며 돌아다닐 때뿐입니다만, 어쨌든 둘이 얼굴을 마주 대하면 점점 같은 모습, 같은 종류의 개로 변하여 눈 내리는 길거리를 뛰어 다니는 꼴이 되었습니다.

그날 이후로 우리들은 다시금 옛정을 되살리게 되어 교바시의 그 작은 바에도 함께 갔고 심지어는 고엔지에 위치한 시즈코의 아파트에도 만취한 두 마리의 개가 방문하여 묵고 오게끔 되었습니다.

그 일은 잊을 수가 없습니다. 무더운 여름밤이었습니다. 호리키는 해가 질 무렵 꾸깃꾸깃한 유카타를 입고 쓰키지의 제 아파트에 와서는, "오늘 좀 필요한 데가 있어서 여름옷을 전당 잡혔는데, 그 사실을 어머님이 아시면 정말로 입장이 난처해. 당장 찾아와야 하니까, 하여튼 돈 좀 빌려 줘." 하고 부탁하는 것이었습니다. 하지만 저에게도 돈이 없었기 때문에 여느 때와 마찬가지로 요시코를 시켜서 요시코의 옷을 전당포에 갖고 가 돈을 장만하여 호리키에게 빌려주었습니다. 그러고도 아직 조금 남았기에 그 돈으로 요시코에게 소주를 사 오도록 시켜서, 아파트 옥상으로 가서는 스미다 강에서 이따금 미미하게 불어오는 시궁창 냄새가 나는 바람을 맞으며 그야말로 꾀죄죄한 납량 술자리를 벌였습니다.

우리들은 그때 희극 명사, 비극 명사를 번갈아 대는 말장난을 하였습니다. 이것은 제가 고안한 놀이로 명사에는 한결같이 남성 명사, 여성 명사, 중성 명사의 구별이 있지만, 그와 동시에 희극 명사, 비극 명사의 구별도 있어야 한다. 예를 들자면, 기선과 기차는 모두 비극 명사이고, 전차와 버스는 모두 희극 명사이다. 어째서 그런가, 그 이유를 모르는 자는 예술을 논할 자격이 없다. 희극에 한 개라도 비극 명사를 넣은 극작가는 이미 그 자체만으로도 낙제이고, 비극의 경우도 역시 마찬가지라는 이유에서 나온 것입니다.

"그러면, 담배는?"

하고 제가 물으면,

"트래(트래지디의 준말-옮긴이)."

하고 호리키가 즉각 대답합니다.

"약은?"

"가루약인가? 알약 말인가?"

"주사."

"트래."

"그럴까? 호르몬 주사도 있는데."

"아니, 전적으로 '트래'야. 바늘이 우선, 어엿한 '트래'잖아."

"좋아, 양보하지. 하지만, 약이나 의사는 말이야, 의외로 '코미'(코미디의 준말-옮긴이)라구. 죽음은?"

"코미. 목사도 중도 마찬가지야."

"옳으신 말씀. 하지만, 삶은 '트래'지."

"아니야, 그것도 '코미'야."

"아니, 그런 식으로 말하면 무엇이든지 모두 '코미'가 되잖아. 그렇다면 한 가지만 물어보겠는데, 만화가는? 설마, '코미'라고는 하지 못하겠지?"

"트래, 트래. 대비극 명사!"

"뭐야, 대'트래'는 너잖아."

이러한 어설픈 말장난처럼 되어 버리면 별 볼 일이 없지만 그래도 우리들은 그 놀이를 전 세계의 어느 모임에도 일찍이 없었던 기발한 놀이라고 우쭐해하였습니다.

또 한 가지, 저는 당시에 이것과 비슷한 놀이를 개발했습니다. 그것은 반대말을 알아맞히는 놀이였습니다. 흑의 반대는 백, 그러나 백의 반대는 적(赤), 적의 반대는 흑.

"꽃의 반대는?"

하고 제가 물으면, 호리키는 입을 일그러뜨리며 생각하다가,

"음, 화월(花月)이라는 요릿집이 있으니까, 달이겠지."

"아니, 그건 반대가 되지 못해. 오히려 동의어잖아. 별과 제비꽃의 경우도 동의어니까. 반대가 아니야."

"알았어, 그렇다면, 벌이다."

"벌?"

"모란에, 개미니?"

"뭐야, 그건 그림 제목이잖아. 꼼수 부리지 마."

"알았다! 꽃과 뭉게구름."

"달과 뭉게구름이겠지."

"그래, 그래. 꽃과 바람. 바람이야. 꽃의 반대는 바람."

"시시하군, 그건 나니와부시(샤미센을 반주로 하는 민요-옮긴이) 가사잖아. 바닥을 드러내는군."

"그렇다면, 비파."

"더 이상하잖아. 꽃의 반대는 말이야, 모름지기 이 세상에

서 가장 꽃답지 않은 것, 그런 걸 들어야지."

"그렇다면, 저기, 잠깐만! 그건 여자잖아?"

"기왕 말이 나왔으니, 여자의 반대는?"

"내장."

"자네는 도대체 시를 모르는군. 그렇다면 내장의 반대는?"

"우유."

"어라, 요번에는 제법인데. 그런 식으로 하나만 더. 부끄러움. 부끄러움의 반대는?"

"뻔뻔함이지. 유행 만화가 '조시 이키타' 말이야."

"호리키 마사오는?"

이쯤에서 우리 둘 사이에는 차츰 웃음이 사라지고 소주 취기 특유의, 마치 유리 조각이 머릿속에 충만한 듯한 음울한 기분이 되었습니다.

"건방진 소리 하지 마. 난 아직 너처럼 밧줄에 묶이는 치욕을 당한 적이 없어."

뜨끔했습니다. 호리키는 내심 나를 정상적인 인간으로 대하지 않았었구나. 나를 단지 자살에 실패하여 살아남은 뻔뻔하고 멍청한 괴물의, 이른바 '살아 있는 시체'로 밖에 알아주지 않는구나. 그러면서도 자신의 쾌락을 위해서 나를 이용할 수 있는 데까지는 이용하겠다는 그 정도의 '친구'였구나, 하고 생각하니 역시 좋은 기분은 아니었습니다. 하지만 또한 호리키가 저를 그렇게 여기는 것이 당연하리라는 생각도 들었습니다. 저는 원래부터 인간으로서의 자격이 없는 어린아이에 불과하니까, 호리키에게 경멸당하는 것이 당연할지도 모른다는 생각에,

"죄. 죄의 반대말은 뭐지? 이건, 어려울걸."

하고, 아무렇지도 않다는 표정을 지으며 물었습니다.

"법률이지."

호리키가 태연히 그렇게 대답하자, 저는 호리키의 얼굴을 보았습니다. 가까운 빌딩에서 깜빡이는 네온사인의 붉은빛을 받아, 호리키의 얼굴은 냉혹한 형사처럼 위엄 있게 보였습니다. 저는 정말로 어이가 없어서,

"죄라는 건 말이야, 그런 게 아니잖아?"

죄의 반대말이 법률이라니! 하지만 세상 사람들은 모두 그 정도로 간단히 생각하며 태연히 살고 있는지도 모릅니다. 형사가 없는 곳이야말로 범죄가 득실거린다고 생각하며.

"그렇다면, 뭐야, 하느님이란 말인가? 너는 어딘지 신부님 같은 데가 있으니까, 비꼬아서 말하자면."

"어이, 그렇게 가볍게 처리하지 말라구. 좀 더 둘이서 생각해 보자구. 이건 그래도 재미있는 테마잖아. 이 테마에 대한 대

135

답 하나로 그 사람의 전부를 알 수 있을 것 같은 생각이 들어."

"설마. 죄의 반대는 선이야. 선량한 시민. 즉 나 같은 사람 말이지."

"농담 그만하자고. 선은 악의 반대지, 죄의 반대가 아니야."

"악과 죄는 다른가?"

"다를 거라고 생각해. 선악의 개념은 인간이 만든 거야. 인간이 제멋대로 만든 도덕에서 나온 말이지."

"집어치워. 그럼 역시 하느님이겠지. 하느님, 하느님. 무엇이건 하느님으로 해 두면 틀림없겠지. 배고프군."

"지금 밑에서 요시코가 누에콩을 삶고 있어."

"고맙군. 내가 좋아하는 거지."

양손을 머리 뒤에 대고 똑바로 누웠습니다.

"너는 죄라는 것에 대해서 전혀 관심이 없는 모양이야."

"그야 그렇지. 너처럼 죄인은 아니니까. 나는 즐기기는 하지만 여자를 죽게 하거나 여자에게서 돈을 뜯거나 하지는 않아."

'죽게 만든 게 아니야, 돈을 뜯은 게 아니야.' 하고 마음 한구석에서 어렴풋이, 그러면서도 필사적인 항의소리가 일었지만, 그러나 또다시 정말로 내가 나쁘다고 곧바로 생각을 바꾸는 이 습성.

저는 아무래도 정면으로 논쟁을 할 수가 없었습니다. 소주의 음울한 취기 때문에 시시각각 기분이 험악해져 오는 것을 필사적으로 억누르며 거의 혼잣말처럼 중얼거렸습니다.

"하지만 감옥에 들어가는 것만이 죄가 아니야. 죄의 반대를 알게 된다면 죄의 실체도 알아낼 수 있을 것 같은 느낌이 들지만, 하느님, 구원, 사랑, 빛, 하지만 하느님에게는 사탄이라는 반대가 있고, 구원의 반대는 고뇌일 것이고, 사랑은 미움, 빛은 어둠이라는 반대가 있지. 선에는 악, 죄와 기도, 죄와 후회, 죄와 고백, 죄와, 아아, 모두 동의어로군. 죄의 반대말은 무엇일까?"

"'쓰미(죄)'의 반대말은 '미쓰(꿀)'지. 꿀 같은 달콤함 말이야. 배가 고프구나. 뭔가 먹을 걸 갖고 오라고."

"네가 갖고 오면 될 거 아니야!"

난생 처음이라고 할 수 있을 정도로 격한 분노의 소리가 나왔습니다.

"좋아, 그렇다면 밑에 내려가서 요시코와 둘이서 죄를 범하고 오지. 논쟁보다는 실지(實地) 탐사. 죄의 반대는 꿀콩 아니, 누에콩인가?"

호리키는 거의 혀가 꼬부라질 정도로 취해 있었습니다.

"알아서 해. 빨리 꺼지라고!"

"죄와 공복, 공복과 누에콩, 아니, 이건 동의어인가?"

호리키는 말도 안 되는 소리를 하면서 일어났습니다.

죄와 벌. 도스토예프스키. 문득 그런 것들이 뇌리를 스치자 저는 뜨끔했습니다. '만약 도스토예프스키가 죄와 벌을 동의어로 생각하지 않고 반대말로 늘어놓은 것이라면? 죄와 벌, 절대로 상통하지 않는 것, 물과 기름처럼 서로 융합될 수 없는 것. 죄와 벌을 반대로 생각한 도스토예프스키의 해감, 썩은 연못, 혼란한 밑바닥, 아아, 알 수 있을 것 같다, 아니, 아직……' 하는 생각이 주마등처럼 머리에서 빙글빙글 돌고 있을 때,

"어이! 별난 누에콩이야. 이리 와!"

호리키의 목소리도 얼굴빛도 바뀌어 있었습니다. 호리키는 방금 전에 비틀비틀 일어나서 밑으로 갔는가 싶더니 다시 돌아온 것입니다.

"뭐야?"

기괴할 정도로 살기등등하여 둘이는 옥상에서 2층으로 내려가, 2층에서 다시 1층의 제 방으로 내려갔습니다. 내려가는 계단의 중간에서 호리키는 멈추어 서더니,

"저것 봐!"

하고 작은 소리로 말하며 손가락으로 가리켰습니다.

제 방 위쪽의 작은 창문이 열려 있었기에 그곳을 통하여 방 안이 보였습니다. 전등을 켜 놓은 채로 두 마리의 짐승이 있었

습니다.

저는 어찔어찔 현기증을 느끼며 이것도 또한 인간의 모습이다. 이것도 또한 인간의 모습이다, 놀랄 일도 아니다, 하고 격심한 호흡과 더불어 가슴속으로 중얼거리며 요시코를 도와줄 생각도 잊고 계단에 멈추어 서 있었습니다.

호리키가 크게 헛기침을 하였습니다. 저는 혼자서 도망치듯이 옥상으로 뛰어 올라가 드러누워서 비가 올 것 같은 여름밤 하늘을 바라보았습니다. 그때 저를 엄습한 감정은 분노도 아니고 혐오도 아니고 또한 슬픔도 아닌 엄청난 공포였습니다. 그것도 묘지의 유령에 대한 공포가 아니라 신사(神社)의 삼나무 숲에서 신령님을 만났을 때 느낄지도 모르는, 한 마디 대꾸조차 할 수도 없는 태고의 억센 공포감이었습니다. 저의 흰머리는 그날 밤부터 나기 시작하여 결국에는 모든 것에 자신을 잃고 결국에는 남들을 끝없이 의심하며 이 세상에 대한 모든 기대, 기쁨, 공명 등에서 영원히 멀어지게 되었습니다. 정말로 그것은 저의 생애에 있어서 결정적인 사건이었습니다. 저는 양미간이 정면으로 갈라지고 말아, 이후로 그 상처는 누구에게 접근하더라도 통증을 주었습니다.

"동정은 하겠지만 너도 이제 조금은 깨달았지? 이제 난 두 번 다시 여기에 오지 않을 거야. 마치 지옥 같군. 하지만 요시코를 용서해 줘. 너도 어차피 변변한 인간은 아니니까. 이만 실례할게."

입장이 난처한 장소에 오랫동안 머물러 있을 정도로 얼빠진 호리키가 아니었습니다.

저는 일어나서 혼자 소주를 마시고는 엉엉 소리를 내며 울었습니다. 얼마든지 울 수 있었습니다.

어느 틈엔가 등뒤에 요시코가 누에콩이 잔뜩 담긴 접시를 들고 멍하니 서 있었습니다.

"아무 짓도 안 하겠다고 해서……."

"됐어. 아무 말도 하지 마. 당신은 남을 의심할 줄 모르니까. 앉아. 콩이나 먹자."

나란히 앉아서 콩을 먹었습니다. 아아, 신뢰는 죄악일까요? 상대방 남자는 저에게 만화를 부탁하고는 몇 푼 안 되는 돈을 인심이라도 쓰듯이 두고 가는, 서른 전후의 무식하고 자그만 체구의 장사꾼이었습니다.

물론 그 장사꾼은 그 후로 다시는 오지 않았습니다만, 저는 무슨 까닭인지 그 장사꾼에 대한 증오심보다도 처음 발견하였을 때 곧바로 헛기침이라도 할 것이지, 그대로 저에게 알리러 다시 옥상으로 되돌아온 호리키에 대한 증오심과 분노가 잠이 오지 않는 밤이면 불현듯이 솟구쳐서 견딜 수가 없습니다.

용서고 나발이고 없었습니다. 요시코는 신뢰의 천재입니다. 남을 의심할 줄 몰랐습니다. 그러나 그로 인한 비참함.

신에게 묻노라. 신뢰는 죄악인가?

요시코가 더럽혀졌다는 사실보다 요시코의 신뢰가 더럽혀졌다는 사실이 저에게는 그 후로도 오랫동안 살아 있기 어려울 정도로 고뇌의 씨앗이 되었습니다. 저처럼 공연히 겁을 먹으며 남의 안색만 살피고 남을 믿는 능력에 금이 가 있는 인간에게는, 요시코의 티 없는 신뢰감이 그야말로 아오바 폭포처럼 상쾌하게 여겨졌던 것입니다. 그것이 하룻밤 사이에 누런 폐수로 변해 버렸습니다. 보라! 요시코는 그날 밤부터 저의 일거수일투족에 대하여 일일이 눈치를 살피게 되었습니다.

"어이!"

하고 부르면 뜨끔하여 눈 둘 곳을 모르는 눈치였습니다. 아무리 제가 웃기려고 익살을 떨어도, 겁을 먹고 흠칫거리며 필요 이상으로 저에게 존댓말을 쓰게 되었습니다.

과연, 티 없는 신뢰감은 죄악의 원천인가?

저는 결혼한 여자가 몸을 더럽히게 되는 소설을 여러 종류 찾아서 읽어 보았습니다. 하지만 요시코처럼 비참한 꼴을 당한 여자는 하나도 없다는 생각이 들었습니다. 애당초 이것은 전혀 소설의 소재가 되지 않았습니다. 그 조그만 장사꾼과 요시코 사이에 조금이라도 사랑과 유사한 감정이 있었더라면 저의 기분도 오히려 가벼워졌을지 모르지만, 단지 여름날 밤 요시코가 남을 신뢰하였다는 그 사실 하나만으로, 제 양미간은 정면으로 갈라지고 목이 쉬어 버리고 흰머리가 나게 되고, 요시코는 평생을 두려움 속에서 지내야만 하게 되었습니다. 대부분의 소설은 그 아내의 '행위'를 남편이 용서할 것인가 아닌가 그 문제에 중점을 두고 있는 듯하였습니다만, 그것은 저에게 있어 그다지 괴로운 문제가 아니었습니다. 용서한다느니 용서하지 못하겠다느니 그러한 권리를 지닌 남편이야말로 행복하지 않겠는가. 도저히 용서할 수 없다고 생각된다면 그렇게 소란을 피울 것도 없이 당장 아내를 쫓아 버리고 새 아내를 맞이하면 되지 않겠는가. 그럴 수 없다면 '용서하고' 참는 수밖에 없겠지. 어느 쪽을 선택하건 남편의 기분 하나로, 사면팔방이 원만하게 안정되리라는 생각이 들었습니다. 즉 그러한 사건은 분명히 남편에게 있어서 쇼크이겠지만, 그러나 그것은 '쇼크'일 뿐, 언제까지고 끊임없이 밀려오는 파도와는 달리 권리를 지닌 남편의 분노로 어떻게든 처리할 수 있는 트러블처럼 저에게는 생각되었습니다. 그러나 저희들의 경우는 남편에게 아무런 권리도 없고 생각해 보면 모두가 제 잘못인 듯한 생각이 들어, 화를 내기는커녕 잔소리 한 번 하지 못하였

고, 또한 그 아내는 그녀가 소유하고 있는 보기 드문 미덕으로
인하여 욕을 당한 것입니다. 더구나 그 미덕은 남편이 일찍이
동경하던 티 없이 맑은 신뢰감이라는 견딜 수 없이 가련한 것
이었습니다.

티 없이 맑은 신뢰감은 죄악인가?

유일한 희망이던 미덕에 대해서까지 의혹을 품게 된 저는
이미 모든 것을 알 수 없게 되었고 의지하는 것이라곤 술뿐이
었습니다. 저의 얼굴 표정은 극도로 천박해지고 아침부터 소
주를 마시고 치아도 엉망이 되고 만화도 대부분 춘화에 가까
운 것을 그리게 되었습니다. 아니, 노골적으로 말하겠습니다.
저는 그 무렵부터 춘화를 베껴서 밀매하였습니다. 소주를 살
돈이 필요했기 때문입니다. 언제나 저에게서 시선을 피하며
겁을 먹고 있는 요시코를 보노라면 '경계심을 전혀 모르는 여
자이니까 그 장사꾼과 한 번만 관계한 것이 아니지 않을까, 또
한 호리키와는? 아니, 어쩌면 내가 모르는 사람과도?' 하는 식
으로 의혹은 의혹을 낳고, 그렇다고 해서 과감하게 그것을 추
궁할 용기도 없으니 여전한 불안과 공포에 신음하며 단지 소
주를 마시고 취해서는, 고작해야 비굴한 유도심문 같은 것을
조심조심 시도해 보다가, 내심 바보 같다는 생각에 일희일우
하며, 겉으로는 공연히 익살을 떨면서 요시코에게 추잡하고

지옥 같은 애무를 한 다음 잠에 곯아떨어지는 것이었습니다.

그해 말에 저는 밤늦게 만취하여 돌아와 설탕물이 마시고 싶어서, 요시코는 잠든 듯하기에 혼자 부엌으로 가서 설탕 항아리를 찾아내어, 뚜껑을 열어 보니 설탕은 들어 있지 않고 검은색의 길고 가느다란 상자가 들어 있었습니다. 무심코 손에 들어 그 상자에 붙어 있는 상표를 보고는 깜짝 놀랐습니다. 그 상표는 손톱으로 반쯤 벗겨져 있었지만 로마자 부분이 남아 있었기에 확실히 읽을 수 있었습니다. DIAL.

디알. 저는 그 무렵 오로지 소주만 마시고 수면제를 사용하지 않았습니다만, 불면은 저의 지병과도 같았기에 대부분의 수면제에 관해서는 잘 알고 있었습니다. 이 디알 한 상자는 명백히 치사량 이상이었습니다. 아직 상자는 개봉되지 않았지만 언젠가는 '시도'할 생각으로, 이런 곳에 더구나 상표를 벗겨 내고 숨겨 둔 것이 틀림없었습니다. 불쌍하게도 그녀는 상표의 로마자를 읽지 못하였기에 손톱으로 반쯤 벗겨 내고는 이 정도면 됐으리라고 생각한 것이었겠지요.

'당신에게는 죄가 없다.'

저는 소리가 나지 않도록 살짝 컵에 물을 채우고는 천천히 상자를 개봉하여, 전부 단숨에 입 안에 털어 넣고 컵의 물을 침착하게 다 마신 뒤 전등을 끄고 그대로 잤습니다.

사흘 동안 저는 죽은 듯이 누워 있었다고 합니다. 의사는 과실로 간주하여 경찰에의 신고는 유예하여 주었다는 것입니다. 정신이 들면서 맨 먼저 중얼거린 소리는 "집에 갈 테야."라는 말이었다고 합니다. 집이란 어디를 말하는 것인지 당사자인 저도 잘 모르겠습니다만, 하여튼 그렇게 말하고는 마구 울었다고 합니다.

　　점차 안개가 걷히고 보니까 머리맡에 넙치가 몹시 불쾌한 얼굴로 앉아 있었습니다.

　　"요전에도, 연말이라, 피차 정말로 정신없을 정도로 바빴는데 언제나 연말을 노려서 이런 짓을 하니 이쪽이 못 견디겠군요."

　　넙치의 이야기 상대를 하고 있는 것은 교바시의 마담이었습니다.

　　"마담."

　　하고 제가 불렀습니다.

　　"응, 왜? 정신이 드나?"

　　마담은 웃는 얼굴을 제 얼굴 위에 덮치듯이 갖다 대며 대답했습니다.

　　저는 눈물을 줄줄 흘리며,

　　"요시코와 헤어지게 해 줘."

저로서도 뜻밖의 말이 나왔습니다.

마담은 몸을 일으키더니 가느다랗게 한숨을 쉬었습니다.

이어서 저는, 이것도 역시 실로 뜻밖의, 우스꽝스러운지 바보 같은지 모를 정도의 실언을 하였습니다.

"난 여자가 없는 곳에 갈 테야."

하하하, 하고 우선 넙치가 큰 소리로 웃자 이어서 마담도 큭큭큭 하며 웃었고, 저도 눈물을 흘리며 얼굴이 붉어져서 쓴 웃음을 지었습니다.

"응, 그러는 게 좋겠어."

하고 넙치는 계속해서 천박하게 웃으며,

"여자가 없는 곳에 가는 편이 좋을 거야. 여자가 있으면 아무래도 안 되겠어. 여자가 없는 곳이라니 좋은 생각이로군."

여자가 없는 곳. 그러나 저의 이 바보 같은 헛소리는 훗날에 아주 음산한 형태로 실현되었습니다.

요시코는 무언가 제가 그녀를 대신해서 음독한 것으로 여긴 듯 이전보다도 한결 저에 대하여 겁을 먹으며 제가 무슨 말을 해도 웃지 않고 또한 제대로 말도 걸지 않게 되었기에, 저도 아파트의 방 안에 있으면 우울해져서 결국 밖으로 나와 여전히 싸구려 술을 마시게 되었습니다. 그러나 그 수면제 사건 이후로 제 몸이 눈에 띄게 여위어서 팔다리가 나른하여 만화 그리는 것도 소홀히 하게 되어, 넙치가 그때 문병 인사로 두고 간 돈 — 넙치는 그 돈을 "저의 성의입니다." 하며 정말로 자기가 내는 돈처럼 내밀었습니다만, 이것도 고향의 형님들이 보낸 돈인 듯하였습니다. 저도 그 무렵에는 어렴풋이나마 눈치챌 수 있게 되었기 때문에 이쪽에서도 능글맞게 전혀 눈치채지 못한 척하며 넙치에게 고분고분 그 돈에 대한 감사의 말을 했습니다. 하지만 넙치가 어째서 그런 번거로운 수작을 부리는 것인지 알 듯 모를 듯하여, 아무래도 저는 이상한 기분이 들어서 견딜 수가 없었습니다 — 으로 마음껏 혼자서 미나미이즈의 온천에 가 보기도 하였습니다만, 도저히 그렇게 느긋한 온천 여행을 할 수 있는 인간도 못 되고, 요시코를 생각하니 쓸쓸한 느낌을 견딜 수 없었습니다. 여관방에서 산 경치를 즐길 만큼 편안한 심정과는 너무도 거리가 멀었기에, 옷도 갈아입지 않고 온천에도 들어가지 않고 밖으로 뛰쳐나와서는 지저분한 선술집 같은 곳에 들어가, 소주를 그야말로 퍼마시듯 마시고는 건강을 더욱더 나쁘게 만들어 귀경하였을 뿐입니다.

도쿄에 큰눈이 내린 밤이었습니다. 저는 술에 취하여 긴자의 뒷골목을, "여기는 고향에서 몇십 리, 여기는 고향에서 몇십 리." 라고 작은 소리로 반복해서 중얼거리듯이 노래하면서 여전히 내려 쌓이는 눈을 신발 끝으로 걷어차며, 걷다가 갑자기 토했습니다. 그것이 저의 첫 각혈이었습니다. 눈 위에 커다란 일장기가 그려졌습니다. 저는 잠시 동안 쭈그리고 앉아 있다가 깨끗한 곳의 눈을 양손으로 퍼 올려 얼굴을 닦으며 울었습니다.

여기는 어느 곳의 샛길이냐?

여기는 어느 곳의 샛길이냐?

계집아이들의 서글픈 노랫소리가 환청처럼 희미하게 멀리서 들렸습니다. 불행. 이 세상에는 갖가지 불행한 사람들이, 아니 불행한 사람들만이라고 해도 과언이 아니겠습니다만, 그 사람들의 불행은 이른바 세상에 대하여 당당하게 항의할 수 있고, 또한 '세상'도 그 사람들의 항의를 쉽게 이해하고 동정합니다. 그러나 저의 불행은 모두 저의 죄악에서 나온 것이라 누구에게도 항의할 방법이 없고, 또한 우물거리며 한마디라도 항의 같은 소리를 한다면, 넙치가 아니더라도 세상 사람들 모두 '그런 소리가 잘도 입에서 나온다.'며 경악할 것임에 틀림없으니, 저는 도대체 흔히들 말하는 '멋대로'인지 아니면 그 반대로 너무나 마음이 여린 것인지 저도 잘 모르겠습니다만, 어쨌든 죄악 덩어리인 듯, 스스로 한없이 불행해질 뿐이기에 막아 낼 구체적인 방도가 없었습니다.

저는 일어나서 일단 무언가 적당한 약을 먹어야겠다는 생각에 근처의 약국으로 들어갔습니다. 저와 얼굴을 마주한 순간, 약국 아주머니는 플래시를 받은 사람처럼 고개를 들고 눈이 둥그레져서 꼼짝도 하지 않았습니다. 그러나 둥그렇게 뜬 그 눈에는 경악의 기색도 혐오의 기색도 없이, 거의 구제를 바라는 듯한, 사모하는 듯한 기색이 나타나 있었습니다. '아아, 이 사람도 분명히 불행한 사람이로구나. 불행한 사람은 남의 불행에도 민감하기 마련이니까.' 하는 생각이 드는 순간, 문득 그 아주머니가 지팡이를 짚고 간신히 서 있다는 사실을 알았습니다. 달려가고 싶은 생각을 억누른 채 여전히 그 아주머니와 얼굴을 마주 보고 있으려니 눈물이 나왔습니다. 그러자 아주머니의 커다란 눈에서도 눈물이 마구 넘쳐흘렀습니다.

결국, 한마디 말도 없이 저는 그 약국에서 나와서 비틀거리며 아파트로 돌아와 요시코에게 소금물을 만들어 달라고 하여 마시고는 잠자코 자리에 누웠습니다. 이튿날도 감기라고 거짓말을 하고는 하루 종일 자다가 밤이 되자 저의 그 각혈이 아무래도 불안하여 견딜 수가 없기에, 일어나 그 약국으로 가서 요번에는 웃으면서 아주머니에게 정말로 솔직히 이제까지의 몸 상태를 털어놓고 상담하였습니다.

"술을 끊으셔야만……."

저희들은 가족 같은 느낌이었습니다.

"알코올 중독이 되었을지도 모릅니다. 지금도 마시고 싶으니까요."

"안 돼요. 저의 주인 양반도 결핵인 주제에 술로 균을 죽인다며 술에 절어서 스스로 수명을 단축시켰어요."

"불안해서 견딜 수가 없습니다. 무서워서 도저히 안 되겠습니다."

"약을 드릴게요. 술만큼은 끊으세요."

아주머니 ─ 미망인으로 사내아이가 하나 있지만 지바인지 어딘지의 의대에 들어갔다가 얼마 안 되어 아버지와 같은 병에 걸려서 휴학 입원 중이고, 집에는 중풍에 걸린 시아버지가 누워 있고 아주머니 자신은 다섯 살 때 소아마비에 걸려서 한쪽 다리를 전혀 쓰지 못하였습니다 ─ 는 지팡이를 소리내어 짚으며 저를 위하여 이곳저곳의 선반이나 서랍을 뒤져서 갖가지 약품을 갖다 주었습니다.

이것은 조혈제.

이것은 비타민 주사액. 주사기는 이것.

이것은 칼슘 정제. 위장을 해치지 않도록 디아스타아제.

이것은 무엇 이것은 무엇, 하며 대여섯 종류의 약품에 관하여 애정 어린 설명을 해 주었습니다. 그러나 이 불행한 아주머니의 애정도 역시 저에게는 너무 깊었습니다. 마지막으로 아주머니가 이건 도저히 아무래도 술 생각이 나서 견딜 수가 없을 때 먹는 약이라며 잽싸게 종이에 싸 준 작은 상자.

모르핀 주사액이었습니다.

술보다는 해롭지 않으리라고 아주머니도 말했고, 저도 그러리라고 믿었기에, 또한 술에 취한다는 것이 어쩐지 불결하게 느껴지던 참이기도 하였고, 오랜만에 술이라는 사탄으로부터 도망칠 수 있다는 기쁨도 있고 해서 아무런 주저도 없이 저는 제 팔에 그 모르핀을 주사했습니다. 불안도 초조도 수치도 깨끗이 사라져 저는 무척이나 쾌활한 수다쟁이가 되었습니다. 또한 그 주사를 놓으면 저는 몸이 쇠약한 것도 잊고 만화 그리는 일에 열중하게 되어 스스로 웃음이 나올 정도로 신기한 발상이 떠오르는 것이었습니다.

하루에 한 차례만 놓겠다던 것이, 두 차례가 되고 네 차례가 되었을 무렵에는 저는 이제 그것이 없으면 일을 할 수가 없게 되었습니다.

"안 돼요. 중독이 되면, 그야말로 큰일이에요."

약국 아주머니가 그렇게 말하는 것을 듣고 저는 이미 상당한 중독 환자가 되어 버린 듯한 느낌이 들어서 — 저는 남들의 암시에 정말로 간단히 넘어가는 성격입니다. "이 돈을 쓰면 안 돼." 하고 아무리 주의를 받아도, "너는 도대체 믿을 수가 없어." 하는 말을 들으면 어쩐지 쓰지 않으면 미안한 듯한, 기대를 저버리는 듯한 이상한 착각에 빠져서, 반드시 당장 그돈을 써 버리는 것이었습니다 ― 그 중독의 불안 때문에 오히려 모르핀을 많이 사용하게 되었습니다.

"부탁합니다! 한 상자만 더. 돈은 월말에 반드시 지불할 테니까."

"돈은 언제건 상관없습니다만 경찰 단속이 심해요."

아아, 언제나 저의 주위에는 무언가 탁하고 어두우며 수상쩍은 인간의 냄새가 사라지지 않습니다.

"그걸 어떻게든 잘 부탁합니다, 아주머님. 키스해 드릴까요?"

아주머니는 얼굴을 붉혔습니다.

저는 그 기회를 놓치지 않고,

"약이 없으면 도무지 일이 되지 않아요. 저에겐 그것이 강장제나 마찬가지입니다."

"그렇다면 차라리 호르몬 주사가 좋겠네요."

"바보 취급 마세요. 술이나 그 약이나 둘 중의 하나가 아니면 일을 할 수가 없습니다."

"술은 안 돼요."

"그렇죠? 저는 그 약을 사용하게 된 이후로 술은 한 방울도 마시지 않았습니다. 덕분에 건강도 아주 좋습니다. 저도 언제까지고 어설픈 만화 따위를 그리고 있을 생각은 없습니다. 이제부터 술을 끊고 건강을 회복하고 공부도 해서 반드시 훌륭한 화가가 되겠습니다. 지금이 중요한 때입니다. 그러니까 네, 부탁합니다. 키스해 드릴까요?"

아주머니는 웃으며,

"난처하군요. 중독이 되어도 몰라요."

지팡이 소리를 내며 선반으로 가서 그 약을 꺼내더니,

"한 상자는 드릴 수가 없어요. 금방 써 버릴 테니까. 절반만이에요."

"째째하군, 하지만, 어쩔 수 없지."

집으로 돌아와 곧바로 한 방, 주사를 놓았습니다.

"아프지 않아요?"

요시코는 조심조심 저에게 물었습니다.

"그야 아프지. 하지만 일의 능률을 올리려면 싫더라도 이걸 하지 않을 수 없어. 내가 요즈음 아주 원기 왕성하지 않아? 자, 일을 시작해야지. 일, 일."

하며 저는 수다를 떨었습니다.

심야에 약국의 문을 두드린 적도 있습니다. 잠옷 바람에 지팡이 소리를 내며 나온 아주머니를 부둥켜안고 다짜고짜 키스를 하고, 우는 시늉을 했습니다.

아주머니는 잠자코 저에게 한 상자를 건네 주었습니다.

약품도 역시 소주와 마찬가지로 아니, 그 이상으로 끔찍하고 불결한 것이라는 사실을 깨달았을 때에는 이미 저는 완전한 중독자가 되어 있었습니다. 정말로 뻔뻔스러움의 극치였습니다. 저는 그 약품을 얻을 생각에 또다시 춘화를 베끼기 시작하였고, 또한 그 약국의 장애인 아주머니와 문자 그대로 '추잡한 관계'를 맺었습니다.

'죽고 싶다. 차라리 죽고 싶다. 이제는 돌이킬 수가 없다. 무엇을 하건 어떤 짓을 하건 더욱더 나빠질 뿐이다. 더욱더 수치스러운 꼴이 될 뿐이다. 자전거를 타고 아오바 폭포를 보러 가는 것은 기대할 수도 없다. 단지 더러운 죄악에 천박한 죄악이 더하여져 고뇌가 증대되고 강렬해질 뿐이다. 죽고 싶다. 죽어야만 한다. 살아 있는 것이 죄악의 씨앗이다.'라고 다짐하면서도 여전히 아파트와 약국 사이를 미친 듯이 왕복할 뿐이었습니다.

아무리 일을 하여도 약 사용량도 그에 따라서 늘어났기 때문에 약값의 빚이 무서울 정도로 불어서, 아주머니는 제 얼굴을 보면 눈물을 글썽거렸고, 저도 눈물을 흘렸습니다.

지옥.

'이 지옥에서 벗어나기 위한 최후의 수단, 이것에 실패하면 결국은 목을 매는 수밖에 없다.'는 신의 존재를 걸 정도의 결의로 저는 고향의 아버님께 긴 편지를 보내어 저의 실정 일체를 — 여자에 관하여는 역시 쓸 수 없었습니다만 — 고백하였습니다.

그러나 결과는 한층 나빠져서, 아무리 기다려도 전혀 답장이 없기에, 저는 그 초조와 불안 때문에 오히려 약의 양을 늘리게 되었습니다.

오늘 밤, 열 방을 한꺼번에 주사하고 오카와 강에 뛰어들자고 마음속으로 각오를 했던 그날 오후, 넙치가 악마 같은 육감으로, 냄새를 맡기라도 한 듯이 호리키를 데리고 나타났습니다.

"각혈했다며?"

호리키는 제 앞에 양반다리를 하고 앉아서 그렇게 말하고는 이제까지 본 적이 없을 정도로 다정하게 미소 지었습니다. 그 다정한 미소가 고맙고 반가워서 저는 그만 얼굴을 돌리고 눈물을 흘렸습니다. 또한 그의 다정한 미소 하나에 저는 완전히 패배하여 매장되고 말았습니다.

저는 자동차에 실렸습니다. "하여간에 입원을 해야 합니다. 뒷일은 저희들에게 맡기십시오." 하고 넙치도 차분한 어조로 — 그것은 자비심에 넘친다고 형용할 수 있을 만큼 조용한 어조였습니다 — 저에게 권하였습니다만 저는 의지도 판단도 전혀 불가능한 인간처럼 그냥 훌쩍거리며 고분고분 두 사람의 말에 따랐습니다. 요시코도 포함해서 네 사람은 상당히 오랫동안 자동차에 흔들리다가 주위가 어둑어둑할 무렵 숲 속에 있는 커다란 병원의 현관에 도착하였습니다.

결핵 요양소로만 생각했습니다.

저는 젊은 의사에게 지나칠 정도로 부드럽고 정중한 진찰을 받았습니다. 이윽고 의사는,

"일단, 당분간 이곳에서 요양을 하셔야 되겠습니다." 하고 마치 수줍다는 듯이 미소 지으며 말했습니다. 넙치와 호리키와 요시코는 저 혼자만 남겨 두고 가게 되었습니다. 요시코는 갈아입을 옷을 싼 보자기를 저에게 건네주고는 잠자코 허리띠 사이에서 주사기와 사용하고 남은 그 약을 꺼내었습니다. 역시, 강장제라고만 생각하고 있었던 것일까요?

"아니, 이젠 필요 없어."

정말로 보기 드문 일이었습니다. 남의 권유를 거부한 것은 그때까지의 제 생애에 있어서, 그때 단 한 번이라고 해도 과언이 아닐 정도입니다. 저의 불행은 거부 능력이 없는 자의 불행이었습니다. 남이 권하는 것을 거부하면 상대방의 가슴에도

제 가슴에도 영원히 돌이킬 수 없는 어색한 틈이 생길 것 같은 공포감에 떨고 있었던 것입니다. 하지만 저는 그때 그토록 미칠 듯이 원하던 모르핀을 정말로 자연스럽게 거부하였습니다. 요시코의 이른바 '신 같은 무지'에 감동한 탓일까요? 저는 그 순간 이미 중독 상태를 벗어난 것이 아니었을까요?

하지만 저는 곧바로 그 수줍은 듯이 미소짓는 의사의 안내를 받아 다른 곳의 병동에 감금되어 자물쇠가 채워졌습니다. 뇌병원이었습니다.

여자가 없는 곳에 가겠다고 그 수면제를 먹었을 때 하였던 저의 어리석은 헛소리가 정말로, 기묘하게 실현된 것이었습니다. 그 병동에는 미치광이 사내들뿐 간호사도 사내이고 여자는 한 사람도 없었습니다.

이제 저는 죄인 정도가 아니라 미치광이였습니다. 아니, 결코 저는 미치지 않았습니다. 한순간도 미친 적은 없습니다. 하지만 아아, 미치광이는 대체로 자신을 그렇게 말한다고 합니다. 즉 이 병원에 넣어진 사람은 미치광이, 넣어지지 않은 사람은 정상인 것입니다.

신에게 묻노라. 무저항은 죄악인가?

저는 호리키의 그 불가사의하고 아름다운 미소에 울면서 판단도 저항도 잊은 채 자동차에 타고 이곳으로 와서 미치광이가 되었습니다. 언젠가 이곳에서 나가더라도 저는 역시 미치광이 아니, 폐인이라는 낙인이 이마에 찍히게 되겠지요.

인간, 실격.

이미 저는, 완전히, 인간이 아닌 것입니다.

이곳에 온 것은 초여름 무렵으로 정원의 작은 연못에 빨간 연꽃이 피어 있는 모습이 철창 너머로 보였습니다. 그 후로 석 달이 지나 정원에 코스모스가 피기 시작할 무렵, 뜻하지 않게 고향의 맏형이 넙치의 안내로 저를 데리러 왔습니다. "아버님이 지난 달 말에 위궤양으로 돌아가셨다. 우리들은 이제 너의 과거를 묻지 않겠다. 생활 걱정을 하지 않아도 되게끔 해 주겠다. 아무것도 하지 않아도 좋으니, 그 대신에, 여러모로 미련도 남아 있겠지만, 당장 도쿄를 떠나 고향에서 요양 생활을 시작해 다오. 네가 도쿄에서 저지른 일의 뒤처리는 대부분 시부타가 해 주었으니까, 그 점은 걱정하지 않아도 된다."는 등의 이야기를, 여전히 아주 진지하고 긴장된 어조로 말하는 것이었습니다.

고향의 산하가 눈앞에 보이는 듯한 느낌이 들어, 저는 살짝 고개를 끄덕였습니다.

그야말로 폐인.

아버님이 돌아가셨다는 사실을 알게 되자, 저는 드디어 넋이 나간 인간처럼 되었습니다. '이제 아버님이 계시지 않는다. 내 가슴에서 한시도 떠나지 않았던, 그립고 무서운 그 존재가 이미 사라졌다.' 제 고뇌의 항아리가 텅 빈 듯한 느낌이 들었습니다. 제 고뇌의 항아리가 유난히 무거웠던 것도 그 아버님 탓이 아니었을까 하는 생각마저 들었습니다. 의욕이 완전히 사라져 버렸습니다. 고뇌할 능력조차 잃어버렸습니다.

맏형은 저에 대한 약속을 정확하게 실행해 주었습니다. 제가 태어난 마을에서 기차로 너덧 시간 남하한 곳에, 동북 지방에서는 보기 드물 정도로 따뜻한 해변의 온천지가 있었습니다. 그 마을 변두리에 방이 다섯 개나 있는, 상당히 낡은 집인 듯 벽은 헐고 기둥은 벌레 먹어 거의 수리도 할 수 없을 정도의 초가집을 사서 저에게 주고는, 예순에 가까운 새빨간 머리의 못생긴 식모를 한 사람 붙여 주었습니다.

그 후로 3년 가량 지나는 동안, 저는 그 데쓰라는 늙은 식모에게 몇 차례 기묘한 짓을 당하였고, 이따금 부부 싸움 같은 것도 하였습니다. 가슴의 병은 일진일퇴라서, 여위었다가 다시 살이 찌기도 하고 혈담이 나오는 때도 있었습니다. 어제, 데쓰에게 칼모틴을 사 오라고 약국에 심부름을 보냈더니 평소와는 다른 모양의 상자에 든 칼모틴을 사 왔습니다. 저는 그다지 개의치 않고, 자기 전에 열 알을 먹었는데 전혀 잠이 오지 않기에, 이상하다고 생각하던 중, 배탈이 나서 부리나케 변소로 갔더니 심한 설사를 하였습니다. 더구나 그 다음에도 잇달아 세 차례나 변소에 갔습니다. 너무도 이상하여 약 상자를 자세히 보니 그것은 헤노모틴이라는 설사약이었습니다.

저는 똑바로 누워서 배에 유담포(온수를 넣어 몸을 데우는 데 쓰는 도구-옮긴이)를 대고는, 데쓰한테 잔소리 좀 해 줄 생각이었습니다.

"이건 칼모틴이 아니야. 헤노모틴이란 거야."

하고 말하다가, 하하하 웃고 말았습니다. '폐인'은 아무래도 희극 명사인 모양입니다. 잠을 자려고 먹은 것이 설사약, 더구나 그 설사약의 이름은, 헤노모틴.

지금 저에게는 행복도 불행도 없습니다.

단지, 모든 것은 지나갈 뿐입니다.

제가 이제까지 아비규환으로 살아온 이른바 '인간'의 세계에 있어서 단 하나 진리라고 생각된 것은, 그것뿐이었습니다.

단지, 모든 것은 지나갈 뿐입니다.

저는 금년에 스물일곱이 됩니다. 흰머리가 눈에 띄게 많아졌기에 대부분의 사람들이 마흔 이상으로 봅니다.

후기

나는 이 수기를 쓴 광인을 직접은 모른다. 하지만 이 수기에 나오는 교바시의 마담으로 여겨지는 인물을 조금 알고 있다. 체구가 작고 안색이 좋지 못하며 눈이 가늘게 치켜 올라간데다가 코가 높아서 미인이라기보다는 미남자라고 하는 편이 좋을 정도로 딱딱한 인상의 여자였다. 이 수기에는 아마도 1930~1932년, 그 무렵의 도쿄 풍물이 자세히 묘사되어 있는 듯한데, 내가 친구를 따라 그 교바시의 스탠드바에 두세 차례 들러서 하이볼을 마신 것은, 일본의 '군부'가 노골적으로 설쳐대기 시작한 1935년 전후였으니까, 이 수기를 쓴 사내는 만날 수가 없었다.

그런데 금년 2월, 나는 지바 현 후나바시 시로 피신해 있는 친구를 방문하였다. 그 친구는 내 대학 시절의 이른바 학우로서 지금은 모 여대의 강사를 하고 있는데, 사실은 이 친구에게 내 친척의 혼담을 부탁해 두었기에, 그 용건도 있고, 아울러 가족들에게 신선한 해산물이라도 사다 줄 겸해서 배낭을 짊어지고 후나바시 시로 갔던 것이다.

후나바시 시는 갯벌과 접해 있는 제법 큰 도시였다. 새 주민인 그 친구의 집은 그 고장 사람에게 번지를 물어보며 찾아도 좀처럼 알 수 없었다. 춥기도 하고 배낭을 짊어진 어깨가 아파서 나는 레코드의 바이올린 소리에 이끌려 어느 다방의 문을 들어섰다.

그곳 마담이 낯익어서 물어보니 바로 10년 전에 그 교바시에 있던 작은 바의 마담이었다. 마담도 나를 금세 기억해 낸 듯 서로 깜짝 놀라며 웃고, 이어서 이런 때에 항상 하듯이, 공습으로 고생한 피차의 경험을 묻지도 않는데 자랑이라도 하듯이 서로 늘어놓고는,

"당신은 정말로 변하지 않았군."

"아니에요. 이젠 할머니인걸요. 몸이 삐걱거려요. 당신이야말로 젊네요."

"무슨 소리야. 아이가 셋이나 있어. 오늘은 그 녀석들에게 뭘 좀 사다 주려고."

하는 따위의 역시 오랜만에 만나는 사람들의 뻔한 인사를 나누고, 이어서 두 사람이 공통으로 알고 있는 사람의 소식을 서로 물어보기도 하다가, 그러던 중 별안간 마담은 어조를 바꾸어 "당신은 요조라는 사람을 아시나요?" 하고 물었다. "잘

모르겠는데." 하고 대답하자, 마담은 안으로 들어가더니 공책 세 권을 갖고 와서 나에게 건네 주며,

"무언가 소설의 재료가 될지도 몰라요."

하고 말했다.

나는 남들이 권하는 재료로는 작품을 쓰지 못하는 성격이었기에 그 자리에서 바로 돌려줄까 생각했으나 — 석 장의 사진, 그 기괴함에 관하여는 첫머리에도 썼다 — 그 사진에 마음이 끌려서 일단 공책을 맡아 두기로 하고, "돌아가는 길에 다시 이곳에 들르겠지만, 몇 번지 몇 호 모씨, 여대 강사를 하고 있는 사람의 집을 아나요?" 하고 물었더니 역시 같은 새 주민이라 알고 있었다. 이따금 이 다방에도 온다는 것이었다. 바로 근처였다.

그날 밤 친구와 가볍게 한잔하고 그 집에서 묵기로 하였는데 나는 아침까지 한잠도 안 자고 열심히 그 공책을 읽었다.

그 수기에 적혀 있는 것은 오래된 이야기이긴 했지만 지금 사람들이 읽어도 상당히 흥미를 느낄 것임에 틀림없었다. 어설프게 손을 대느니 이것은 이대로 그냥 어딘가의 잡지사에 부탁하여 발표하는 편이 훨씬 의의 있는 일처럼 생각되었다.

아이들에게 줄 해산물은 건어물뿐. 나는 배낭을 짊어지고 친구와 헤어져 그 다방에 들러,

"어제는 여러모로 고마웠습니다. 그런데…….."

하며 곧바로 용건을 꺼내어,

"이 공책을 잠시 빌려도 될까요?"

"네, 그러세요."

"이 사람은 아직 살아 있습니까?"

"글쎄요, 그걸 전혀 모르겠어요. 10년쯤 전에 교바시 가게 앞으로 그 공책과 사진이 소포로 왔는데, 보낸 사람은 요조임에 틀림없겠지만, 그 소포에는 요조의 주소도 이름조차 적혀 있지 않았어요. 공습 때 다른 물건들에 섞여서 이것도 무사하였기에 저는 얼마 전에야 비로소 다 읽어 봤는데…….."

"울었나요?"

"아니요, 울었다기보다, 안 되겠더군요. 인간도 그렇게 되면 이제 끝장인 거지요."

"그 후로 10년이라면 이미 죽었을지도 모르겠군요. 이건 당신에 대한 감사의 표시로 보내온 거겠지요. 좀 과장되게 쓴 듯한 부분도 있지만, 아마 당신도 상당한 피해를 입은 모양이로군요. 만약 이게 전부 사실이라면, 그리고 내가 이 사람의 친구였다면, 역시 뇌병원에 데려갈 생각이 들었을지도 모르지요."

"그 사람의 아버님이 나빠요."

마담이 무심코 그렇게 말했다.

"제가 알고 있는 요조는 정말로 순수하고 배려심이 있어서, 술만 마시지 않았더라면, 아니 마셨다 하더라도…… 하느님같이 착한 젊은이였어요."

사 양 (斜陽)

*

1

아침에 식당에서 수프를 한 숟가락 후루룩 떠 드신 어머님
께서,

"아!" 하는 가벼운 탄성을 지르셨다.

"머리카락인가요?"

나는 수프에 무언가 불결한 것이라도 들어 있는가 생각했다.

"아니야."

어머님은 아무 일도 없었다는 듯이 다시 살짝 한 숟가락 수
프를 입에 떠 넣으시고 새침하게 얼굴을 옆으로 돌려서 부엌
창문 너머로 만발한 벚꽃에 시선을 주시더니, 그대로 옆을 향
하신 채 다시 살짝 한 숟가락 수프를 자그만 입술 사이로 떠
넣으셨다. "살짝"이라는 표현은 어머님의 경우 결코 과장이
아니다, 부인 잡지에 나오는 식사법과는 전혀 다르다.

동생인 나오지가 언젠가 술을 마시며 누나인 나에게 이렇게 말한 적이 있다.

"작위가 있다고 해서 귀족이랄 수는 없지. 작위가 없더라도 천작(天爵)이라는 것을 지닌 훌륭한 귀족들도 있고, 우리들처럼 작위는 있지만 귀족은커녕 천민에 가까운 사람도 있으니까. 이와시마 같은 작자는 — 하고 나오지는 학교 친구인 백작의 이름을 예로 들며 — 그야말로 신주쿠 사창가의 포주보다도 훨씬 천박한 느낌이잖아? 요전에도 야나이 — 하고, 역시 학교 친구인 자작의 차남 이름을 들며 — 의 형님 결혼식에 그 자식, 연미복을 입고 도대체 어째서 연미복을 입을 필요가 있는지 모르겠지만 하여간에 테이블 스피치 때 그 녀석, '것이올시다'라는 괴상한 말을 쓰는 데에는 구역질이 나더군. 주제넘은 행동이란 품위 있는 행동과는 전혀 무관한 천박한 허세야. 고급 하숙이라고 쓰인 간판이 혼고(도쿄대학이 위치한 동네의 이름-옮긴이) 주변에 많이 있지만, 실제로 귀족들은 대부분 고급 거지라고 할 수 있지. 진짜 귀족은 이와시마 같은 어설픈 흉내는 내지 않는다구. 우리 가문에서도 진짜 귀족은 아마 어머님 정도겠지. 어머님은 진짜야. 남들과는 다른 데가 있어."

수프를 먹는 법만 하더라도 우리들은 접시 위로 몸을 약간 기울여서, 스푼을 옆으로 잡고 수프를 떠서, 스푼을 옆으로 든 채로 입에 대고 먹지만, 어머님은 왼손 손가락을 가볍게 테이블 끝에 걸치고는 상체를 구부리지도 않고 얼굴을 똑바로 든 채, 접시는 제대로 보지도 않고, 스푼을 옆으로 하여 살짝 뜬 다음 '제비처럼'이라고 형용할 수 있을 정도로 가볍고 산뜻하게 입과 직각이 되게 움직여서, 스푼의 끝에서 수프를 입술 사이로 흘려 넣으신다. 그러고는 무심한 표정으로 주위를 둘러보기도 하며 마치 자그만 날개처럼 가볍게 스푼을 다루지만 수프를 한 방울도 흘리는 일이 없고, 후루룩 소리도 접시 소리도 전혀 내시지 않는다. 그것은 이른바 정식 예법이 아닐지 모르지만, 내 눈에는 아주 귀엽게 그야말로 진짜처럼 보인다. 사실 수프 종류는 입으로 흘려 넣듯이 하여 마시는 편이 신기할 정도로 맛있게 느껴진다. 하지만 나는 나오지가 말하는 고급 거지인 탓으로, 어머님처럼 그렇게 가볍고 자연스럽게 스푼을 다루지 못하였기에, 어쩔 수 없이 포기하고는 접시 위로 몸을 기울여, 이른바 정식 예법대로 경직된 자세에서 식사를 한다.

수프만이 아니라 어머님의 식사법은 완전히 예법에 어긋난다. 고기가 나오면 우선 나이프와 포크로 전부 잘게 썬 다음 나이프를 놓고는 포크를 오른손에 바꿔 들고, 그 한 조각 한 조각을 포크로 찔러서 천천히 즐겁다는 듯이 드신다. 또한 닭고기 같은 것은 우리들이 접시 소리를 내지 않고 뼈에서 고기를 뜯어 내느라 애를 먹는 데에 반하여, 어머님은 예사롭게 뼈 부분을 살짝 손끝에 잡고는 입으로 고기를 뜯어 드신다. 이러 한 야만스러운 동작도 어머님의 경우는 귀엽게 보일 뿐만 아 니라 기묘하게도 에로틱하게 보이니까, 과연 진짜는 다른 법 이다. 뼈 있는 닭고기 만이 아니라 어머님은 점심때 반찬으로 나오는 햄이나 소시지 따위도 살짝 손끝에 잡고 드시는 경우 도 가끔 있다.

"주먹밥이 어째서 맛있는지 아니? 그건 사람 손으로 주물 러서 만들기 때문이야."라고 말씀하신 적도 있다.

나도 정말 손으로 먹으면 맛있으리라고 생각한 적이 있지 만 나처럼 고급 거지가 어설프게 흉내 내어 그런 짓을 했다가 는 그야말로 진짜 거지꼴이 될 것만 같아서 참았다.

동생인 나오지까지도 "어머님께는 당하지 못하겠군." 하고 탄식하였지만 정말로 나도 어머님 흉내를 내기가 어려워서 절 망감과도 같은 것을 느끼는 때가 있다. 언젠가 초가을의 달 밝 은 밤에 니시카타초에 있는 집 정원에서 나와, 어머님과 둘이 연못가의 정자에 앉아 달 구경을 하던 때의 일이다. 여우가 시 집 갈 때와 생쥐가 시집 갈 때의 예물 장만은 어떻게 다른가, 하는 따위의 우스갯소리를 하다가, 어머님이 불쑥 일어나 정 자 곁의 싸리꽃이 울창한 안쪽으로 들어가시더니 하얀 싸리꽃

사이로 한층 선명하게 하얀 얼굴을 내밀고 살짝 웃으시며,

"가즈코, 엄마가 지금 무엇을 하고 있는지 알아맞혀 보렴."

하고 말씀하셨다.

"꽃을 꺾고 계신가요?"

하는 내 대답에 작은 소리로 웃으시며,

"소변이야."

하고 말씀하셨다.

전혀 몸을 구부리지 않고 계신다는 사실에 놀랐지만, 한편
으로 나로서는 절대로 흉내 낼 수 없는 정말로 귀여운 느낌이
들었다.

오늘 아침 식사의 수프 이야기에서 아주 벗어나고 말았지
만 요전에 어느 책을 읽고 루이 왕조 무렵의 귀부인들은 중전
의 정원이나 복도 구석같은 곳에서 예사롭게 소변을 보았다
는 사실을 알고는 그 무심함이 정말로 귀엽게 느껴졌었는데,
우리 어머님은 그러한 진짜 귀부인의 마지막 분이 아닐까 하
는 생각이 들었다.

그런데 오늘 아침에는 수프를 한 숟가락 드시고 "아!" 하는
작은 탄성을 지르셨기에, "머리카락인가요?"고 여쭈어 보았
더니, "아니야."라고 대답하셨다.

"좀 짜게 만들었나요?"

오늘 아침의 수프는 요전에 미군이 배급한 통조림의 그린 피스를 체에 걸러서 내가 포타주처럼 만든 것으로, 원래 요리에는 자신이 없었기에 어머님께 "아니야."라고 대답하셨어도 여전히 걱정이 되어 그렇게 여쭈어 보았던 것이다.

"맛있게 됐어."

어머님은 진심으로 그렇게 말씀하시고 수프를 다 드신 다음 김으로 싼 주먹밥을 손으로 집어서 드셨다.

나는 어릴 때부터 아침에는 식욕이 없어서 10시경이 되지 않으면 시장기를 느끼지 않았다. 수프는 그런대로 먹을 수 있었지만 다른 음식은 먹기가 귀찮아서, 주먹밥을 접시에 놓고 젓가락으로 마구 찔러서 부숴 놓은 다음 그것을 한 젓가락 집어 들고는, 어머님이 수프를 드실 때의 스푼처럼 젓가락을 입과 직각이 되게 마치 새들에게 모이를 주는 식으로 입에 밀어 넣고 천천히 씹었다. 그동안 어머님은 이미 식사를 모두 끝내시고 살며시 일어나 아침 햇살이 비치는 벽에 등을 기댄 채, 잠시 동안 잠자코 내가 식사하는 것을 보고 계셨다.

"가즈코는 아직 안 되겠네, 아침식사를 가장 맛있게 먹을 줄 알아야 할 텐데."

"어머님은 맛이 있으세요?"

"물론이지, 난 이미 환자가 아니거든."

"저도 환자가 아니에요."

"아직 멀었어."

어머님을 쓸쓸히 웃으며 고개를 저으셨다.

나는 5년 전에 폐병이라는 진단으로 드러누운 적이 있지만 그건 전혀 엉뚱한 병이라는 사실을 나는 알고 있었다. 하지만 어머님이 요전에 앓으신 병은 그야말로 걱정스러운 정말로 슬픈 병이었다. 그런데도 어머님은 내 걱정만 하고 계신다.

"아!"

하고 내가 탄성을 질렀다.

"왜 그러니?"

요번에는 어머님 쪽에서 물으셨다.

얼굴을 마주 보자 어쩐지 서로 상대방의 심정을 잘 알겠다는 느낌이 들어 내가 호호호 웃었더니 어머님도 생긋 웃으셨다.

무언가 몹시 부끄러운 생각이 들었을 때 그 기묘한, "아!" 하는 가벼운 탄성이 솟는 것이다. 내 가슴에 지금 느닷없이 불쑥 6년 전 이혼하던 때의 일이 선명하게 떠올라, 견딜 수가 없게 된 나는 자신도 모르게 "아!" 하는 소리를 내고 말았는데 어머님의 경우는 어떨까? 설마 어머님에게 나와 같은 부끄러운 과거가 있을 리는 없고, 아니, 혹시 무슨 일이?

"어머님도 아까 무슨 일인가 갑자기 떠오르신 게 아닌가
요? 무슨 일이지요?"

"잊어버렸어."

"제 일인가요?"

"아니."

"나오지에 관한 일?"

"글쎄."

하고 말씀하더니 고개를 갸우뚱하시며,

"그럴지도 몰라."

하고 대답하셨다.

동생인 나오지는 대학 재학 중에 소집되어 남방의 섬으로
갔는데, 전쟁이 끝나도 소식이 끊긴 채 행방불명이었기에 어
머님은 이제 나오지를 다시 볼 수 없을 것으로 각오하고 있다
고 말씀하셨지만, 나는 그러한 '각오'를 한 적이 한 번도 없다.
반드시 만나게 되리라고 믿고 있다.

"일단 포기는 하고 있었지만 맛있는 수프를 먹으니까 나오
지 생각이 나서 견딜 수가 없구나. 나오지에게 좀 더 잘해 주
었더라면 좋았을걸."

나오지는 고등학교 들어갈 무렵부터 문학에 빠지더니 마
치 불량소년과도 같은 생활을 시작하게 되어, 어머님께 얼머

나 걱정을 끼쳐 드렸는지 모른다. 그런데도 어머님은 수프를 한 숟가락 드시고는 나오지 생각이 나서 "아!" 하는 소리를 내셨다. 나는 밥을 입에 넣으며 눈시울이 뜨거워졌다.

"걱정 마세요. 나오지는 아무 일도 없을 거예요. 나오지 같은 악당은 좀처럼 죽지 않으니까요. 죽는 사람은 반드시 점잖고 멋지고 착한 사람이거든요. 나오지는 몽둥이로 두들겨도 죽지 않을 거예요."

어머님은 웃으시며,

"그러면 가즈코는 일찍 죽을지도 모르겠네."

하고 나를 놀리셨다.

"어머, 어째서요? 저는 악당의 표본 같은 인간이니까, 여든까지는 염려 없어요."

"그래? 그렇다면 엄마는 아흔까지 걱정 없겠군."

"그럼요."

하고 대답하고는 약간 난처해졌다. 악당은 장수한다. 아름다운 사람은 빨리 죽는다. 어머님은 아름답다. 하지만 장수하셨으면 좋겠다. 나는 몹시 당황하였다.

"놀리지 마세요!"

하고 말하자 아랫입술이 부들부들 떨리며 눈에서 눈물이 흘러내렸다.

뱀 이야기를 할까? 사오 일 전 오후에 동네 아이들이 정원 담장의 대나무 숲에서 뱀 알을 열 개 가량 발견하여 갖고 왔다.

아이들은,

"살무사 알이야."

하고 우겼다. 나는 그 대나무 숲에 살무사가 열 마리나 태어나면 마음 놓고 정원으로 내려갈 수도 없으리라고 생각하고는,

"태워 버리자."

하고 말하였더니 아이들은 신이 나서 내 뒤를 따라왔다.

대나무 숲 근처에 나뭇잎과 마른 가지를 쌓아 올리고 불을 붙인 다음 그 불 속에 알을 하나씩 던져 넣었다. 알은 좀처럼 타지 않았다. 아이들이 나뭇잎과 작은 가지를 불 위에 얹어서 불길을 세게 하여도 알은 좀처럼 타지 않았다.

아랫마을의 농가에 사는 처녀가 울타리 밖에서,

"무얼 하시는 거예요?"

하고 웃으면서 물었다.

"살무사 알을 태우고 있어요. 살무사가 나오면 무서우니까."

"크기는 어느 정도인가요?"

"메추리 알 정도로, 아주 하얀 색이에요."

"그렇다면 보통 뱀 알이지요. 살무사 알이 아니에요. 생것

은 여간해서 타지 않아요."

처녀는 참으로 어이가 없다는 듯이 웃으며 가 버렸다.

30분 정도 불을 피웠으나 아무래도 타지 않기에 아이들에게 불 속의 알을 주워서 매화나무 밑에 묻도록 시키고는 나는 작은 돌멩이를 모아 무덤을 만들어 주었다.

"자, 모두 절을 해야지."

내가 몸을 숙이며 합장하자 아이들도 잠자코 내 뒤에 몸을 숙이며 합장을 하였다. 그러고는 아이들과 헤어져서 나 혼자 돌계단을 천천히 올라오는데 돌계단 위의 등나무 밑 그늘에서 계시던 어머님이,

"어째서 그런 짓을 했지?"

하고 물으셨다.

"살무사인 줄 알았는데 그냥 뱀이었어요. 하지만 제대로 묻어 주었으니까, 괜찮을 거예요."

하고 대답은 했지만 어머님에게 들킨 것이 마음에 걸렸다.

어머님은 결코 미신을 믿지 않지만 10년 전, 아버님이 니시카타초의 집에서 돌아가신 이후로 뱀을 아주 무서워하신다. 아버님이 임종하시기 직전 어머님이 아버님의 머리맡에 검정색 끈이 떨어져 있는 것을 보고 무심코 주우려 하였는데 그것은 뱀이었다. 슬슬 도망쳐서 마루로 나가더니 어디로 사

라졌는지는 모르지만 그것을 본 것은 어머님과 와다 삼촌 두 분뿐으로, 두 분은 서로 얼굴을 마주 보고는 임종하는 자리가 시끄러워지지 않도록 꾹 참고 잠자코 계셨다는 것이다. 우리들도 그 자리에 있기는 하였지만 그 뱀에 관하여는 전혀 몰랐다. 하지만 아버님이 돌아가신 날 저녁, 정원의 연못 곁에서 나무란 나무에는 모두 뱀들이 기어올라 가 있던 것은, 나도 실제로 보았기 때문에 알고 있다. 나는 스물아홉의 아줌마이니까, 10년 전 아버님이 돌아가실 때에는 이미 열아홉이나 되어 있었다. 이미 어린애가 아니었기에 10년이 지나도 그 당시의 기억은 아직 분명히 남아 있다. 내가 영전에 바칠 꽃을 꺾으러 정원의 연못 쪽을 걸어가 연못가의 진달래 앞에 멈추어 서서 문득 보니, 그 진달래 가지 끝에 자그만 뱀이 감겨 있었다. 흠칫 놀란 나는 다른 곳에 있는 산머위 꽃가지를 꺾으려 하였으나 그 가지에도 뱀이 감겨 있었다. 옆의 물푸레나무에도, 어린 단풍나무에도, 금작화에도, 등나무에도, 벚나무에도, 모든 나무들에 뱀들이 휘감겨 있었다. 하지만 무섭다는 생각은 별로 들지 않았다. 뱀들도 나처럼 아버님의 죽음을 슬퍼하여 구멍에서 기어나와 아버님의 명복을 비는 것이리라는 생각이 들었을 뿐이었다. 나중에 내가 정원의 뱀에 관한 말씀을 어머님께 살짝 알려드리자, 어머님은 태연히 고개를 약간 갸

웃하며 무엇인가 생각하시는 듯한 모습이었으나 아무런 말씀도 없으셨다.

하지만 이 두 차례의 뱀 사건 이후로 어머님이 뱀을 무척 싫어하게 된 것은 사실이었다. 뱀을 싫어한다기보다 뱀을 숭상하며 두려워하는 경외심을 지니게 된 모양이었다.

뱀 알을 태우는 것을 보고 어머님이 분명히 무언가 몹시 불길한 느낌을 받으셨을 것이리라 생각하니, 나도 갑자기 뱀 알을 태운 것이 아주 무서운 짓이었던 듯한 느낌이 들어서, 혹시나 이 사건이 어머님께 불길한 재앙을 초래하지나 않을까 하고 걱정이 되어서 다음 날도 또 그다음 날도 잊지 못하고 있었는데, 오늘 아침에는 식당에서 아름다운 사람은 빨리 죽는다는 등 말도 안 되는 소리를 입 밖에 내어, 결국은 아무래도 변명을 할 수 없게 되자 울음을 터뜨리고 말았지만, 설거지를 하며 어쩐지 어머님의 목숨을 단축시키는 불길한 작은 뱀 한 마리가 내 가슴속에 들어 있는 듯한 느낌이 들어서 견딜 수가 없었다.

그리고 그날 나는 정원에서 뱀을 보았다. 그날은 무척 화창한 날씨라 부엌일을 끝낸 나는 정원 잔디 위에서 뜨개질을 할 생각으로 등의자를 들고 정원으로 나가니, 정원석의 조릿대에 뱀이 있었다. '아이, 징그러워.' 나는 단지 그렇게 느꼈을 뿐

더 이상 깊이 생각하지도 않고, 등의자를 들고 되돌아와서는 툇마루에 놓고 앉아서 뜨개질을 시작하였다. 오후가 되어 정원 구석의 별당 안에 있는 장서 중에서 로랑생(마리 로랑생. 프랑스의 여류 화가-옮긴이)의 화집을 꺼내 오려고 정원으로 내려가니, 뱀이 잔디 위를 천천히 기어가고 있었다. 아침에 본 것과 같은 뱀이었다. 가느다랗고 품위 있는 뱀이었다. 암컷이리라는 생각이 들었다. 그 뱀은 잔디밭을 조용히 가로질러 들장미 그늘까지 가서 멈추더니, 머리를 들고 가느다란 화염 같은 혀를 내흔들었다. 그러고는 주위를 둘러보는 듯한 자세를 취하였으나 잠시 후 머리를 내리고 무척 나른한 듯이 몸을 웅크렸다. 나는 그때에도 단지 아름다운 뱀이라는 생각만 들었을 뿐이고, 잠시 후 별당에 가서 화집을 꺼내어 돌아오는 길에 아까 뱀이 있었던 곳을 힐끗 보았지만 이미 사라진 뒤였다.

저녁이 가까울 무렵 어머님의 응접실에서 차를 마시며 정원을 바라보고 있으려니, 돌계단의 세 번째 칸에 아침에 보았던 뱀이 또다시 느릿느릿 모습을 드러내었다.

어머님이 그것을 보고,

"저 뱀은?"

하고 말씀하시며 일어나 내 쪽으로 달려오시더니 내 손을 잡은 채로 얼어붙은 듯이 서 계셨다. 그 말씀을 듣고서야 나도

문득 생각이 나서,

"어미 뱀인가요?"

하고 입 밖에 내어 말을 하고 말았다.

"그래, 그럴 거야."

어머님은 약간 목멘 소리로 대답하셨다.

우리들은 서로 손을 잡은 채 숨을 죽이고는 가만히 그 뱀을
지켜보았다. 나른한 듯이 돌 위에 몸을 도사리고 있던 뱀은 비
틀거리듯이 다시 움직이기 시작하더니 힘없이 돌계단을 가로
질러 제비붓꽃 쪽으로 들어가 버렸다.

"아침부터 정원을 돌아다녔어요."

하고 내가 작은 소리로 말씀드리자 어머님은 한숨을 쉬며
의자에 털썩 주저앉으시더니,

"그렇겠지. 알을 찾고 있는 거야, 불쌍하게도."

하고 침울한 목소리로 말씀하셨다.

나는 어쩔 수 없이 "호호." 하고 웃었다.

석양이 어머님의 얼굴을 비추어 어머님의 눈이 파랗게 보
일 정도로 빛나자 어렴풋이 성난 듯한 그 얼굴은, 와락 달려들
고 싶을 정도로 아름다웠다. 나는 어머님의 얼굴이 아까 보았
던 불쌍한 뱀과 어딘가 닮았구나 하는 생각이 들었다. 그러자
내 가슴속에 사는 살무사처럼 흉측한 뱀이, 수심에 빠진 이 아

름다운 어미 뱀을 언젠가 잡아먹어 버리는 것이 아닐까, 하고 어쩐지 자꾸만 그런 생각이 들었다.

나는 어머님의 부드럽고 섬세한 어깨에 손을 얹고 이유 모를 몸서리를 쳤다.

우리들이 도쿄 니시카타초의 집을 떠나 이즈에 있는 이 중국식 산장으로 이사 온 것은 일본이 무조건 항복한 해의 12월 초였다. 아버님이 돌아가신 이후로는 어머님의 동생이며 지금은 어머님의 유일한 혈육인 와다 숙부님이 우리들의 집안 살림을 전부 보살펴 주셨지만, 전쟁이 끝나고 세상이 변하자 와다 숙부님이 "이젠 안 되겠다. 집을 파는 수밖에 없겠어. 하녀들도 모두 내보내고 모녀 둘이서 어딘가 시골의 아담한 집을 사서 마음 편히 사는 게 좋겠다." 하고 어머님께 말씀드린 모양이었다. 어머님은 돈에 관하여는 어린아이보다도 모르시는 분이라, 와다 숙부님으로부터 그런 말씀을 듣고는 그렇다면 잘 부탁한다고 일임하신 모양이었다.

11월 말에 숙부님으로부터 속달이 왔다. "슨즈 철도 부근에 고다 자작의 별장이 매물로 나와 있다, 집은 지대가 높아 전망이 좋고 밭도 100평 정도 있다. 그 부근은 매실의 명산지로 겨울은 따뜻하고 여름은 선선하니까, 살아 보면 반드시 마음에 들리라고 생각한다, 상대방과 직접 만나서 이야기를 할 필요가 있으니까 내일 일단 긴자의 내 사무실까지 와 주기 바란다."는 내용이었다.

"어머님, 가실 건가요?"

하는 내 질문에,

"물론이지, 이쪽에서 부탁드린 건데."

하고 무척이나 쓸쓸한 듯이 웃으면서 대답하셨다.

이튿날, 어머님은 예전의 운전수였던 마쓰야마에게 부탁하여 점심때가 약간 지나서 외출하셨다가, 밤 8시쯤에 그 차를 타고 돌아오셨다.

"결정했어."

내 방으로 들어오시더니 책상에 손을 얹고 그대로 쓰러지듯이 주저앉으시며 그렇게 한마디 하셨다.

"정하다니, 무엇을요?"

"전부."

"하지만…"

하고 놀란 나는,

"어떤 집인지 보기도 전에……."

어머님은 책상 위에 한쪽 팔꿈치를 세워서 이마에 손을 살짝 대고는 자그맣게 한숨을 쉬시더니,

"와다 숙부님이 좋은 곳이라고 하시는걸. 나는 이대로 눈을 감고 그 집으로 옮겨가도 좋을 것 같아."

하고 말씀하시고는 얼굴을 들어 살짝 웃으셨다. 그 얼굴은 약간 여위었으면서도 아름다웠다.

"그래요."

나도 와다 숙부님에 대한 어머님의 신뢰하는 마음의 아름다움에 못 이겨서 맞장구를 치고는,

"그렇다면 저도 눈을 감을게요."

둘이는 소리를 내어 웃었으나 웃고 난 뒤가 몹시 쓸쓸하였다.

그러고는 매일 집에 인부들이 와서 이사 준비를 하였다. 와다 숙부님도 오셔서 팔아 치울 것은 팔아 치우라며 이것저것 챙겨 주셨다. 나는 기미코라는 하녀와 둘이서 옷가지를 정리하기도 하고 잡동사니를 정원에서 태우기도 하느라 바빴으나, 어머님은 전혀 이삿짐 정리를 돕지도 않고 아무런 지시도 없이 어쩐 일인지 하루 종일 방 안에서 서성거리기만 하셨다.

"왜 그러세요? 이즈에 가기가 싫어지신 건가요?"

하고 대담하게 다소 거센 어조로 물어봐도,

"아니야."

하고 넋이 나간 얼굴로 대답하실 뿐이었다.

열흘 정도 만에 정리가 끝났다. 내가 저녁 무렵 기미코와 둘이서 휴지며 지푸라기 같은 것들을 태우고 있으려니, 어머님도 방에서 나와 툇마루에 선 채로 잠자코 우리들이 지피는 불을 보고 계셨다. 잿빛 같은 차가운 서풍이 불어오자 연기가 나지막이 지면에 깔렸다. 그때 나는 갑자기 어머님의 얼굴을 올려다보고는 어머님의 안색이 전에 없이 나쁜 데에 놀라,

"어머님, 안색이 좋지 않으세요!"

하고 외쳤더니 어머님은 살며시 웃으시며,

"괜찮아."

하고 대답하시고는 다시 조용히 방으로 들어가셨다.

그날 밤, 이미 이불은 전부 짐에 싸 버렸기에 기미코는 2층 양실의 소파에서 어머님은 나와 함께 어머님 방에서, 옆집에서 빌려온 이불 한 채를 깔고 둘이 함께 잤다.

어머님은 의외로 여겨질 만큼 늙고 나약한 목소리로,

"가즈코가 있으니까, 가즈코가 있어 주니까, 나는 이즈로 가는 거야. 가즈코가 있어 주니까."

하고 뜻밖의 말씀을 하셨다.

나는 가슴이 뜨끔하여,

"가즈코가 없었더라면?"

하고 얼떨결에 물었다.

어머님은 갑자기 울음을 터뜨리시며,

"죽는 편이 좋을 거야. 아버님이 돌아가신 이 집에서 나도 죽어 버리고 싶어."

하고 띄엄띄엄 말씀하시더니 이윽고 격렬하게 흐느끼셨다.

어머님은 이제껏 한 번도 나에게 이토록 나약한 말씀을 하신 적이 없었고 또한 이토록 격렬하게 우는 모습을 나에게 보이신 적도 없었다. 아버님이 돌아가셨을 때에도, 내가 시집을 갔을 때에도, 임신한 몸으로 어머님 곁으로 돌아왔을 때에도, 병원에서 아이를 사산하였을 때에도, 그 때문에 내가 병으로 드러누웠을 때에도, 또한 나오지가 나쁜 짓을 하였을 때에도 어머님은 결코 이토록 나약한 태도를 보이지는 않으셨다. 아버님이 돌아가신 후로 10년 동안 어머님은 아버님이 살아 계실 때와 조금도 다름없는 태평스럽고 상냥한 어머님이셨다. 그렇기에 우리들도 마음 놓고 어리광을 부리며 성장하였다. 하지만 어머님에게는 이미 돈이 없었다. 전부 우리들을 위하여, 나와 나오지를 위하여 조금도 아끼지 않고 써 버리신 것이다. 그리고 이제 오랜 세월을 살았던 이 집을 떠나 이즈의 조그만 산장에서 나하고 단둘이 쓸쓸한 생활을 시작하여야만 하였다. 만약 어머님이 성질 고약한 구두쇠로 우리들을 야단치고 자기 재산만 불리겠다고 생각하는 분이셨다면, 아무리 세상이 변하더라도 이렇게 죽고 싶을 정도의 심정이 되는 일은 없었을 텐데. 아아, 돈이 없다는 것은 얼마나 무섭고 비참하며 구제할 길 없는 지옥인가, 하고 난생 처음으로 깨달은 기분에 가슴이 메어 너무도 괴로워서 울고 싶어도 울지 못하고 인생의 엄숙함이란 이런 때의 느낌을 말하는 것일까? 꼼짝도 할 수 없는 느낌에 똑바로 누운 채로 나는 돌덩이처럼 굳어 있었다.

이튿날 어머님은 여전히 나쁜 안색으로 여전히 무언가 꾸물거리며 조금이라도 오랫동안 이 집에 계시고 싶은 듯한 모습이었으나, 와다 숙부님이 오셔서는 이미 짐은 대부분 발송해 버렸으니 오늘 이즈로 출발하자고 말씀하시자, 어머님은 마지못해 코트를 입고, 작별 인사를 드리는 기미코와 그 밖의 사람들에게 말없이 머리만 숙이고는, 숙부님과 나와 셋이서 니시카타초의 집을 나섰다.

기차는 비교적 승객이 적었기에 세 사람 모두 자리를 잡을 수 있었다. 기차 안에서 숙부님은 무척이나 유쾌한 기분으로 콧노래를 부르기도 하셨지만 좋지 않은 안색으로 고개를 숙이고 계시는 어머님의 모습은 몹시 춥게 느껴졌다. 미시마에서 슨즈 철도로 갈아타고 이즈의 나가오카에서 하차하여 또다시 버스로 15분 정도 가다가 내려서, 산 쪽을 향하여 완만한 비탈길을 걸어 올라가면 작은 부락이 있고, 그 부락 변두리에 중국식으로 제법 모양을 부린 산장이 있었다.

"어머님, 생각했던 것보다 좋은 곳이로군요."

하고 나는 숨을 헐떡이며 말했다.

"그렇구나."

어머님도 산장의 현관 앞에 서서 순간 기쁜 듯한 눈빛을 보이셨다.

"우선 공기가 좋지. 깨끗한 공기야."

하고 숙부님이 자랑하셨다.

"정말."

하며 어머님은 웃으시더니,

"상쾌하기도 하지, 이곳 공기는."

하고 말씀하셨다.

그리고는 셋이서 웃었다.

현관에 들어가 보니 이미 도쿄에서 짐이 도착하여 현관이고 방이고 모두 짐으로 가득하였다.

"그다음으로는, 방에서 보는 경치가 좋지."

숙부님은 들떠서 우리들을 방으로 끌고 가 자리에 앉혔다.

오후 3시경이라 겨울 햇살이 정원 잔디밭을 부드럽게 비췄다. 잔디밭에서 돌계단을 내려간 부근에 작은 연못과 매화나무가 많이 있었다. 정원 아래쪽으로는 귤밭이 펼쳐지고, 그 건

너는 시골길이었다. 또한 길 건너는 논이고, 저 멀리 소나무 숲이 있고, 그 소나무 숲 건너로 바다가 보였다. 이렇게 방에 앉아 있으니 수평선이 마치 내 가슴에 닿을 정도의 높이로 보였다.

"부드러운 경치로구나."

하고 어머님은 나른한 듯이 말씀하셨다.

"공기 탓일까요? 햇빛이 도쿄와는 전혀 다르잖아요? 광선이 마치 비단에 여과시킨 것 같아요."

하고 나는 들떠서 말하였다.

다섯 평짜리와 세 평짜리 방, 중국식 응접실 그리고 한 평 반짜리 현관과 욕실 쪽에 한 평 반짜리 방이 하나 있고, 식당과 부엌 그리고 2층에 커다란 침대가 놓인 손님 접대용 방이 하나인 구조였으나, 우리 둘 아니, 나오지가 돌아와서 셋이 되어도 그다지 비좁지는 않으리라고 생각되었다.

숙부님은 이 부락에서 단 한 곳뿐이라는 여인숙에 식사 문제를 교섭하러 가시더니, 잠시 후 도착한 도시락을 방에 펼쳐놓고는 갖고 오신 위스키를 드시며 이 산장의 전 주인인 고다 자작과 중국에서 지낼 무렵의 실패담을 이야기하며 무척 즐거워하셨지만, 어머님은 도시락도 드는 둥 마는 둥 하셨을 뿐 이윽고 주위에 어둠이 깔릴 무렵,

"잠시 이대로 쉴게."

하고 작은 소리로 말씀하셨다.

내가 짐 속에서 이불을 꺼내어 뉘어 드렸으나 어쩐지 몹시 걱정스러웠기에 짐 속에서 체온계를 찾아내어 열을 재어 보니 39도였다.

숙부님도 놀라신 듯 일단 아랫마을로 의사를 찾으러 가셨다.

"어머님!."

하고 불러도 별다른 반응이 없었다.

나는 어머님의 자그만 손을 꼭 잡고 흐느껴 울었다. 어머님이 너무도 가여워서 아니, 우리 둘이 너무도 가여워서 아무리 울어도 눈물이 그치지 않았다. 울면서 정말로 이대로 어머님과 함께 죽고 싶다는 생각이 들었다. 우리들에게는 더 이상 아무것도 필요없었다. 우리들의 인생은 니시카타초의 집을 떠났을 때 이미 끝난 것이라고 생각했다.

두 시간 정도 지나자 숙부님이 마을 의사를 데리고 오셨다. 의사 선생님은 아주 연세가 많으신 분으로 비단으로 된 하카마(기모노의 겉에 입는 주름 잡힌 하의-옮긴이)를 입고 하얀 버선을 신고 계셨다.

진찰이 끝나자

"폐렴이 될지도 모르겠습니다. 하지만 폐렴이 되더라도 걱정하실 필요는 없습니다."

하고 어쩐지 믿음직스럽지 못한 말씀을 하시고는 주사를 놓고 가셨다.

이튿날이 되어도 어머님의 열은 내리지 않았다. 와다 숙부님은 나에게 2,000엔을 건네주시면서 만일 입원을 하여야 한다면 도쿄에 전보를 치라고 당부하시고는 일단 그날 귀경하셨다.

나는 짐 속에서 최소한으로 필요한 취사 도구만 꺼내어 죽을 끓여서 어머님께 권하였다. 어머님은 누우신 채로 세 숟가락 드시고는 고개를 저으셨다.

점심때가 조금 안 되어, 아랫마을의 의사 선생님이 다시 오셨다. 요번에는 하카마는 입지 않았지만 하얀 버선은 그대로 신고 계셨다.

"입원하는 편이……."

하고 내가 말씀드리자,

"아니, 그럴 필요는 없겠지요. 오늘은 강한 주사를 놔 드릴 테니까 열이 내릴 겁니다."

하고 여전히 믿음직스럽지 못한 대답을 하시고는 강하다는 그 주사를 놓고 가셨다.

그런데 그 강한 주사가 효과를 발휘하였는지 그날 오후 어

머님의 안색이 붉어지며 땀이 많이 났다. 잠옷을 갈아입을 때 어머님은 웃으시며,

"명의일지도 몰라."

하고 말씀하셨다.

열은 37도로 내렸다. 나는 기뻐서 이 마을에 단 한 곳뿐인 여인숙으로 달려가, 그곳의 주인 아주머님께 부탁드려 달걀을 열 개 가량 얻어다가, 즉시 반숙을 하여 어머님께 드렸다. 어머님은 반숙 세 개와 죽을 반 그릇 가량 드셨다.

이튿날, 마을의 의사 선생님이 다시 하얀 버선을 신고 오셨다. 내가 어제의 강한 주사에 대한 감사를 표하자 듣는 게 당연하다는 듯한 얼굴로 크게 끄덕이시고는, 정성스럽게 진찰을 하시더니 나를 향하여,

"마님은 이제 다 나으셨습니다. 그러니까, 이제부터 무엇을 드시든 무엇을 하시든 상관없습니다."

하고 여전히 기묘한 어조로 말씀을 하시기에 나는 웃음이 터지려는 것을 참느라고 애를 먹었다.

의사 선생님을 현관까지 배웅해 드리고 방으로 돌아와 보니 어머님은 자리에서 일어나 앉으신 채,

"정말로 명의야. 난 이제 괜찮아."

하고 아주 즐거운 듯한 표정으로 담담하게 혼잣말처럼 말

쓸하셨다.

"어머님, 방문을 열까요? 눈이 내리고 있어요."

꽃잎처럼 커다란 함박눈이 펄펄 내리기 시작하였다. 나는
방문을 열고 유리창 너머로 이즈의 눈을 바라보았다.

"이젠 다 나았어."

하고 어머님은 또다시 혼잣말처럼 말씀하시고는,

"이렇게 앉아 있으니까, 예전의 일들이 전부 꿈처럼 생각
되네. 나는 막상 이사를 하려니까 이즈로 오는 게 정말 싫더구
나. 니시카타초의 그 집에 하루라도 반나절이라도 더 있고 싶
었어. 기차에 오를 때는 반 쯤 죽은 듯한 느낌이 들더구나. 여
기에 도착했을 때도 처음에는 잠시 즐거운 기분이 들었지만
날이 어두워지니까, 도쿄가 그리워서 가슴이 타는 듯하고 정
신이 가물가물해 오잖아. 보통 병이 아니야. 하느님께서 나를
일단 죽이셨다가 어제까지의 나와는 다른 나로 만들어서 다
시 소생시켜 주신 거야."

그 후로 오늘까지 우리 둘만의 산장 생활은 그럭저럭 별탈
없이 평온하게 계속되었다. 마을 사람들도 우리들에게 친절
히 대해 주었다. 이곳에 이사 온 것은 작년 12월. 그리고 1월,
2월, 3월, 4월의 오늘까지 우리들은 식사 준비 이외에 대체로
툇마루에서 뜨개질을 하거나 거실에서 책을 읽거나 차를 마

시거나 하며, 속세와는 거의 격리된 듯한 생활을 하고 있었다. 2월에는 매화꽃이 피어 이 부락 전체가 매화꽃으로 뒤덮였다. 그리고 3월이 되어도 바람이 없는 화창한 날이 많았기에 활짝 핀 매화는 조금도 시들지 않고, 3월 말까지 아름답게 피어 있었다. 아침에도 낮에도 저녁에도 밤에도 매화꽃은 탄성이 나올 정도로 아름다웠다. 툇마루의 유리창을 열면 언제라도 꽃향기가 방안으로 솔솔 흘러들었다. 3월 말에는 저녁때가 되면 어김없이 바람이 불어 저녁 무렵에 내가 식당에서 식탁을 차리고 있노라면, 창문으로 매화 꽃잎이 날아들어서 찻잔 속에 들어와 젖었다. 4월이 되어 나와 어머님이 툇마루에서 뜨개질을 할 때면, 두 사람의 화제는 대체로 밭을 일구는 계획에 관한 것이었다. 어머님도 돕고 싶다고 말씀하셨다. 아아, 이렇게 쓰다 보니 정말로 우리들은 언젠가 어머님이 말씀하셨던 대로 일단 죽었다가 다른 사람이 되어 소생한 듯한 느낌도 들지만, 그러나 예수님과 같은 부활은 어차피 인간에게는 불가능한 것이 아닐까? 어머님은 그런 식으로 말씀하셨지만, 그래도 역시 수프를 한 숟가락 드시고는 나오지 생각이 나서 "아!" 하고 외치셨다. 뿐만 아니라 내 과거의 상처도 사실은 전혀 아물어 있지 않았다.

아아, 무엇 하나 숨기지 않고 사실대로 쓰고 싶다. 나는 이 산장의 평온이 전부 거짓된 속임수에 불과하다고 혼자 생각하는 때가 있다. 이것이 하느님께서 우리 모녀에게 내려 주신 짧은 휴식 기간이라 하더라도 이 평화에는 이미 무언가 불길한 어둠의 그림자가 드리워져 있는 듯한 느낌이 들어서 견디기가 어려웠다. 어머님은 행복을 가장하면서도 하루하루 쇠약해지셨고 또한 내 가슴에는 살무사가 도사린 채, 어머님을 희생시키면서까지 살이 쪘다. 내 자신이 아무리 억제하여도 살이 쪘다. 아아, 이것이 단지 계절 탓이라면 좋겠다. 나는 요즈음 이런 생활이 정말로 견디기 어렵게 느껴지는 때가 있다. 살무사 알을 태우는 따위의 쓸모없는 짓을 한 것도 그러한 나의 초조함의 발로였음이 분명하다. 그리고 단지 어머님의 슬픔을 깊게 만들고 쇠약하게 할 뿐이다.

'사랑'이라고 쓰자, 그 뒤를 계속 쓸 수가 없게 되었다.

*

2

뱀 알 사건이 있고 나서 열흘 정도 지나 불길한 사건이 또다시 발생하자 어머님의 슬픔은 더욱더 깊어지고 목숨마저 위태롭게 되었다.

내가 불을 낸 것이다.

내가 불을 내다니! 내 생애에 그토록 무서운 사건이 발생하리라고는 어릴 때부터 지금까지 꿈에서조차 한번도 생각해 본 적이 없었다.

불을 조심하지 않으면 화재가 발생한다는 극히 당연한 사실도 알아차리지 못할 정도인 나는 소위 말하는 '공주님'이었을까?

밤중에 소변이 마려워서 일어나 현관 쪽의 칸막이 부근까지 가니까 목욕탕 쪽이 환하였다. 무심코 들여다 보니 목욕탕의 유리문이 새빨갛게 보이며 타닥타닥하는 소리가 들려왔다. 서둘러 뛰어가 목욕탕 문을 열고 맨발로 밖으로 나가 보니 목욕탕 아궁이 옆에 쌓아 놓은 장작 더미가 무서운 기세로 타고 있었다.

아래쪽 농가로 달려가서 있는 힘을 다하여 문을 두드리며,

"나카이 씨! 일어나세요, 불이에요!"

하고 외쳤다.

나카이 씨는 이미 잠자리에 드신 모양이었으나,

"네, 당장 가겠습니다."

하고 대답하고는 내가 "제발 빨리 나오세요!" 하고 재촉하는 사이에 잠옷을 입은 채로 집에서 뛰쳐나오셨다.

둘이서 불이 난 곳으로 뛰어와 양동이로 연못의 물을 퍼다가 붓고 있노라니 집 안의 복도 쪽에서, "아앗!" 하는 어머님의 비명이 들렸다. 나는 양동이를 내팽개치고, 정원에서 마루로 뛰어올라 가,

"어머님, 걱정 마세요, 괜찮아요, 누워 계세요."

하며 쓰러지려는 어머님을 부축하여 안고 잠자리로 모셔가 눕혀드린 다음 다시 불이 난 장소로 뛰어가, 요번에는 욕조의 물을 퍼다가 나카이 씨에게 전하자 나카이 씨는 그것을 장작 더미에 끼얹었으나 불길이 강하여 도저히 그 정도로는 꺼질 것 같지 않았다.

"불이야! 불이야! 별장에 불이다!"

하는 소리가 아래쪽에서 들리더니 곧바로 마을 사람 너덧 명이 담장을 부수고 뛰어들어 왔다. 그러고는 담장 밑의 비상용 물을 릴레이식으로 양동이로 날라서 2, 3분 만에 껐다. 하마터면 목욕탕 지붕에까지 불길이 옮겨 붙을 뻔하였다.

'다행이다.'라고 생각한 순간, 나는 이 화재의 원인을 알아차리고 가슴이 철렁하였다. 정말로 나는 그때 비로소 이 화재 소동은, 내가 엊저녁 목욕탕 아궁이에 타고 남은 장작을 아궁이에서 꺼내어 끈 것으로만 생각하고는, 장작더미 옆에 두었던 탓으로 일어났다는 사실을 알게 되었다. 그 사실을 알아차

리고 울음이 터질 것 같아 잠자코 서 있으려니까 앞집 니시야마 씨 댁의 며느리가 담장 밖에서, "목욕탕이 몽땅 탔어. 아궁이의 불을 제대로 끄지 않은 탓이야." 하고 큰 소리로 말하는 것이 들렸다.

후지타 촌장님, 니노미야 순사님, 오우치 소방단장님 등도 오셨다. 후지타 씨는 평소처럼 다정한 웃음을 지으며,

"놀라셨지요? 어떻게 된 겁니까?"

하고 물으셨다.

"제가 잘못한 거예요. 불이 꺼진 줄로만 알고 장작을……."

하고 말하다가 스스로가 너무도 비참하여 눈물이 쏟아지는 바람에 그만 고개를 떨구고 입을 다물었다. 경찰서에 끌려가 벌을 받을지도 모른다는 생각이 들었다. 맨발에다 잠옷 차림의, 헝클어진 내 모습이 갑자기 부끄러워지며 처량한 신세가 되었다는 사실을 절실히 느꼈다.

"알겠습니다. 어머님은?"

하고 후지타 씨는 위로하는 어조로 조용히 말씀하셨다.

"방에서 쉬시도록 했어요. 몹시 놀라셔서……."

"하지만, 어쨌든."

하며 젊은 니노미야 순사도,

"집에 불이 번지지 않아서 다행이야."

하고 위로하듯이 말씀하셨다.

그러자 그때 아래쪽 농가의 나카이 씨가 다시 제대로 옷을 차려입고 오시더니,

"장작이 약간 탔을 뿐이지요. 불이랄 것까지는 없습니다."

하고 숨을 헐떡이며 나의 어리석은 과실을 두둔해 주셨다.

"그렇습니까? 잘 알겠습니다."

촌장인 후지타 씨는 두세 번 끄덕이고는 니노미야 순사와 무언가 작은 소리로 상담하는 듯하더니,

"그러면 돌아갈 테니까, 어머님께 안부나 전해 주세요."

하고 말씀하시고는 곧바로 소방단장인 오우치 씨 및 그 밖의 분들과 함께 돌아가셨다.

니노미야 순사님만 남으셔서 내 앞으로 가까이 다가오시더니 숨소리처럼 작은 목소리로,

"그러면 오늘 밤 일은 일단 보고하지 않도록 할 테니까."

하고 말씀하셨다.

니노미야 순사님이 돌아가시자 아래쪽 농가의 나카이 씨가,

"니노미야 씨가 뭐라고 하시던가요?"

하고 정말로 걱정스러운 듯한 긴장된 목소리로 물으셨다.

"보고하지 않겠다고 말씀하셨어요."

하고 내가 대답하자 아직 담장 쪽에 남아 있던 동네 분들이

내 대답을 들으셨는지, "그래? 잘 됐군. 다행이야." 하며 그제 야 돌아가셨다.

나카이 씨도 "안녕히 주무세요." 하고 인사를 하고는 돌아 가셨다. 뒤에 혼자 남은 내가 넋을 잃고, 불에 탄 장작 더미 옆 에 서서 눈물을 글썽이며 하늘을 올려다보니 이미 새벽녘에 가까운 기색이었다.

욕실에서 손발과 얼굴을 씻고 어머님을 뵙기가 어쩐지 두 려워서 욕실 옆의 작은 방에서 머리 손질을 하며 시간을 보내 다가, 부엌으로 가서 완전히 날이 밝을 때까지 공연히 부엌의 식기 따위를 정리하였다.

날이 밝아 살그머니 발소리를 죽이며 방 쪽으로 가 보았더 니, 어머님은 이미 옷을 전부 갈아입으시고 몹시 피곤한 듯한 모습으로 응접실 의자에 앉아 계셨다. 나를 보시고는 방긋 웃 으셨으나, 그 얼굴은 깜짝 놀랄 정도로 창백하였다.

나는 웃지도 못하고 가만히 어머님의 의자 뒤로 가서 섰다.

잠시 후 어머님께서,

"대수로운 일도 아니었잖아? 어차피 불에 탈 장작인걸."

하고 말씀하셨다.

나는 갑자기 즐거워져서 흐흥 하고 웃었다. "경우에 닿는 말은 은쟁반에 담긴 황금 사과다."라는 성경 말씀이 생각나 이토록 착하신 어머님을 가진 나의 행복을 진정으로 하느님께 감사드렸다. 어젯밤의 일은 어젯밤의 일. 나는 더 이상 고민하지 않으리라고 다짐하고 응접실 유리창 너머로 아침의 이즈 앞바다를 바라보며 언제까지고 어머님의 뒤에 서 있노라니 나중에는 어머님의 조용한 호흡과 내 호흡이 완전히 일치하였다.

아침 식사를 가볍게 하고 나서 불에 탄 장작 더미를 정리하고 있으려니, 이 마을에 단 한 곳뿐인 여인숙의 오사키 아주머님이,

"어찌 된 건가요? 어찌 된 거냐구요? 저는 이제야 이야기를 들었는데 도대체 간밤에 무슨 일이 있었나요?"

하며 정원의 사립문으로 바삐 뛰어 들어오시더니 눈에 눈물을 글썽이셨다.

"죄송합니다."

나는 작은 소리로 사과하였다.

"죄송하긴 그것보다도 아가씨, 경찰에서는?"

"괜찮대요."

"정말 다행이로군요."

아주머님은 진심으로 기쁜 듯한 표정을 지으셨다.

나는 마을의 여러분들께 어떻게 사례와 사과를 하면 좋을

지 오사키 아주머님과 상의하였다. 오사키 아주머님은 역시 돈이 좋으리라고 하시면서, 돈을 들고 사과드리러 돌아다녀야 할 집들을 가르쳐 주셨다.

"하지만 아가씨께서 혼자 다니기가 거북하시다면 저도 함께 가 드리지요."

"혼자 가는 편이 좋겠지요?"

"혼자 가실 수 있겠어요? 그야 혼자 가는 편이 좋지요."

"혼자 가겠어요."

그리고 오사키 아주머님은 화재가 났던 곳의 정리를 잠시 도와주셨다.

정리가 끝나자 나는 어머님한테서 돈을 받아 100엔 지폐를 한 장씩 미농지로 싼 다음 봉투마다 '사례'라고 썼다.

우선 먼저 마을 사무소로 갔다. 후지타 촌장님은 안 계셨기에 접수하는 아가씨에게 봉투를 내밀며,

"어젯밤은 정말로 죄송했습니다. 앞으로 조심할 테니 부디 용서 바랍니다. 촌장님께 잘 말씀드려 주세요."

하고 사과를 드렸다.

이어서 오우치 소방단장님 댁으로 갔다. 오우치 씨가 현관에 나오셔서 나를 보고는 잠자코 측은하다는 듯이 웃으셨다. 나는 어쩐지 갑자기 울고 싶은 생각이 들어서 간신히,

"어젯밤은 죄송했습니다."

하는 말씀만 드리고 서둘러 작별을 고하였다. 돌아오는 길에 눈물이 넘쳐흘러 얼굴이 엉망이 되었기에, 일단 집으로 돌아와 세면장에서 세수를 하고 화장을 고친 다음 다시 나가려고 현관에서 구두를 신으려니 어머님이 나오셔서,

"아직 가야 할 데가 남았니?"

하고 물으셨다.

"네, 이제부터예요."

나는 얼굴도 들지 않고 대답하였다.

"고생이 많구나."

어머님은 숙연한 목소리로 말씀하셨다.

어머님의 애정에 힘을 얻은 나는 요번에는 한 번도 울지 않고 일을 다 마칠 수가 있었다.

구장님 댁에 갔더니 구장님은 안 계시고 며느님이 나오셨는데 나를 보더니 오히려 상대 쪽에서 눈물을 글썽이셨고, 순사님 댁에서는 니노미야 순사가, "다행이다, 다행이야." 하며 위로해 주시는 등, 모두 마음씨 좋은 분들뿐이었다. 그다음으로 이웃집들을 돌았는데 역시 모두들 동정하며 위로해 주셨다. 다만 앞집인 니시야마 씨 댁의 며느님, 그렇기는 해도 이미 마흔 정도의 아주머니이지만, 그 사람에게만 몹시 꾸중을

들었다.

"이제부터는 조심해 주세요. 왕족인지 뭔지 모르지만 저는 이전부터 당신네들의 소꿉장난 같은 생활이 불안해 보이더라고요. 어린애가 둘이서 살고 있는 거나 마찬가지니까 이제까지 불이 나지 않은 게 이상할 정도지요. 정말로 이제부터는 조심하세요. 어젯밤에도 만약 바람만 세었더라면 이 마을이 전부 타 버렸을 거예요."

이 니시야마 씨 댁 며느님은 아래쪽 농가의 나카이 씨가 촌장님과 니노미야 순사님 앞으로 달려가서 "화재랄 것까지는 없습니다." 하며 두둔해 주셨을 때도 담장 밖에서, "목욕탕이 몽땅 탔어, 아궁이 불을 끄지 않은 탓이야."라고 커다란 목소리로 떠들어 대던 사람이다. 하지만 나는 니시야마 씨 댁 며느님의 꾸중에서도 진실을 느꼈다. 정말로 말씀하신 대로라고 생각했다. 조금도 니시야마 씨 댁 며느님을 원망할 것은 없었다. 어머님은 "어차피 불에 탈 장작인걸." 하고 농담을 하시며 나를 위로해 주셨지만, 니시야마 씨 댁 며느님이 말씀하신 대로 만약 그때 바람이 세었더라면 목숨을 바쳐서 사죄를 하더라도 소용없었을 것이다. 내가 죽으면 어머님도 살아 계실 수 없을 것이고 또한 돌아가신 아버님의 이름을 더럽히는 결과가 된다. 지금은 이미 왕족이고 귀족이고 아무 소용없지만 어차피 몰락할 운명이라면 아주 멋지게 몰락하고 싶다. 화재를 일으키고 그 대가로 죽다니 그런 비참한 죽음을 당한다면 죽어서도 눈을 감을 수 없으리라, 좀 더 정신을 차려야겠다.

나는 이튿날부터 밭일에 열중하였다. 아래쪽 농가의 나카이 씨 댁 따님이 이따금 도와주셨다. 화재를 일으키는 따위의 추태를 보인 이후로, 내 몸의 피가 어쩐지 다소 검붉게 변한 듯한 느낌이 들었다. 예전에는 내 가슴에 성질 고약한 살무사가 살았고, 요번에는 피 색깔마저 다소 바뀌었으니, 드디어는 야생의 시골 소녀가 되어가는 듯한 느낌이 들어 어머님과 툇마루에서 뜨개질을 하고 있어도 어쩐지 불편하며 답답할 뿐, 오히려 밭에 나가서 흙을 일구는 것이 편안할 정도였다.

이것이 근육 노동이라는 것일까, 이러한 육체 노동은 처음이 아니었다. 나는 전쟁 때에 징용을 당하여 달구질까지 한 적이 있었다. 지금 밭에 신고 나가는 작업화도 그때 군에서 배급받은 것이다. 작업화라는 것을 그때 그야말로 난생 처음 신어보았는데 깜짝 놀랄 정도로 발이 편하였다. 그것을 신고 정원을 걸어 보니, 새나 들짐승이 맨발로 땅바닥을 걷는 상쾌함을 잘 알 수 있을 것 같은 느낌이 들어 정말로 가슴이 메일 정도로 기뻤다. 전쟁 중의 즐거웠던 기억은 단지 그것 하나뿐 생각해 보면 전쟁이란 부질없는 것이었다.

작년에는 아무 일도 없었다.

재작년에는 아무 일도 없었다.

그 전년에도 아무 일도 없었다.

이런 재미있는 시가 전쟁이 끝난 직후 어느 신문에 실렸었는데 정말로 지금 생각해 보아도 갖가지 사건이 있었던 듯하면서도 역시 아무 일도 없었던 것이나 마찬가지라는 생각도 든다. 나는 전쟁에 관한 추억은 이야기하기도 듣기도 싫다. 사람들이 많이 죽었음에도 역시 진부하고 따분하였다. 하지만 나는 역시 고집불통일까? 내가 징용되어 작업화를 신고 달구질을 하게 되었을 때의 일만큼은 그다지 진부한 느낌이 들지 않는다. 몹시 괴로운 일도 당했지만, 그러나 나는 그 달구질 덕분에 완전히 몸이 튼튼해져서, 아직도 나는 만약 생활이 어렵게 된다면 달구질을 하며 살아가리라고 생각하는 때가 있을 정도이다.

전쟁이 드디어 절망적인 상황으로 접어들었을 무렵, 군복을 입은 사내가 니시카타초의 집에 와서 나에게 징용장과 노동 시간표가 적힌 종이를 내밀었다. 시간표를 보니 나는 그 이튿날부터 하루 건너로 다치카와의 깊은 산속까지 가야만 했기에 저절로 눈에서 눈물이 흘렀다.

"대리인을 보내면 안 될까요?"

눈물이 그치지 않아 흐느껴 울고 말았다.

"군이 당신을 징용하는 것이니까 반드시 본인이라야만 합니다."

그 사내는 단호하게 대답하였다.

나는 가기로 결심하였다.

그 이튿날은 비가 내렸다. 우리들은 다치카와의 산기슭에 정렬하여 우선 장교의 설교를 들었다.

"전쟁은 반드시 이길 것이다."

라고 첫마디를 꺼낸 다음,

"전쟁은 반드시 이기겠지만 그러나 여러분이 군의 명령대로 작업을 하지 않으면 작전에 지장을 초래하여 오키나와와 같은 결과가 될 것이다. 반드시 지시받은 만큼의 일은 해 주기 바란다. 그리고 이 산에도 스파이가 잠입해 있을지 모르니까 모두들 주의하도록, 여러분도 이제부터는 군인들과 마찬가지로 진지 속에 들어가서 작업을 하게 될 테니까, 진지의 상황을 절대로 다른 곳에서 이야기하지 않도록 충분히 주의해 주기 바란다."고 말하였다.

비가 내려서 안개처럼 뿌연 산에는 남녀 도합 500명에 가까운 대원들이 비를 맞으며 서서 그 이야기를 들었다. 대원들

중에는 초등학교의 남녀 학생들도 섞여 있었는데, 모두 추운 듯이 울상을 짓고 있었다. 비는 내 레인코트를 통하여 상의를 적시더니, 드디어 속옷까지 적실 정도가 되었다.

그날 하루 종일 삼태기를 지고 나니 돌아오는 전차 속에서 눈물이 나와 어쩔 수가 없었는데, 다음 번에 갔을 때에는 달구질이었다. 나에게는 달구질 작업이 가장 재미있었다.

두 번, 세 번, 산에 다니다 보니, 초등학교 남학생들이 내 모습을 유심히 훑어보게 되었다. 어느 날 내가 삼태기 작업을 하고 있노라니, 남학생이 두세 명 지나치다가, 그 중의 하나가,

"저게 스파이냐?"

하고 작은 목소리로 말하는 것을 듣고, 나는 깜짝 놀라고 말았다.

"어째서 그런 말을 하는 걸까요?"

하고 나는, 나와 함께 삼태기를 짊어지고 걷는 소녀에게 물었다.

"외국인처럼 보이니까요."

소녀는 진지하게 대답하였다.

"당신도 나를 스파이라고 생각하시나요?"

"아니요."

요번에는 살짝 웃으며 대답하였다.

"저는 일본인이에요."

하고 말하고는, 그러한 내 말이 스스로 생각해도 바보 같은 난센스처럼 생각되어 혼자서 큭큭 웃었다.

맑게 갠 어느 날, 아침부터 남자들과 함께 통나무 운반 작업을 하고 있으려니까, 감시 담당의 젊은 장교가 얼굴을 찌푸리며 손가락으로 나를 가리켰다.

"어이, 당신, 이리 와 봐!"

하고 부르더니, 소나무 숲 쪽으로 바삐 걸어갔다. 나는 불안과 공포에 가슴 조이며 그 뒤를 따라갔다. 그 장교는 숲 안쪽의, 제재소로부터 막 도착한 판자들을 쌓아 놓은 앞에 멈추어 서더니, 내 쪽으로 획 몸을 돌려서,

"매일 힘드시지요? 오늘은 일단 이 재목을 감시하는 임무를 맡아 주십시오."

하고 말하고는 하얀 이를 드러내며 웃었다.

"여기에 서 있으란 말씀입니까?"

"여기는 선선하고 조용하니까, 이 판자 위에서 낮잠이라도 주무십시오. 만약 지루하실 것 같으면, 읽으셨을지도 모르겠지만."

하며, 상의 호주머니에서 작은 문고 책을 꺼내어 겸연쩍은 듯이 판자 위에 던졌다.

"이거라도 읽고 계십시오."

문고 책에는 《트로이카》라고 적혀 있었다.

내가 그 책을 집어 들고,

"감사합니다. 우리 집에도 책을 좋아하는 사람이 있는데, 지금 남방에 가 있습니다."

하고 말하자, 내 말을 잘못 이해하였는지,

"아, 그렇습니까? 댁의 주인 양반이시로군요, 남방이라면 고생이 많을 텐데."

하고 고개를 저으며 숙연하게 말하고는,

"하여튼 오늘은 여기에서 감시 임무나 맡으시지요. 당신 도시락은 나중에 제가 갖다 드릴 테니까, 편히 쉬십시오."

하는 말을 남기고, 서둘러 돌아갔다.

나는 재목에 걸터앉아 문고 책을 읽었다. 절반 정도 읽었을 무렵, 그 장교가 뚜벅뚜벅 구두 소리를 내며 오더니,

"도시락을 갖고 왔습니다. 혼자 계시니 따분하지요?"

하며, 도시락을 풀밭 위에 두고는 다시 서둘러 돌아갔다.

나는 도시락을 먹고 나서, 요번에는 재목 위로 기어올라가 누워서 책을 읽었다. 다 읽고는 꾸벅꾸벅 낮잠을 자기 시작했다.

잠이 깼을 때에는 오후 3시가 지나 있었다. 나는 문득 그

젊은 장교를 예전에 어디선가 본 적이 있는 듯한 느낌이 들어서, 생각해 보았으나 기억해 낼 수가 없었다. 재목에서 내려와 머리를 가다듬고 있노라니 다시 뚜벅뚜벅 구두 소리가 들려왔다.

"정말 오늘은 수고가 많으셨습니다. 이제 돌아가셔도 좋습니다."

나는 장교에게 달려가 문고 책을 내밀며 고맙다는 인사를 하려 하였으나, 말이 나오지 않아 잠자코 장교의 얼굴을 올려다보았다. 두 사람의 눈이 마주쳤을 때, 내 눈에서 뚝뚝 눈물이 흘렀다. 그러자 그 장교의 눈에도 눈물이 반짝였다.

그대로 잠자코 헤어졌는데, 그 젊은 장교는 그 이후로 한 번도 우리 작업장에 모습을 보이지 않았기에, 나는 그날 단 하루만 쉴 수가 있었을 뿐, 그 이후로는 역시 하루 건너로 다치카와의 산속에서 괴로운 작업을 하였다. 어머님은 시종 내 몸을 걱정해 주셨지만, 오히려 튼튼해진 나는 지금은 달구질로 먹고 살 수 있으리라는 자신감을 어느 정도 지니게 되었고, 또한 밭일에도 그다지 고통을 느끼지 않는 여자가 되었다.

전쟁에 관하여는 말하기도 듣기도 싫다면서 결국 자신의 '귀중한 체험담'을 떠들고 말았다. 그러나 전쟁에 관한 추억 가운데 이야기하고 싶은 생각이 조금이라도 드는 것은 대충

이 정도이고, 나머지는 앞에서 소개한 시처럼,

　작년에는 아무 일도 없었다.
　재작년에는 아무 일도 없었다.
　그 전년에도 아무 일도 없었다.

　하고 말하고 싶을 정도로 그냥 한심할 뿐, 내 몸에 남은 것이라고는 고작 이 작업화 한 켤레밖에 없다.
　작업화 때문에 결국 쓸데없는 이야기가 시작되었는데, 나는 전쟁의 유일한 기념품이라 할 수 있는 이 작업화를 신고, 매일같이 밭에 나가서 가슴속에 숨겨진 불안과 초조를 달랬지만, 어머님은 요즈음 눈에 띄게 나날이 쇠약해지시는 듯이 보였다.
　뱀 알.
　화재.
　아무래도 그 무렵부터 어머님은 한층 환자와 같은 모습이 되신 듯하다. 그리고 내 쪽은 그와 반대로 점점 거칠고 비천한 여자가 되어 가는 듯한 느낌이 든다. 어쩐지 내가 자꾸만 어머님의 생기를 빨아들여 살찌는 듯한 느낌이 든다.
　불이 났을 때에도 어머님은 "어차피 불에 탈 장작인걸."하고 농담을 하셨을 뿐, 그 이후로는 화재에 관하여 한마디도 말씀을 안하시는 것이 오히려 나를 위로하시는 듯한 느낌이었으나, 어머님이 가슴속에 받으신 쇼크는 나보다 열 배나 컸음에 틀림없다. 그 화재가 있고 나서 어머님은 한밤중에도 이따금 신음하시는 일이 있고, 또한 바람이 거센 밤이면 화장실에 가시는 척하며 심야에 몇 번이고 잠자리에서 일어나 집 안을 돌아보시는 것이었다. 그리고 안색이 언제나 좋지 못하며, 걷는 것조차 힘들어 보이는 날도 있었다. 예전에는 밭일을 돕고 싶다고 말씀하셨지만, 한번은 내가 "그만두세요." 하고 만류하는데도, 우물에서 커다란 통으로 밭에 물을 대여섯 차례 나르시더니, 이튿날 숨을 쉴 수 없을 정도로 어깨가 결리신다며 하루 종일 누워 계신 적이 있었다. 그런 일이 있고 난 후에야 밭일을 포기하신 듯, 가끔 밭에 나오시더라도 그냥 내가 일하는 모습을 잠자코 보고 계실 뿐이었다.

"여름꽃을 좋아하는 사람은 여름에 죽는다는데 사실일까?"

오늘도 어머님은 내가 밭일하는 것을 잠자코 보고 계시다가 느닷없이 그런 말씀을 하셨다. 나는 잠자코 가지에 물을 주고 있었다. 아, 그러고 보니, 이미 초여름이다.

"나는 자귀꽃이 좋은데, 이 정원에는 한 그루도 없네."

어머님은 다시 조용히 말씀하셨다.

"협죽도가 많이 있잖아요."

나는 일부러 퉁명스러운 어조로 대꾸하였다.

"그건, 싫어. 여름 꽃은 대체로 좋아하지만, 그건 너무 방정 맞아."

"나는 장미가 좋더라. 하지만 그건 사철 피니까. 장미를 좋아하는 사람은 봄에 죽고, 여름에 죽고, 가을에 죽고, 겨울에 죽고, 네 번이나 죽어야만 하나요?"

둘이는 웃었다.

"잠시 쉬지 않겠니?"

하고 어머님은 여전히 웃으시며,

"오늘은 가즈코와 의논할 일이 있어."

"뭔데요? 죽는 이야기라면 사양하겠어요."

나는 어머님의 뒤를 따라가 등나무 밑의 벤치에 함께 앉았다. 등꽃은 이미 지고, 부드러운 오후의 햇살이 그 잎사귀를 통하여 우리 무릎 위에 비쳐서 우리의 무릎을 녹색으로 물들였다.

"이전부터 하려던 이야기지만, 서로 기분이 좋은 날에 이야기하는 게 좋겠다는 생각이 들어서 오늘까지 기회를 살폈던 거야. 어차피 좋은 이야기는 아니야. 하지만 오늘은 어쩐지 나도 부담 없이 이야기할 수 있을 것 같은 느낌이 드니까, 너도 참고 끝까지 이야기를 들어 줘. 사실은 말이야, 나오지는 살아 있어."

나는 몸이 경직되었다.

"5, 6일 전에 와다 숙부님으로부터 소식이 있었는데, 숙부님 회사에 예전부터 근무하던 분이 최근 남방에서 귀환해서 숙부님 댁에 인사차 들렀을 때, 이런저런 이야기를 하던 끝에, 그분이 우연히도 나오지와 같은 부대였고, 나오지가 무사하다는 것, 머지않아 귀환하리라는 것 등의 사실을 알게 된 거야. 하지만 한 가지 난처한 일이 있어. 그분의 말씀으로는, 나오지가 아주 심한 아편 중독에 빠져 있는 모양이래……."

"또!"

나는 쓴 음식을 먹은 듯이 입을 일그러뜨렸다. 나오지는 고등학교 시절, 어느 소설가의 흉내를 내어 마약 중독이 되었는데, 그 때문에 약국에 막대한 빚을 져서, 어머님은 그 약국 빚을 갚는 데 2년이나 걸렸다.

"그래, 또 시작한 모양이야. 하지만 중독이 고쳐질 때까지는 귀환도 허락되지 않으니까 분명히 고쳐서 올 것이라고, 그분도 말씀하셨대. 숙부님의 편지에는, 고쳐서 돌아오더라도 그런 마음가짐이라면 곧바로 어딘가에 취직시킬 수도 없다, 지금 이토록 혼란스러운 도쿄에서 일하게 되면 정상적인 인간조차도 약간은 미칠 것 같은 기분이 든다, 중독을 고친 지 얼마 안 되어 병자나 다름없는 인간이라면 삽시간에 정신이 상이 되어 무슨 짓을 저지를지 모른다. 그러니까 나오지가 돌아오면, 즉시 이곳 이즈의 산장에 데려다가 아무 데도 보내지 말고 당분간 이곳에서 요양시키는 것이 좋을 것이다, 하는 말씀이야. 또 하나는, 가즈코야, 숙부님이 말이야, 한 가지 당부를 하시더구나. 숙부님 말씀으로는, 이제 우리의 돈이 하나도 남지 않았대. 저금 봉쇄니 재산세니 해서, 이미 숙부님도 이제까지처럼 우리에게 돈을 보내 주시기가 어렵게 되었대. 그래서 말인데, 나오지가 돌아와서, 엄마와 나오지와 가즈코 세 사람이 놀며 지낸다면, 숙부님도 그 생활비를 대 주시기가 무척 어려우니까, 당장 가즈코를 결혼시키든지 아니면, 어딘가 남의 집에 일자리를 찾든지 하라는 말씀이셨어."

"일자리라니, 식모살이 말인가요?"

"아니, 숙부님이 저기, 그, 고마바에 사는……."

하며 어느 왕족의 이름을 대시고는,

"그분들이라면 우리들과 혈연 관계니까, 따님의 가정교사를 겸해서 그 집에 들어가더라도 가즈코가 그다지 외롭고 불편한 느낌은 들지 않으리라는 말씀이셔."

"다른 일자리는 없을까요?"

"다른 직업은 가즈코에게는 아무래도 무리일 것이라고 말씀하셨어."

"어째서 무리인가요? 말씀해 보세요. 어째서 무리인가요?"

어머님은 쓸쓸한 듯이 미소 짓고 계실 뿐, 아무런 대답도 하지 않으셨다.

"싫어요! 전, 그런 이야기."

나는 공연한 말을 했구나 하는 생각이 들었다. 하지만 중단할 수가 없었다.

"제가 이런 작업화를, 이런 작업화를……."

하고 말하려니 눈물이 나와서 나도 모르게 소리 내어 울어 버렸다. 얼굴을 들고 손등으로 눈물을 닦으며, 어머님께 이러면 안 된다고 생각하면서도, 말이 무의식적으로 육체와는 전혀 상관없이 잇달아 나왔다.

"언젠가 말씀하셨잖아요. 가즈코가 있으니까, 가즈코가 있어 주니까, 어머님은 이즈로 간다고 말씀하셨잖아요. 그러니까, 그러니까 저는 아무 데도 가지 않고 어머님 곁에 있으면서 이렇게 작업화를 신고 어머님께 맛있는 야채를 만들어 드릴 생각만 하고 있는데, 나오지가 돌아온다는 소식을 듣고는 갑자기 제가 방해가 되니까 왕족의 하녀로 가라는 말씀은 너무 심하세요. 너무 심하세요!"

나 자신도 심한 소리를 하고 있다고 생각하면서도, 말은 별개의 생물처럼 아무래도 멈추게 할 수가 없었다.

"가난해서 돈이 없다면 우리 옷을 팔면 되잖아요? 이 집도 팔아 버리면 될 게 아니에요? 저는 무슨 일이건 할 수 있어요. 이 마을 사무소의 여직원이건 무엇이건 할 수 있어요. 사무소에서 채용하지 않는다면 달구질이라도 할 수 있어요. 가난 따위는 아무것도 아니에요. 어머님만 저를 사랑해 주신다면, 저는 평생 어머님 곁에 있겠다고 작정했는데, 어머님은 저보다도 나오지가 귀여우신 거죠? 나가겠어요. 저는 나갈 거예요. 어차피 저는 나오지와는 옛날부터 성격이 맞지 않았으니까 셋이 함께 살아 봤자 피차 불행해질 뿐이겠지요. 저는 이제까지 오랫동안 어머님과 둘이서만 살아왔으니까 이제는 한이 없어요. 이제부터는 나오지가 어머님과 단둘이서 살면서 마음껏 효도를 하면 되겠지요. 저는 이제 싫어졌어요. 지금까지의 생활이 싫어진 거예요. 나갈게요. 오늘 당장 나갈게요. 저에게는 갈 곳이 있어요."

나는 일어섰다.

"가즈코!"

어머님은 격한 목소리로 나를 부르시더니, 이제까지 나에게 보이신 적이 없는 위엄 가득한 얼굴로 불쑥 일어서셨다. 마주 보니, 어머님이 나보다도 오히려 키가 큰 듯이 느껴졌다.

나는 '죄송합니다.' 하고 당장 사과하고 싶었지만, 그 말을 입 밖에 내는 대신에, 오히려 엉뚱한 말이 튀어나왔다.

"속이셨어요. 어머님은 저를 속이신 거예요. 나오지가 올 때까지 저를 이용하신 거예요. 저는 어머님의 하녀인가요? 일이 끝났으니까, 요번에는 왕족 댁으로 가라니."

나는 느닷없이 큰 소리를 내며 일어선 채로 마음껏 울었다.

"너는 참 바보로구나."

나지막이 말씀하시는 어머님의 목소리는 노여움으로 떨렸다. 나는 얼굴을 들고,

"그래요, 바보예요. 바보니까 속는 거예요. 바보니까 거추장스러운 거예요. 사라지는 편이 좋겠지요? 가난이란 뭔가요? 돈이란 뭔가요? 저는 모르겠어요. 애정을, 어머님의 애정을, 저는 그것만을 믿으며 살아왔으니까요."

하고 또다시 어리석은 헛소리를 하였다.

어머님은 얼굴을 휙 돌리셨다. 울고 계시는 것이었다. 나는 '죄송합니다.' 하며 어머님을 부둥켜안고 싶었으나, 밭일로 인하여 더러워진 손이 다소 마음에 걸렸다. 어쩐지 멋쩍은 느낌이 들어,

"저만 없어지면 되지요? 나갈게요. 제겐 갈 곳이 있어요."

하고 내뱉고는 그대로 욕실로 달려갔다. 울먹이면서 얼굴과 손발을 씻고, 방으로 가서 옷을 갈아입다가, 다시 큰 소리로 울음을 터뜨렸다. 마음껏 울어 보자는 생각에 2층 방으로 뛰어 올라가 침대에 몸을 던지고는 머리에 담요를 뒤집어쓴 채 체중이 빠질 정도로 울어 대었다. 울다 보니 정신이 멍해지면서, 차츰 누군가가 몹시 그립고, 얼굴이 보고 싶고, 목소리가 듣고 싶어서 견딜 수 없게 되어, 발바닥에 뜨거운 뜸을 뜨면서 꾹 참고 있는 듯한 색다른 기분으로 바뀌어 갔다.

저녁 무렵, 어머님은 조용히 2층 방으로 들어오시더니 찰칵하는 소리와 함께 전등불을 켜시고는 침대 쪽으로 다가와서,

"가즈코."

하고 아주 다정하게 부르셨다.

"네."

나는 일어나 침대 위에 앉아서 양손으로 머리를 쓰다듬어 올리며 어머님의 얼굴을 보고는 "호호." 하고 웃었다.

어머님도 살짝 웃으시더니, 창 밑의 소파에 깊숙하게 몸을 묻은 채,

"나는 난생처음으로 와다 숙부님 말씀을 거역했어. 엄마는 말이야, 방금 숙부님께 답장을 썼어. '제 자식들 일은 저에게 맡겨 주세요.'라고 썼어. 가즈코야, 옷을 팔자. 우리 두 사람의 옷

을 있는 대로 팔아서 마음껏 사치를 하며 지내자꾸나. 난 이제 너에게 밭일을 시키고 싶지 않아. 비싼 야채를 사 먹어도 좋잖아? 그렇게 매일 밭일을 하는 건, 너에게는 무리야."

사실은 나도 매일 밭일을 하는 것이 약간 괴롭게 느껴지던 참이었다. 아까 그토록 울어 대며 소란을 피운 것도, 밭일의 피로와 슬픔이 뒤범벅이 되어 모든 것이 원망스럽고 싫어졌기 때문이었다.

나는 침대 위에서 고개를 숙인 채 잠자코 있었다.

"가즈코……."

"네."

"갈 곳이 있다는 건 어디지?"

나는 목까지 붉어지는 것을 스스로 의식하였다.

"호소다 씨에게?"

나는 잠자코 있었다.

어머님은 깊은 한숨을 쉬시고는,

"옛날 일을 말해도 되겠니?"

"하세요."

나는 작은 목소리로 대답했다.

"네가 야마키 씨 댁에서 뛰쳐나와 니시카다초의 집으로 돌아왔을 때, 엄마는 너를 전혀 책망하지 않았지만, 단 한마디,

'엄마는 너에게 배신당했어.'라고 말했지. 기억하니? 그러자 너는 울음을 터뜨렸지. ……나도 배신이라는 심한 말을 한 것을 미안하게 생각했지만…….'

하지만 나는 그때 어머님께서 그렇게 말씀하시는 것이 어쩐지 고마워서 기쁜 나머지 울어 버린 것이었다.

"엄마가 그때 배신당했다고 말한 것은, 네가 야마키 씨 댁을 뛰쳐나왔기 때문이 아니야. 야마키 씨로부터 가즈코는 '사실 호소다와 사랑하는 사이입니다.'라는 말을 들었기 때문이야. 그 말을 들었을 때는, 정말로 나는 얼굴색이 변하는 느낌이었어. 왜냐하면 호소다 씨에게는 훨씬 이전부터 부인도 아이도 있으니, 아무리 이쪽이 좋아하더라도 어쩔 수 없는 일이니까……."

"사랑하는 사이라니, 그런 심한 말을. 단지 야마키 씨 쪽에서 그렇게 억측하였을 뿐이에요."

"그럴까? 너는 설마 그 호소다 씨를 아직도 생각하고 있는 건 아니겠지? 갈 곳이란 어디지?"

"호소다 씨에게가 아니에요."

"그래? 그렇다면 어디?"

"어머님, 저는 얼마 전에 생각한 일이지만, 인간이 다른 동물들과 전혀 다른 점은 무엇일까, 언어도 지혜도 사고도 사회의 질서도 제각기 정도의 차이는 있다 하더라도, 다른 동물들도 모두 지니고 있잖아요? 신앙도 지니고 있을지 몰라요. 인간은 만물의 영장이라며 뽐내고 있으면서도, 다른 동물과 본질적인 차이가 전혀 없는 것 같지요? 하지만 어머님, 단 한 가지 있어요. 무엇인지 아시겠어요? 다른 동물들에게는 절대로 없고 인간에게만 있는 것. 그것은 비밀이라는 거예요. 그렇지 않아요?"

어머님은 약간 얼굴을 붉히며 예쁘게 웃으시고는,

"응, 가즈코의 그 비밀이 좋은 열매를 맺어 준다면 좋겠지만, 엄마는 매일 아침 아버님께 가즈코를 행복하게 만들어 달라고 기도를 드리고 있어."

내 가슴에 문득 아버님과 나스를 드라이브하다가 도중에 내렸을 때 봤던 들판의 가을 경치가 떠올랐다. 싸리꽃, 패랭이꽃, 용담, 마타리 등의 가을꽃들이 피어 있었다. 산포도의 열매는 아직 푸른빛이었다.

그리고 아버님과 비와 호(湖)에서 모터보트를 탔을 때 내가 물에 뛰어들자 수초 사이에 사는 작은 물고기가 내 다리에 닿았고, 내 다리의 그림자가 호수 바닥에 뚜렷이 비쳐 움직이던 모습이 아무런 맥락도 없이 문득 가슴에 떠올랐다가 사라졌다.

나는 침대에서 미끄러져 내려와 어머님의 무릎을 부둥켜 안고 비로소,

"어머님, 아까는 죄송했어요."

하고 사과를 드릴 수 있었다.

생각해 보니 그 무렵이 우리들에게 마지막 남은 행복의 불빛이 반짝이던 시절이었던 듯, 이윽고 나오지가 남방에서 돌아오자 우리들의 진정한 지옥이 시작되었다.

*

3

아무래도 더 이상 살아갈 수 없을 것 같은 허전함. 이것이 바로 '불안'이라는 감정일까? 가슴에 괴로운 파도가 밀려와, 마치 소나기가 지나간 하늘에 흰 구름이 잇달아 황급히 달려가듯이 내 심장을 조였다 늦추었다 하고, 맥박은 흐트러지고 호흡이 약해지고, 눈앞이 가물가물 어두워지고, 전신의 힘이 손가락 끝에서부터 쑤욱 빠져 버리는 듯한 느낌이 들어서 뜨개질을 계속할 수가 없었다.

요즈음은 비가 음산하게 계속 내려 무엇을 하건 우울하였기에, 오늘은 툇마루에 등나무 의자를 내다 놓고, 올봄에 뜨

다 말고 팽개쳐 두었던 스웨터를 다시 뜰 생각이 들었다. 옅은 분홍색이 바랜 듯한 털실로, 나는 거기에다 코발트블루의 실을 섞어서 스웨터를 짤 생각이었다. 지금으로부터 무려 20년 전, 내가 아직 초등학교에 다닐 무렵에 어머님께서 이 엷은 모란빛 털실로 내 목도리를 만들어 주셨다. 그 목도리 끝이 모자로 되어 있어서 내가 그것을 쓰고 거울을 들여다보니, 꼬마 도깨비 같았다. 게다가 색이, 다른 학우들의 목도리 색깔과 전혀 달랐기에 나는 그것이 너무도 싫었다. 관서 지방의 부잣집 딸인 친구가 "좋은 목도리를 하고 있네." 하고 어른스러운 말투로 칭찬해 주었지만, 나는 오히려 더욱 창피한 느낌이 들어, 그 이후로는 단 한 번도 이 목도리를 두르지 않고 오랫동안 팽개쳐 두었었다. 폐품을 활용하는 의미에서 올봄에 그것을 풀어서 내 스웨터라도 만들까 하는 생각에 시작해 보았으나, 아무래도 이 바랜 듯한 색깔이 마음에 들지 않아 다시 내팽개 쳤다가, 오늘은 너무도 따분하기에 문득 생각이 나서 꺼내어 천천히 짜 보았던 것이다. 하지만 뜨개질을 하던 도중에 나는 이 엷은 모란빛 털실과 비가 내리는 잿빛 하늘이 하나로 융합 되어, 무어라 형언할 수 없을 정도로 부드럽고 마일드한 색조를 이룬다는 사실을 알게 되었다. 나는 몰랐던 것이다. 의상은 하늘 색깔과의 조화를 생각하여야 한다는 중요한 사실을 몰

랐던 것이다. 조화란 얼마나 아름답고 멋진 것인가, 하고 약간
놀라면서 망연해하였다. 비가 내리는 잿빛 하늘과 옅은 분홍
색 털실, 이 두 가지가 어울리면서 양쪽이 동시에 생기를 발하
니 신기하였다. 손에 든 털실이 갑자기 포근하고 따뜻하게 느
껴지면서, 비가 내리는 차가운 하늘도 벨벳처럼 부드럽게 느
껴졌다. 이것이 모네의 〈안개 속의 사원〉 그림을 연상시켰다.
나는 이 털실 색깔 덕분에 처음으로 '짝'이라는 것을 알게 된
듯한 느낌이 들었다. 좋은 취향이었다. 어머님은 눈 내리는 겨
울 하늘과 이 옅은 모란빛이 얼마나 아름답게 조화하는가를
잘 알고 계셨기에 일부러 골라 주셨는데도, 바보인 나는 싫어
하였다. 그래도 그것을 어린 나에게 강요하려 하시지도 않고,
내가 하고 싶은 대로 하도록 내버려 두신 어머님. 내가 이 색
의 아름다움을 정말로 알게 될 때까지, 20년 동안이나 이 색
에 관하여 한마디 설명도 없이, 잠자코 모르는 척하며 기다리
신 어머님. 좋은 어머님이라고 절실히 느껴짐과 동시에, 이토
록 좋은 어머님을 나와 나오지 둘이서 못 살게 괴롭혀, 곧 돌
아가시지나 않을까, 하고 문득 견딜 수 없는 공포와 걱정의 구
름이 가슴에서 솟아나, 이것저것 생각하면 생각할수록 앞날에
는 정말로 무섭고 나쁜 일만 예상되어, 더 이상 살아 있을 수
없을 정도로 불안해지며, 손가락의 힘마저 빠졌다. 뜨개바늘

을 무릎에 놓고 크게 한숨을 쉬고는 얼굴을 들어 눈을 감고

"어머님."

하고 무심결에 불렀다.

어머님은 침실 구석의 책상에 기대어 책을 읽고 계셨는데,

"응?"

하고 의아하다는 듯이 대답을 하셨다.

당황한 나는 한층 큰 소리로,

"드디어 장미꽃이 피었어요. 어머님은 알고 계셨나요? 저는 지금 알았어요. 드디어 피었군요."

툇마루 바로 앞의 장미. 그것은 와다 숙부님이 옛날에, 프랑스인지 영국인지 잊어버렸으나 하여튼 먼 곳에서 갖고 오신 장미로 이삼 개월 전에 숙부님이 이 산장의 정원에 옮겨 심어 주신 장미였다. 오늘 아침 그것이 드디어 한 송이 핀 것을 나는 잘 알고 있었으나, 멋쩍은 것을 감추려고 방금 알았다는 듯이 과장된 소란을 피운 것이었다. 꽃은 짙은 보라색으로 늠름한 오만스러움과 힘이 있었다.

"알고 있어."

어머님은 조용히 대답하시고는,

"너에게는 그게 아주 중대한 일인 모양이로구나."

"그럴지도 몰라요. 딱하게 보이세요?"

"아니, 너는 원래 그런 아이라고 말한 것뿐이야. 부엌의 성냥갑에 르누아르의 그림을 붙이거나, 인형의 손수건을 만들어 보거나 하는, 그런 일을 좋아하지. 게다가 정원의 장미도 네 말을 듣고 있자니, 살아 있는 사람 이야기를 하는 것 같아."

"아이가 없어서 그래요."

나로서도 전혀 뜻하지 않았던 말이 입에서 튀어나왔다. 말하고 나서 뜨끔하여, 난처한 느낌에 무릎 위의 뜨개질감을 만지작거리고 있노라니,

— 스물아홉인걸.

하는 남자 목소리가 전화로 듣는 듯한 간지러운 저음으로 똑똑히 들린 듯한 느낌이 들어, 나는 부끄러워서 뺨이 뜨겁게 달아올랐다.

어머님은 아무 대꾸도 없이 다시 책을 읽기 시작하셨다. 어머님은 며칠 전부터 마스크를 하고 계시는데, 그 때문인지 요즈음 유달리 말이 없으시다. 그 마스크는 나오지의 권유로 하시게 된 것이다. 나오지는 열흘쯤 전에 남방의 섬에서 시커먼 얼굴로 돌아왔다.

아무런 예고도 없이 여름날 저녁 무렵 뒷문에서 정원으로 들어와,

"와아! 지독히도 멋대가리 없는 집이로군. '중화요리. 만두

있습니다'라고 간판이라도 내걸지 그래?"

그것이 나와 처음으로 얼굴을 마주쳤을 때 나오지가 한 인사였다.

그 이삼 일 전부터 어머님은 혀를 앓아 누워 계셨다. 혀끝이, 보기에는 아무렇지도 않지만 움직이면 몹시 아프다며 식사도 멀건 죽만 드셨다. "진찰을 받아 보세요." 하고 말씀드려도 고개를 저으시며,

"웃음거리가 될 뿐이야."

하고 쓴웃음을 지으며 말씀하셨다. 루골액(Lugol液. 편도선약의 일종-옮긴이)을 발라 드렸으나 전혀 효과가 없기에 나는 어쩐지 애가 탔다.

그러던 차에 나오지가 돌아온 것이었다.

나오지는 어머님의 머리맡에 앉아 "다녀왔습니다." 하고 인사를 하고는 바로 일어나서, 조그만 집 안을 여기저기 둘러보았다. 내가 그 뒤를 따라다니며,

"어때? 어머님이 변하셨니?"

"응, 변했더군. 여위셨어. 빨리 죽는 편이 낫지. 이런 세상에서는 어머님 같은 사람은 절대로 살아갈 수 없어. 너무 비참해서 차마 보고 있을 수 없거든"

"나는?"

"천박해졌어. 놈팡이가 두세 명이나 있는 듯한 얼굴을 하고 있군. 술은? 오늘 밤에는 실컷 마실 테니까."

나는 이 부락에 단 한 곳밖에 없는 여인숙에 가서, 오사키 아주머님께 "동생이 귀환해서 그러는데, 술을 좀 얻을 수 있을까요?" 하고 부탁하여 보았지만, 아주머님이 "마침 술이 떨어졌네요." 하고 대답하기에, 돌아와서 나오지에게 그렇게 전했다. 나오지는 본 적도 없는 타인 같은 표정을 지으며, "쳇, 교섭이 서툴러서 그래." 하고 말하고는 나에게 여인숙의 위치를 묻더니 왜나막신을 걸쳐 신고 밖으로 뛰쳐나가, 그 이후로 아무리 기다려도 돌아오지 않았다. 나는 나오지가 좋아하는 사과구이와 계란 요리 등을 장만하여, 식당의 전구를 밝은 것으로 갈아 끼우고 한참을 기다렸다. 그러자 오사키 아주머님이 부엌문으로 살짝 얼굴을 내밀며,

"저 좀 보세요. 어쩌지요? 동생분이 소주를 드시고 있는데."

하며, 그 잉어 눈처럼 동그란 눈을 한층 크게 부릅뜨며 무슨 중대한 일이라도 전하듯이 낮은 목소리로 말하는 것이었다.

"소주라니? 메틸알코올 말인가요?"

"아니요. 메틸은 아닙니다만."

"마셔도 탈은 없겠지요?"

"네, 하지만⋯⋯."

231

"마시도록 내버려 두세요."

오사키 아주머님은 침이라도 삼키듯 끄덕이고는 돌아갔다.

나는 어머님한테로 갔다.

"오사키 아주머님 댁에서 마시고 있대요."

하고 말씀드리자, 어머님은 입술을 약간 일그러뜨리며 웃으시고는,

"그래? 아편은 끊었는지 모르겠네. 너라도 먼저 식사를 해라. 그리고 오늘 밤은 셋이서 이 방에서 자자꾸나. 나오지의 이불을 가운데에 펴고."

나는 울고 싶은 심정이었다.

밤이 깊어 나오지는 왜나막신을 거칠게 소리내며 돌아왔다. 우리들은 같은 방에서 셋이 모기장 하나에 들어가 잤다.

"남방 이야기를 어머님께 들려 드리지 않겠니?"

하고 내가 자리에 들면서 말하자,

"아무것도 없어. 아무것도. 전부 잊어버렸어. 일본에 도착하여 기차를 타니까, 차창 너머로 논이 정말 아름답게 보이더군. 그것뿐이야. 전깃불 좀 꺼. 잘 수가 없잖아."

나는 전등을 껐다. 여름밤의 달빛이 홍수처럼 모기장 안에 가득히 넘쳤다.

이튿날 아침, 나오지는 이불에 엎드려 담배를 피우면서 멀

리 바다 쪽을 바라보다가,

"혀가 아프시다면서요?"

하고, 그제야 어머님의 몸이 편찮으시다는 사실을 알았다
는 듯한 어조로 물었다.

어머님은 그냥 살짝 웃으셨다.

"그건 틀림없이 심리적인 병일 거야. 밤에 입을 벌리고 주
무시잖아요? 볼썽사납게. 마스크를 하세요. 가제에다가 리바
놀(Rivanol. 살균제의 일종-옮긴이)액을 묻혀서, 그걸 마스크 속
에 넣어 두면 좋을 거예요."

나는 그 말을 듣고 웃음을 터뜨렸다.

"그건 무슨 요법이지?"

"미학 요법이라는 거야."

"하지만 어머님은 마스크 따위는 분명 싫어하실걸."

어머님은 마스크만이 아니라 안대이건 안경이건, 얼굴에
걸치는 것을 무척 싫어하셨다.

"어머님, 마스크를 하실 건가요?"

하고 내가 묻자,

"할 거야."

하고 진지하게 낮은 목소리로 대답하시기에 나는 깜짝 놀
랐다. 나오지의 말이라면 무엇이건 믿고 따르려는 생각이신

모양이었다.

내가 아침 식사 후에, 아까 나오지가 말한 대로, 가제에 리바놀액을 적셔서 마스크를 만들어 어머님께 갖다 드리자, 어머님은 잠자코 받아서 누운 채로 마스크의 끈을 양쪽 귀에 거셨다. 어머님의 그러한 모습이 정말로 어린 소녀와도 같았기에 나는 서글픈 생각이 들었다.

점심때가 지나서 나오지는 도쿄의 친구들과 문학 스승님을 만나러 가야 한다며 양복으로 갈아입고는 어머님에게서 2,000엔을 받아 도쿄로 떠났다. 그러고는 벌써 열흘 가까이 되는데도 돌아오지 않는 것이었다. 어머님은 매일 마스크를 하고 나오지를 기다리셨다.

"리바놀이란 좋은 약인 모양이야. 이 마스크를 하고 있으면 혀의 통증이 가시는 것 같아."

하고 웃으며 말씀하셨지만, 나에게는 아무래도 어머님이 거짓말을 하시는 것 같은 생각이 들었다. "이제 괜찮아." 하시며 지금은 일어나 계시지만 식욕은 여전히 없으신 모양이고 말씀도 훨씬 줄어든 것이 몹시 걱정되어, '나오지는 도대체 도쿄에서 무얼 하고 있는 걸까? 그 소설가인 우에하라 씨와 함께 도쿄 시내를 여기저기 싸다니며, 도쿄의 미친 듯한 열기 속에 휩쓸려 있는 것이 아닐까?' 하고, 생각하면 생각할수록 괴로워져서 어머님께 느닷없이 장미가 피었다는 따위의 보고를 하고는, "아이가 없어서 그래요."라고 자신도 생각지 못했던 이상한 소리를 하여, 결국에는 감당할 수 없게 되자,

"아!"

하며 일어섰으나 막상 갈 곳도 없으니, 제 몸 하나 주체 못하고 비틀거리며 계단을 올라가 2층 방으로 들어가 보았다.

그곳은 이제부터 나오지가 쓸 방으로, 4, 5일 전에 내가 어머님과 상의하여, 아래쪽 농가의 나카이 씨에게 도움을 청해서, 나오지의 옷장과 책상, 책꽂이, 그리고 책과 공책등이 가득한 나무상자 대여섯 개, 하여튼 예전에 니시카타초 집의 나오지 방에 있던 것들을 전부 이곳으로 운반해 두었다. 나오지가 도쿄에서 돌아오는 즉시 본인이 원하는 위치에 옷장이나 책꽂이 등을 배치하기로 하고, 그때까지는 일단 어수선한 채로 두는 편이 좋으리라고 생각되었기에, 정말로 발 디딜 틈도 없을 정도로 방 안 가득히 어질러져 있었다. 무심코 발밑의 나무상자에서 나오지의 공책을 한 권 꺼내어 보니, 그 공책의 표지에는,

밤나팔꽃 일지(日誌)

라고 쓰여 있고, 그 속에는 다음과 같은 내용이 가득 적혀 있었다. 나오지가 마약 중독으로 괴로워하던 무렵의 수기인 모양이었다.

불에 타 죽는 듯한 기분, 괴로워도 괴롭다는 말 한마디 외칠 수 없는, 태고 이래로 미증유의, 이 세상이 시작된 이래로 전례가 없는, 끝없는 지옥의 기분을, 속이려 들면 안 된다.

사상? 거짓이다. 주의(主義)? 거짓이다. 이상? 거짓이다. 질서? 거짓이다. 성실? 진리? 순수? 전부 거짓이다. 우시지마의 등나무는 나이가 1,000년, 구마노의 등나무는 수백 년이라고 한다. 전자의 꽃이삭은 길이가 아홉 자, 후자는 다섯 자나 된다는 말을 듣고, 단지 그 꽃이삭에만 마음이 동한다.

그래도 사람의 자식. 살아 있다.

논리는 어차피 논리에 대한 사랑이다. 살아 있는 인간에 대한 사랑은 아니다.

돈과 여자. 논리는 부끄러워서 허겁지겁 사라져 버린다.

역사, 철학, 교육, 종교, 법률, 정치, 경제, 사회, 그따위 학문보다도 한 처녀의 미소가 고귀하다는 파우스트 박사의 용감한 실증. 학문이란 허영의 별명이다. 인간이 인간이 아니려는 노력이다.

괴테에게 맹세할 수도 있다. 저는 아무튼 좋은 작품을 쓸 수 있습니다. 완벽한 구성, 적당한 유머, 독자의 눈시울을 뜨겁게 만드는 비애 혹은 숙연함, 이른바 옷깃을 여미게 하는 완벽한 소설. 낭독하면 이게 바로 영화의 대사인가! 낯간지러워서 어디 쓰겠나! 애당초 그러한 걸작 의식이 유치하다는 말이다. 소설을 읽고 옷깃을 여미다니, 미친놈이나 하는 짓이다. 그렇다면 차라리 정장을 해야 하겠지. 좋은 작품일수록 얌전을 부리지 않는 듯이 보이게 마련인데. 나는 친구의 얼굴에서 진정한 웃음을 보기 위하여 소설 하나를 일부러 실수해서 어설프게 쓰고는, 엉덩방아 찧고 머리를 긁으며 도망쳤다. 아아, 그때, 친구는 정말로 즐거운 표정을 지었지!

학문이 부족하여 사람이 돼먹지 못한 꼬락서니. 장난감 나팔을 불며 말씀드리겠습니다. '여기에 일본 제일의 바보가 있습니다. 당신은 그래도 나은 편입니다. 건투를 빕니다!' 하고 기원하는 애정. 이것은 도대체 어찌 된 영문인가요?

친구는 그럴싸한 표정으로, "저게 저 녀석의 나쁜 버릇이지, 아깝군." 하고 한마디. 사랑받고 있다는 사실을 모른다.

불량하지 않은 인간이 있을까?

따분하다.

돈이 있었으면.

그렇지 않다면

잠든 채로의 자연사!

약국에 1,000엔 가량의 빚이 있다. 오늘 전당포 지배인을 몰래 집으로 데려다가 내 방으로 안내하여, "무엇이건 이 방에 값나가는 물건이 있나? 있다면 갖고 가게. 다급하게 돈이 필요해." 하고 말하자, 지배인은 방 안을 제대로 보지도 않고, "그만두세요. 당신의 물건도 아니잖아요?" 하고 지껄였다. "좋아, 그렇다면 내가 지금까지 내 용돈으로 산 물건만 갖고 가게." 하고 위세 좋게 말하였으나, 모아 놓은 것은 잡동사니뿐, 값나가는 물건은 하나도 없다.

우선 한쪽 손의 석고상. 이것은 비너스의 오른손이다. 달리아꽃과 닮은 손, 새하얀 손, 그 손이 그냥 받침 위에 놓여 있을 뿐이다. 하지만 이 손을 자세히 보면, 이것은 비너스가 그 알몸뚱이를 사내에게 보이고는 깜짝 놀라서, 부끄러움에 몸 전체를 붉히며 뜨겁게 달아올라, 몸을 비틀며 이러한 손짓을 한 것임을 알 수 있으리라. 그러한 비너스의 숨넘어갈 듯한 나체의 부끄러움이, 손가락 끝에 지문도 없고 손바닥에 한 가닥의 손금도 없이 새하얗고 가냘픈 오른손에, 보는 사람의 가슴이 아플 정도로 애처롭게 나타나 있다는 것을 알 수 있으리라. 하지만 이것은 어차피 비실용적인 잡동사니다. 지배인은 50전을 불렀다.

그 외에 파리 근교의 지도, 지름 30센티나 되는 셀룰로이드 팽이, 실보다도 가느다랗게 글을 쓸 수 있는 특제 펜촉, 모두 진귀한 것이라는 생각에 산 물건들이지만, 지배인은 웃으며, "이제가 보겠습니다." 하고 말하였다. "잠깐!" 하며 붙잡고는, 결국 또다시 책을 산더미처럼 지배인에게 안겨 주고는 5엔을 받았다. 내 책장의 책들은 대부분 싸구려 문고뿐이고, 더구나 헌책방에서 사들인 것들이라 저당 가격도 자연히 그렇게 싼 것이다. 1,000엔의 빚을 해결하려던 것이 불과 5엔. 이 세상에서 내 실력은 고작 이 정도이다. 웃을 일이 아니다.

데카당(퇴폐주의-옮긴이)? 하지만 이렇게라도 하지 않으면 살 수가 없다. 그런 소리로 나를 비난하는 사람보다는, '죽어라!'라고 말해 주는 사람 쪽이 고맙다. 후련하다. 그러나 남들은 좀처럼 '죽어라!'라고 말하지 않는다. 치사하고, 조심성 많은 위선자들이여!

정의? 이른바 계급 투쟁의 본질은 그러한 곳에는 없다. 인도? 농담하지 마. 나는 알고 있다. 자신의 행복을 위하여 상대를 쓰러뜨리는 것이다. 죽이는 것이다. '죽어라!' 하는 선고가 아니라면 무엇인가? 속이지 마!

그러나 우리들의 계급에도 변변한 녀석은 없다. 백치, 유령, 수전노, 미친개, 허풍쟁이. 있습니다. 구름 위에서 소변.

'죽어라!' 하고 말하기조차 아깝다.
전쟁. 일본의 전쟁은 자포자기이다.
자포자기에 휩쓸려 죽기는 싫다. 차라리 혼자 죽고 싶다.

인간은 거짓말을 할 때는 반드시 진지한 얼굴을 하게 마련이다.
요즈음 지도자들의 그 진지한 얼굴. 픽!

남들에게 존경받으려 하지 않는 사람들과 어울리고 싶다.
하지만 그런 좋은 사람들은 나와 어울려 주지 않는다.

내가 조숙한 척하자 사람들은 나를 조숙하다고 수군거렸다. 내가 게으름뱅이인 척하자 사람들은 나를 게으름뱅이라고 수군거렸다. 내가 소설을 쓸 수 없는 척하자 사람들은 내가 소설을 쓸 수 없다고 수군거렸다. 내가 거짓말쟁이인 척하자 사람들은 나를 거짓말쟁이라고 수군거렸다. 내가 부자인 척하자 사람들은 나를 부자라고 수군거렸다. 내가 냉담한 척하자 사람들은 나를 냉담한 녀석이라고 수군거렸다. 하지만 내가 정말로 괴로워서

무심코 신음하였을 때, 사람들은 나를 괴로운 척하고 있다고 수
군거렸다.

무언가가 어긋나 있다.

결국 자살하는 수밖에 없지 않은가?

'이토록 괴로워도 단지 자살하면 그만이다.'라는 생각에, 소리
내어 울고 말았다.

봄날 아침, 두세 송이의 꽃이 핀 매화나무 가지에 아침 햇살이
비칠 때, 하이델베르크의 젊은 학생이 그 가지에 조용히 목매달
아 죽어 있었다고 한다.

"어머님, 저를 야단쳐 주세요!"

"어떤 식으로?"

"겁쟁이라고."

"그래? 겁쟁이. ……이제 됐니?"

어머님은 너무도 착한 분이다. 어머님 생각을 하면 울고 싶어진
다. 어머님께 사죄하는 의미에서라도 죽어야 한다.

용서해 주십시오. 단 한 번만 용서해 주십시오.

해마다

눈이 먼 채로

학의 새끼

성장하듯

살찌는 것도 가엽구나 (신년에)

모르핀 아트로몰 나르코폰 판토핀 파비날 파노핀 아트로핀(이
상은 환각제의 명칭들-옮긴이)

프라이드란 무엇인가, 프라이드란?

인간은, 아니, 남자는, '나는 뛰어나다.' '나에게는 좋은 점이 있
다.'는 따위의 생각을 하지 않고 살아갈 수는 없는 것일까?

남들을 싫어하고, 남들에게 따돌림당한다.

지혜 견주기.

엄숙=어리석은 느낌

어쨌든 살고 있는 이상, 사기를 치고 있음에 틀림없지.

어느 빚을 부탁하는 편지.

"답장을.

답장을 주세요.

또한 반드시 좋은 소식이기를 기대합니다.

저는 갖가지 굴욕적인 생각을 하며 혼자 신음하고 있습니다.

연극을 하는 것이 아닙니다. 절대로 그렇지 않습니다.

부탁합니다.

저는 부끄러워서 죽을 지경입니다.

과장이 아닙니다.

매일매일, 답장을 기다리며, 밤낮없이 부들부들 떨고 있습니다.

저를 비참하게 만들지 마세요.

벽에서 웃음소리가 들려와, 한밤중에 이불 속에서 전전긍긍하

고 있습니다.

제가 부끄러운 꼴을 당하지 않도록 해 주세요.

누님!"

여기까지 읽은 나는 '밤나팔꽃 일지'를 덮어 나무 상자에
되돌려 놓고는, 창문 쪽으로 걸어가서 창문을 활짝 열고 비가
내려 뿌옇게 보이는 정원을 내려다 보면서 그 무렵의 일을 생
각했다.

이미 6년이 지났다. 나오지의 마약 중독이 나의 이혼 사유

가 되었다. 아니, 그렇게 말하면 안 된다. 내 이혼은 나오지의
마약 중독이 아니더라도 또 다른 사유로 인하여 언젠가는 하
게끔, 그렇게 내가 태어났을 때부터 정하여져 있었던 듯한 느
낌도 든다. 나오지는 약국에 돈을 갚지 못하여, 자주 나에게
돈을 요구하였다. 나는 야마키와 결혼한 지 얼마 안 되었기 때
문에, 마음대로 돈을 쓸 수 있는 입장이 못 되었다. 또한 시집
의 돈을 친정 동생에게 몰래 융통해 주는 것은 무척 곤란한 일
처럼 여겨졌기에, 친정에서 나를 따라온 오세키 할머니와 상
담하여 내 팔찌와 목걸이와 옷을 팔았다. 동생은 나에게 돈을
달라는 편지를 보내어, "이제는 괴롭고 부끄러워서 누님과 얼
굴을 마주 대하는 것도 또한 전화로 이야기하는 것조차 도저
히 할 수 없으니까, 돈은 오세키에게 지시하여 교바시의 x가 x
번지의 가야노 아파트에 살고 있는, 누님도 이름만큼은 알고
있는, 소설가 우에하라 지로 씨에게 전해 주세요. 우에하라 씨
는 부도덕한 사람이라고 세상에 평판이 나 있지만, 결코 그런
사람이 아니니까 안심하고 돈을 우에하라 씨에게 전달해 주세
요. 그러면 우에하라 씨가 곧바로 저에게 전화로 연락하게끔
되어 있으니까, 반드시 그렇게 부탁드립니다. 저는 요번의 중
독을 어머님에게만은 눈치채이고 싶지 않습니다. 어머님이 아
시기 전에 어떻게 해서든지 이 중독을 고쳐 볼 작정입니다. 저

는 요번에 누님에게서 돈을 받으면, 그것으로 약국의 빚을 청산하고 시오바라의 별장에라도 가서 건강한 몸이 되어 돌아올 작정입니다. 정말입니다. 약국의 빚을 전부 갚으면, 이제 저는 그날부터 마약 사용은 절대로 금할 생각입니다. 하느님께 맹세합니다. 믿어 주십시오. 어머님께는 비밀로, 오세키를 시켜서 가야노 아파트의 우에하라 씨에게, 부탁합니다." 하고 호소하였다. 나는 그 지시대로 오세키에게 돈을 주어 몰래 우에하라의 아파트에 전달하였으나, 동생 편지의 맹세는 언제나 거짓일 뿐, 시오바라의 별장에도 가지 않고, 마약 중독은 더욱더 심해지기만 하는 듯하였다. 돈을 부탁하는 편지 문구도 비명에 가까울 정도로 괴로운 어조가 되어, 요번에야말로 약을 끊겠다고 얼굴을 돌리고 싶을 정도로 애절한 맹세를 하기에, 또 거짓말일지 모른다고 생각하면서도, 결국 다시 오세키에게 시켜서 브로치 등을 팔아, 그 돈을 우에하라 씨의 아파트에 전달하였다.

"우에하라 씨는 어떤 분이던가요?"

"체구가 작고 안색이 좋지 않은, 무뚝뚝한 사람이에요."

하고 오세키는 대답하였다.

"하지만 아파트에 계시는 일은 좀처럼 없더군요. 대체로 사모님하고 예닐곱 살 가량의 따님하고 두 분만 계실 뿐이에요. 사모님은 그다지 예쁘지는 않지만, 친절하고 마음씨가 좋은 분이신 것 같았어요. 그 사모님이라면 안심하고 돈을 맡길 수 있겠더군요."

그 무렵의 나는 지금의 나와 비교하여, 아니, 도저히 비교할 수 없을 정도로 전혀 다른 사람처럼 멍청하고 태평하였지만, 그래도 역시 계속해서, 더구나 차츰 거액의 돈을 졸라 대니 너무나 걱정이 되어, 하루는 노(能. 일본의 전통적인 가면극-옮긴이)를 보고 돌아오는 도중에, 자동차를 긴자에서 돌려보내고 혼자 걸어서 교바시의 가야노 아파트를 방문하였다.

우에하라 씨는 방에서 혼자 신문을 보고 계셨다. 줄무늬의 두꺼운 기모노에 감색 바탕에 하얀 무늬가 있는 하오리(기모노의 겉에 입는 상의-옮긴이)를 입고 계셨기에 나이가 들어 보이기도 하고 젊어 보이기도 하여, 이제까지 본 적이 없는 괴물과도 같은 이상한 첫인상을 받았다.

"집사람은 지금 아이를 데리고 배급소에 갔습니다."

약간 코가 막힌 음성으로 띄엄띄엄 그렇게 말씀하셨다. 나를 부인의 친구로 오인하신 모양이었다. 내가 나오지의 누나라는 사실을 말씀드리자, 우에하라 씨는 "흥!" 하고 웃었다. 나는 어쩐지 뜨끔하였다.

"나갈까요?"

그렇게 말하더니 외투를 걸쳐 입고, 신발장에서 새 왜나막신을 꺼내 신고는 성큼성큼 아파트 복도를 앞장서서 걸으셨다.

바깥은 초겨울의 저녁 무렵이었다. 바람이 쌀쌀했다. 스미다 강에서 불어오는 강바람인 듯하였다. 우에하라 씨는 그 강바람에 대항하듯이 오른쪽 어깨를 약간 올리고, 쓰키지 쪽으로 잠자코 걸어가셨다. 나는 종종걸음으로 그 뒤를 따랐다.

도쿄 극장 뒤쪽의 빌딩 지하실로 들어갔다. 너덧 팀의 손님들이 열 평 정도의 가늘고 긴 방에서 제각기 탁자를 사이에 두고 조용히 술을 마시고 있었다.

우에하라 씨는 컵으로 술을 드셨다. 그리고 나에게도 새 컵을 달라고 하여 술을 권하였다. 나는 그 컵으로 두 잔을 마셨지만 아무렇지도 않았다.

우에하라 씨는 술을 마시고 담배를 피웠으나, 여전히 말씀이 없으셨다. 나도 잠자코 있었다. 내가 그런 곳에 간 것은 난생 처음이었음에도, 정말로 안락하고 기분이 좋았다.

"술이라도 마시면 좋을 텐데."

"네?"

"아니, 댁의 동생 이야기입니다. 알코올 쪽으로 바꾸면 좋을 텐데요. 저도 예전에 마약 중독이 된 적이 있지만, 남들이 불쾌하게 여기더군요. 알코올도 마찬가지겠지만, 알코올 쪽은 남들이 뜻밖에도 관대하게 봐 주거든요. 댁의 동생을 술꾼으로 만듭시다. 괜찮겠지요?"

"저는 한번 술꾼을 본 적이 있어요. 설날에 제가 외출하려는데, 우리 집 운전수와 아는 사람이 자동차 조수석에서 도깨비처럼 새빨간 얼굴을 하고 큰 소리로 드르렁드르렁 코를 골며 자고 있더군요. 제가 놀라서 비명을 지르니까, 운전수가 '이 친구는 술꾼이라 어쩔 수가 없습니다.' 하며 자동차에서 끌어내려 어깨에 짊어지고는 어디론가 데려갔어요. 뼈가 없는 것처럼 축 늘어져서, 그러면서도 무언가 중얼거리던데, 저는 그때 처음으로 술꾼이라는 걸 보았지만. 재미있더군요."

"저 역시 술꾼입니다."

"어머나, 하지만 다르시잖아요?"

"당신도 역시 술꾼입니다."

"그렇지 않아요. 저는 술꾼을 본 적이 있어요. 전혀 달라요."

우에하라 씨는 처음으로 즐거운 듯이 웃으며,

"그렇다면 댁의 동생도 술꾼은 되지 못할지 모르겠습니다만, 하여튼 술을 마시는 편이 좋을 겁니다. 돌아갑시다. 늦어지면 곤란하시죠?"

"아니요, 상관없어요."

"아니, 사실은 제가 거북해서 안 되겠습니다. 아가씨, 계산."

"아주 비싼가요? 제가 조금은 갖고 있습니다만."

"그래요, 그러면 부탁합니다."

"모자랄지도 몰라요."

나는 핸드백 속을 살펴보고, 돈이 얼마 있는지를 우에하라 씨에게 알려 주었다.

"그만큼이나 있으면, 3차까지도 가겠구면. 누굴 놀리나?"

우에하라 씨는 얼굴을 찡그리며 그렇게 말하고는 웃었다.

"어딘가 또 한잔하러 가시겠어요?"

하고 여쭈어 봤더니, 정색을 하며 고개를 젓고는,

"아니, 됐습니다. 택시를 잡아 드릴 테니 돌아가세요."

우리들은 지하실의 어두운 계단을 올라갔다. 한발 앞서서 올라가던 우에하라 씨가 계단 중간쯤에서 휙 돌아보며 잽싸게 키스를 했다. 나는 입술을 굳게 닫은 채로 그 키스를 받았다.

별로 그다지 우에하라 씨를 좋아한 것은 아니지만, 그래도 그때부터 나에게 그 '비밀'이 생기고 말았다. 쿵쿵쿵 하며 우에하라 씨는 달려서 계단을 올라갔고, 나는 기묘하고 투명한 기분이 되어 천천히 올라갔다. 밖으로 나가자 강바람이 뺨에 기분 좋게 닿았다.

우에하라 씨에게 택시를 잡아 달라고 하여, 우리들은 잠자코 헤어졌다.

차에 흔들리며, 나는 세상이 갑자기 바다처럼 넓어진 듯한 느낌이 들었다.

"저에게 애인이 있어요."

어느 날, 나는 남편으로부터 잔소리를 듣고 외로운 심정이 되어 느닷없이 그렇게 말하였다.

"알고 있어. 호소다지? 도저히 단념할 수 없는 게로군."

나는 잠자코 있었다.

그 문제가 무언가 거북한 일이 생길 때마다 우리 부부 사이에 튀어나오게 되었다. 이제 틀렸다는 생각이 들었다. 옷감을 잘못 재단하였을 때처럼 이미 그 천은 이을 수도 없으니까 전부 버리고, 다시 새 옷감으로 재단을 시작하여야만 한다.

"설마 당신 배 속의 아이는……."

하고 어느 날 밤 남편이 말하였을 때, 나는 너무도 무서워서 부들부들 떨었다. 지금 생각하면 나도 남편도 젊었다. 나는 연애라는 것도 몰랐다. 사랑조차도 몰랐다. 나는 호소다 씨가 그리는 그림에 열중하여, 그런 분의 아내가 된다면 얼마나 아름다운 일상생활을 할 수 있을까, 그렇게 좋은 취미를 지닌 분과의 결혼이 아니라면 결혼 따위는 무의미하다고 나는 아무에게나 떠들어 대었기에, 그 때문에 모두들 오해를 하였다. 그래도 나는 연애도 사랑도 모르는 채, 예사로 호소다 씨를 좋아한다고 공언하였고, 취소하려 하지도 않았기에 이상하게 꼬여서, 그 무렵 내 배 속에 들어 있던 아이마저 남편의 의심을 받아, 누구 하나 이혼이라는 말을 입 밖에 낸 사람도 없는데 어느 사이엔가 분위기가 어색하게 되어, 나는 옛날부터 데리고 있던 오세키와 함께 친정 어머님께로 돌아왔다. 그리고 아이를 사산한 나는 병으로 드러눕고, 결국 야마키와의 관계는 끊어지고 말았다.

나오지는 내가 이혼했다는 사실에 무언가 책임을 느꼈는지, "죽어 버릴 테야." 하며 엉엉 소리 내어 얼굴이 부르틀 정도로 울었다. 약국의 빚이 얼마나 되는지 동생에게 물어보니 그것은 엄청난 금액이었다. 더구나 그것도 동생이 실제의 금액을 말하지 못하고 거짓말을 하였다는 사실을 나중에 알았다. 나중에 판명된 실제 총액은, 그때 동생이 나에게 알려 준 금액의 약 세 배에 가까웠다.

"우에하라 씨를 만났어. 좋은 분이더라. 이제부터 우에하라 씨와 함께 술을 마시며 놀지 않겠니? 술은 아주 싸잖아. 술값 정도라면 내가 언제건 줄 수 있으니까. 약국 빚도 걱정 마. 어떻게 되겠지."

내가 우에하라 씨와 만났고, 우에하라 씨가 좋은 분이라고 말한 것이 동생을 왠지 무척 기쁘게 하였던 듯, 동생은 그날 밤 나에게서 돈을 받아 당장 우에하라 씨에게 놀러 갔다.

중독은, 그야말로 정신적인 병일지도 모른다. 내가 우에하라 씨를 칭찬하고, 더구나 동생에게서 우에하라 씨의 저서를 빌려 읽고는 "훌륭한 분이야." 하고 칭찬하자, 동생은 "누나가 어떻게 알아?" 하면서도, 그래도 무척 기쁜 듯이, "자, 이걸 읽어 봐." 하며 우에하라 씨의 또 다른 저서를 나에게 권하였다. 그러다가 나도 우에하라 씨의 소설을 본격적으로 읽게 되어, 둘이서 이러쿵저러쿵 우에하라 씨에 관한 이야기를 하게 되었다. 동생은 매일같이 밤마다 우에하라 씨에게로 의기양양하여 놀러 가더니, 차츰 우에하라 씨의 계획대로 알코올 쪽으로 전환하여 가는 모양이었다. 약국의 빚에 관하여 내가 어머님께 넌지시 상담드리자, 어머님은 한 손으로 얼굴을 가리신 채 잠시 동안 잠자코 계셨으나, 이윽고 얼굴을 들고는 쓸쓸하게 웃으시더니, "생각해 봤자 소용없어. 몇 년이 걸릴지 모르지만, 매달 조금씩이라도 갚아 가자꾸나." 하고 말씀하셨다.

그리고 벌써 6년이 지났다.

밤나무꽃. 아아, 동생으로서도 괴롭겠지. 더구나 앞길이 막막하여, 무엇을 어떻게 하면 좋을까, 아직 전혀 모르고 있겠지. 다만, 매일 죽을 생각을 하며 술만 마시고 있는 것이 아닐까?

차라리 과감하게 본인에게 어울리는 불량배라도 되는 편

이 좋으련만. 그러면 동생도 오히려 편안하지 않을까?

'불량하지 않은 인간이 있을까?'라고 그 공책에 씌어 있었는데, 그러고 보면 나도 불량하고, 숙부님도 불량하고, 어머님까지도 불량한 것처럼 느껴진다. 불량하다는 것은, 착하다는 뜻이 아닐까?

*

4

편지를 쓸까 어떻게 할까, 무척 망설였습니다. 하지만 오늘 아침, '비둘기처럼 양순하고 뱀처럼 현명하게'라는 예수님 말씀이 문득 생각나, 이상하게도 기운이 나서, 편지를 드리기로 하였습니다. 저는 나오지의 누나입니다. 기억하시는지요. 잊어버리셨다면 기억해 보세요.

나오지가 요전에 또 들러서 무척이나 폐를 끼쳐 드린 모양인데, 정말로 죄송합니다. 하지만 정말로 나오지의 행동은 나오지가 알아서 할 일이지, 제가 편지로 사과를 드리는 것은 난센스라는 생각도 듭니다. 오늘은 나오지의 일이 아니라, 제 일로 부탁이 있습니다. 교바시의 아파트가 불에 타서 지금의 주소로 옮기시게 되었다는 소식을 나오지에게서 듣고, 차라리 도쿄 교외의 그 댁으로 찾아뵐까도 생각했습니다만, 어머님이 얼마 전부터 다시 몸이 불편하셔서, 도저히 어머님을 내버려 두고 상경할 수는 없기에, 그래서 편지로 말씀드리기로 하였습니다.

당신께 상담드리고 싶은 일이 있습니다.

저의 이 상담은, 이제까지의 '전통적인 여성상'의 입장에서 보면, 무척 교활하고 불결하며 악질적인 범죄일지도 모릅니다만, 저는, 아니, 우리들은 지금 이대로는 도저히 살아갈 수 없을 것 같아서, 동생 나오지가 이 세상에서 가장 존경하는 당신께, 저의 거짓 없는 본심을 알려 드리고 조언을 부탁드릴 생각입니다.

저는 지금의 생활을 견딜 수가 없습니다. 좋고 싫고의 문제가 아니라, 도저히 지금 상태로는 세 가족이 살아갈 수 없을 것 같습니다.

어제도 괴로움으로 몸에 열이 나고 숨이 차서 어쩔 줄을 모르고 있을 때, 빗속을 아래쪽 농가의 따님이 쌀을 짊어지고 왔습니다. 그래서 저는 약속한 대로 옷을 주었습니다. 그 따님은 식당에서 저와 마주 앉아 차를 마시며, 그야말로 리얼한 어조로,

"댁은 소지품을 팔아서, 앞으로 얼마나 살아갈 수 있을 것

같은가요?"

하고 물었습니다.

"6개월이나 1년 정도."

하고 저는 대답하였습니다. 그리고 오른손으로 얼굴을 가리며,

"졸리군요. 졸려서 못 견디겠어요."

하고 말했습니다.

"피곤해진 거예요. 잠이 오는 신경쇠약이겠지요."

"그럴지도 몰라요."

눈물이 나올 듯하더니, 제 가슴속에 리얼리즘이라는 말과 로맨티시즘이라는 말이 문득 떠올랐습니다. 저에게 리얼리즘 이란 없습니다. 이런 식으로 살아갈 수 있을까, 하고 생각하니 전신에 소름이 끼쳤습니다. 어머님은 병자나 다름없이 툭하면 몸져누우시고, 동생은 아시다시피 마음의 중환자로, 이곳에 있을 때는 소주를 마시러 인근의 여인숙과 식당을 겸한 집에 부지런히 드나들다가, 사흘에 한 번은, 우리들의 옷을 판 돈을 갖고 도쿄 쪽으로 원정을 갑니다. 하지만 제가 괴로워하는 것 은 이런 일들이 아닙니다. 저는 다만 제 자신의 생명이, 이러 한 일상생활 속에서, 파초 잎사귀가 지지 않고 썩어 가듯이, 가만히 있는 상태에서 썩어 가리라고 뚜렷이 예감되는 사실

이 두렵습니다. 정말로 견딜 수 없습니다. 그렇기에 저는 '전통적인 여성상'을 버리고라도 지금의 생활에서 벗어나고 싶습니다.

그래서 저는 당신께 상담드립니다.

저는 지금 어머님과 동생에게 분명히 선언하고 싶습니다. 제가 이전부터 어떤 분을 사모하고 있었으며, 앞으로도 그분의 애인으로서 살아갈 작정이라는 것을, 명백히 말해 두고 싶습니다. 그분에 관하여는 당신도 잘 아실 겁니다. 그분 성함의 이니셜은 M·C입니다. 저는 예전부터 무언가 괴로운 일이 생기면 그 M·C에게 달려가고 싶어서 애를 태우곤 하였습니다.

M·C에게는 당신과 마찬가지로, 부인도 아이도 있습니다. 또한 저보다 훨씬 아름답고 젊은 여자 친구도 있습니다. 하지만 저는 M·C의 곁으로 가는 이외에, 살아갈 방도가 달리 없는 듯한 기분입니다. M·C의 사모님과는 아직 만난 적은 없지만, 정말로 착하고 좋은 분이신 것 같습니다. 저는 그 사모님을 생각하며, 제가 무서운 여자라는 생각이 듭니다. 하지만 저의 지금 생활은 그 이상으로 무서운 생각이 들어서, M·C에게 의지하지 않을 수 없습니다. 비둘기처럼 양순하고 뱀처럼 현명하게, 저는 저의 사랑을 이루고 싶습니다. 하지만 틀림없이 어머니도 동생도, 또한 세상 사람들도 누구 하나 저에게 찬성

하여 주지 않겠지요. 당신은 어떤가요? 저는 결국 혼자 생각하고 혼자 행동할 수밖에 없다고 생각하니 눈물이 나옵니다. 난생처음으로 겪는 일이니까요. 이 어려운 일을, 주위의 모든 사람들로부터 축복받으며 해치울 방법은 없을까 하고, 아주 까다로운 수학의 인수분해인가 뭔가의 답안을 작성하듯이 골몰히 생각하다가, 어딘가 한 군데 술술 풀리는 실마리가 있을 것 같은 생각이 들어, 갑자기 쾌활해지기도 합니다.

하지만 당사자인 M·C 쪽에서 저를 어떻게 생각할지, 그것을 생각하면 다시 풀이 죽고 맙니다. 이른바 저는 억지…… 뭐라고 할까요, 억지 춘향이랄 수도 없고, 억지 애인이라고나 할까요, 그런 입장이니까, M·C 쪽에서 도저히 싫다고 한다면 그뿐입니다. 그래서 당신께 부탁을 드리는 것입니다. 부디 그분에게 당신이 여쭈어 봐 주세요. 6년 전의 어느 날, 제 가슴에 아련한 무지개가 떠올라, 그것은 애정도 사랑도 아니었지만, 세월이 흐를수록 그 무지개는 선명하고 뚜렷한 색으로 변하여, 저는 지금까지 한번도, 그것을 잊은 적이 없었습니다. 소나기가 내린 후의 하늘에 솟는 무지개는 이윽고 덧없이 사라져 버리지만, 인간의 가슴에 솟는 무지개는 사라지지 않는 모양입니다. 부디 그분께 여쭈어 봐 주세요. 그분은 정말로 저를 어떻게 생각하시는 걸까요? 그야말로 비 갠 뒤의 무지개처럼 생각하고 계셨던 것일까요? 그리고 이미 오래 전에 사라져 버렸다고?

그렇다면 저도 저의 무지개를 지워 버려야만 하겠지요. 하지만 저의 목숨을 먼저 지워 버리지 않으면 제 가슴의 무지개는 사라질 것 같지 않습니다.

답장을 기다리겠습니다.

우에하라 지로 님 ― 저의 체호프. 마이 체호프. M·C

저는 요즈음 조금씩 뚱뚱해지고 있습니다. 짐승 같은 여자가 되었다기보다는, 인간다워졌다는 생각이 듭니다. 올 여름에 로렌스의 소설을 하나 읽었습니다.

답장이 없으시기에 다시 한 번 편지를 드립니다. 요전에 드렸던 편지는, 아주 교활한 뱀처럼 간사함으로 가득하다는 사실을 모두 알아차리셨을 겁니다. 정말로 저는 그 편지의 한 줄 한 줄 최대한으로 교활한 지혜를 동원하여 썼습니다. 결국 제가 당신에게 제 생활을 도와 달라거나, 돈을 빌려 달라는 편지를 보낸 것으로 생각하시겠지요. 저 역시 그것을 부정하지는 않겠습니다만, 그러나 단지 제가 저의 패트런(patron)이 필요해서, 실례를 무릅쓰고 특별히 당신을 선택하여 부탁을 드리는 것은 아닙니다. 저를 사랑해 주실, 돈 많은 노인들이 다른 곳에도 많이 계시리라고 생각합니다. 실제로 요전에도 기묘한 혼담이 있었습니다. 그분의 성함은 당신도 알고 계실지 모르겠습니다만, 예순이 넘은 독신 할아버지로 예술원 회원인가 하는 유명한 분인데, 저에게 마음이 있어서 이 산장에 찾아왔습니다. 그분은 저희들이 니시카타초에 살 때 근처에 사셨기 때문에 우리들과는 친근한 이웃으로 이따금 만난 적이 있었습니다. 언젠가 아마도 가을철의 저녁 무렵이었듯 합니다만, 저하고 어머님하고 둘이서 자동차로 그분 댁 앞을 지나칠 때 그분이 혼자서 멍하니 문 앞에 서 계셨기에, 어머님이 차창으로 살짝 그분께 인사를 드렸더니, 그분의 까다롭게 보이는 검은 얼굴이 순식간에 단풍보다도 빨개졌습니다.

"마음이 있는 모양이죠?"

저는 들떠서 말했습니다.

"어머님을 좋아하시나 봐."

하지만 어머님은 침착하게,

"아니야, 유명하신 분이지."

하고 혼잣말처럼 말씀하셨습니다. 예술가를 존경하는 것은 저희 집안의 가풍인 모양입니다.

그분이 지난 해에 사모님을 여의셨다며, 와다 숙부님과 요곡(謠曲. 일본 전통 가면극인 '노'를 할 때 부르는 노래-옮긴이)을 같

259

이 배우는 어느 왕족분의 소개로 어머님께 의사를 전해 왔었습니다. 어머님은, "가즈코가 잘 생각해서 본심을 그분께 직접 전해 드리려무나." 하고 말씀하셨지만, 저는 깊이 생각할 것도 없이, 마음이 없었기에, "지금은 결혼할 의사가 없습니다."라는 내용의 답장을 아무렇지도 않게 간단히 썼습니다.

"거절해도 상관없겠지요?"

"그야 물론…… 나도 무리한 이야기라고 생각했어."

그 무렵, 그분은 가루이자와의 별장에 계셨기에, 그 별장으로 거절하는 답장을 드렸는데, 바로 이틀 후에 그 편지와 엇갈려서, 그분이 직접 이즈의 온천에 볼일이 있어서 가던 도중에 잠깐 들렀다며, 제 대답을 전혀 모르신 채 불쑥 이 산장에 오셨습니다. 예술가란 아무리 나이가 들어도 이렇게 어린애처럼 제멋대로 행동하는 모양입니다.

어머님은 몸이 편찮으셨기에, 제가 맞이하여 거실에서 차를 대접하며,

"저, 거절한다는 편지, 지금쯤 가루이자와에 도착하였을 거예요. 저, 여러모로 생각해 봤습니다만."

"그렇습니까?"

하며 당황한 듯한 말투로 대답하고 땀을 닦으시며,

"하지만 그 문제를 다시 한 번 잘 생각해 봐 주십시오. 저

는 당신을 뭐라고 말씀드리면 좋을까요, 이른바 정신적으로는 행복하게 해 드릴 수 없을지 모르지만, 그 대신에 물질적으로는 얼마든지 행복하게 해 드릴 수 있습니다. 그 점은 자신이 있습니다. 솔직한 심정으로 말씀드린 겁니다만."

"말씀하시는 그 행복이란 것을 저는 잘 모르겠습니다. 건방진 소리를 하는 것 같아 죄송합니다만, 체호프가 아내에게 보낸 편지에, '아이를 낳아 달라. 우리들의 아이를 낳아 달라.'고 씌어 있지요. 니체의 수필에도, '아이를 낳게 하고 싶은 여자'라는 말이 있습니다. 저는 아이를 갖고 싶어요. 행복 따위는 아무래도 좋습니다. 돈도 좋지만, 아이를 키울 수 있을 정도의 돈만 있다면 그것으로 충분합니다."

그분은 묘한 웃음을 지으시며,

"당신은 특이한 분이로군요. 아무에게나 생각한 바를 그대로 말할 수 있는 분입니다. 당신 같은 분과 함께 있게 된다면, 저의 일에도 새로운 영감이 떠오를지 모릅니다."

하고, 나이에 어울리지 않게, 제법 멋진 말씀을 하셨습니다. 이토록 훌륭한 예술가를 정말 제 힘으로 젊어지게 할 수 있다면 그것도 사는 보람임에 틀림없다는 생각도 들었습니다만, 저는 그분에게 안기는 제 모습을 도저히 상상할 수가 없었습니다.

"저에게 사랑하는 마음이 없더라도 좋습니까?"

하고 가볍게 웃으며 여쭈어 봤더니, 그분은 진지하게,

"여자는 그것으로 족합니다. 여자는 별다른 생각을 하지 않아도 됩니다."

하고 대답하셨습니다.

"하지만 저와 같은 여자는 역시 사랑하는 마음이 없으면 결혼을 생각할 수 없습니다. 저는 이미 어른이거든요. 내년에는 벌써 서른."

하고 말하다가 문득 입을 막고 싶은 기분이 들었습니다.

서른. "여자에게는 스물아홉까지는 처녀 냄새가 남아 있다. 그러나 서른이 된 여자의 몸에는 이미 아무 데도 처녀 냄새가 남아 있지 않다."라는, 예전에 읽은 프랑스 소설 속의 말이 문득 생각나서, 견딜 수 없는 외로움에 바깥을 보니, 대낮의 햇빛을 받은 바다가 유리 조각처럼 강렬히 반짝이고 있었습니다. 그 소설을 읽었을 때에는, '그야 그렇겠지'라고 생각하던 그 시절이 그립습니다. 팔찌, 목걸이, 드레스, 허리띠, 하나하나 제 몸에서 사라져 없어짐에 따라, 제 몸에서 처녀 냄새도 차츰 옅어지고 희미하여져 간 것이겠지요. 가난한 중년 여자. 아아, 어쩌나! 하지만 중년 여자의 생활에도 역시 여자의 생활이 있는가 봅니다. 요즈음 그 사실을 깨달았습니다. 영국인 여교사가 본국으로 돌아갈 때 열아홉 살인 저에게 이렇게 말한 것을 기억하고 있습니다.

"당신은 사랑을 하면 안 됩니다. 당신은 사랑을 하면 불행해질 겁니다. 사랑을 하려면 더 큰 다음에 하세요. 서른이 되거든 하세요."

하지만 저는 그런 말을 듣고도 멍하니 있었습니다. 서른이 된 이후의 일 따위는, 그 무렵의 저로서는 상상할 수 없었습니다.

"이 별장을 팔려고 내놓았다는 소문을 들었습니다만."

그분은 짓궂은 듯한 표정으로 갑자기 그렇게 물었습니다.

저는 웃었습니다.

"죄송합니다. 〈벚꽃 동산〉(체호프의 마지막 희곡-옮긴이)이 생각났어요. 댁에서 사 주시는 것이겠지요?"

그분은 과연 민감하게 알아차리신 모양으로, 불쾌한 듯 입을 일그러뜨린 채 잠자코 계셨습니다.

어느 왕족의 주거용으로, 신권 50만 엔에 이 집을 사겠다는 이야기가 있었던 것도 사실입니다만, 이야기는 도중에 흐지부지되었습니다. 그분께서 그 소문을 들으신 모양이었습니다. 하지만 우리들에게 〈벚꽃 동산〉의 로빠힌처럼 여겨지는 건 참을 수 없다고, 몹시 언짢으셨는 듯, 그 뒤에 잠시 잡담을 하고는 돌아가셨습니다.

　제가 지금 당신께 원하는 것은 로빠힌이 아닙니다. 그 점은 분명히 말씀드릴 수 있습니다. 그저 중년 여자의 억지를 받아 주십시오.

　제가 당신과 처음 만난 것은 이미 6년 전의 일입니다만, 당시에 저는 당신이라는 사람에 관하여 아무것도 몰랐습니다. 단지, 동생의 스승님, 그것도 다소 좋지 못한 스승님이라고 생각했을 뿐입니다. 그리고 함께 컵으로 술을 마셨고, 또한 당신은 약간 짓궂은 행동을 하셨지요. 하지만 저는 아무렇지도 않았습니다. 단지 기묘하게도 홀가분한 기분이었습니다. 당신을 좋아하지도 싫어하지도 않고, 무관심하였습니다. 그 후로, 동생의 비위를 맞추느라고 당신의 저서를 동생에게서 빌려 읽어도, 그저 그렇고 그런 느낌이 들었을 뿐 그다지 열성적인 독자는 아니었습니다만, 6년이 지나는 동안 어느 사이엔가 당신 생각이 안개처럼 제 가슴에 스며들고 말았습니다. 그날 밤, 지하실 계단에서 우리에게 있었던 일도 갑자기 생생하고 선명하게 떠올라, 어쩐지 그것이 제 운명을 결정지을 정도로 중대한 사건이었던 듯한 느낌이 들어, 당신이 그리워서, 이것이 사랑일지도 모른다고 생각하니 너무도 허전하고 외로워서 혼자 훌쩍훌쩍 울었습니다. 당신은 정말로 다른 남자들과는 전혀 다릅니다. 저는 〈갈매기〉의 니나처럼 작가를 사랑하는 것이 아닙니다. 저는 소설가를 동경하지는 않습니다. 문학 소녀라고 생각하신다면 제가 난처합니다. 저는 당신의 아이를 갖고 싶습니다.

훨씬 전에, 당신이 아직 독신이었을 때, 그리고 저도 아직 야마키에게 시집 가지 않았을 때, 서로 만나서 결혼을 하였더라면 저는 지금처럼 괴로워하지 않아도 되었을지 모르겠습니다만, 지금은 이미 당신과의 결혼은 불가능하다고 단념하고 있습니다. 당신의 부인을 몰아내는 짓은 비열한 폭력 같은 생각이 들어서 싫습니다. 저는, 첩 — 이 말은 정말로 사용하고 싶지 않지만, 애인이라고 해봤자 속된 말로 첩과 다를 바가 없으니까 노골적으로 말하겠습니다 — 이 되더라도 좋습니다. 하지만 세상에 흔히 있는 첩의 생활이란 어려운 것인가 봅니다. 남들의 말을 들어 보면, 첩이란 보통 쓸모가 없어지면 버림받게 마련이라는군요. 예순이 가까워지면 어떤 사내이건 예외 없이 본처에게로 돌아간다고 합니다. 그러니까 첩만큼은 할 짓이 못된다고, 니시카타초의 할아범과 유모가 이야기 하는 것을 들은 적이 있습니다. 하지만 그것은 일반적인 첩의 이야기일 뿐, 우리들의 경우와는 다르리라고 생각합니다. 당신에게 있어서 가장 소중한 것은 역시 당신의 일이라고 생각합니다. 그리고 당신이 저를 좋아하신다면, 서로 가까워지는 것이 당신이 하시는 일을 위하여도 좋을 것입니다. 그렇다면 사모님도 우리들의 관계를 납득하여 주실겁니다. 묘한 억지를 부리는 듯하지만, 제 생각이 아주 잘못된 것은 아니리라고 생각합니다.

문제는 당신의 대답뿐입니다. 저를 좋아하시는지 싫어하시는지, 아니면 완전히 무관심하신 것인지, 그 대답을 몹시 두렵기는 하지만, 여쭈어 보아야만 하겠습니다. 지난 번의 편지에도 '억지 애인'이라고 썼고, 다시 요번 편지에도 '중년 여자의 억지'라고 썼습니다만, 지금 다시 생각해보니 당신이 답장을 주시지 않으면 저로서도 억지를 부릴 여지가 없으니, 혼자서 멍하니 여위어 갈 뿐이겠지요. 역시 당신에게서 어떤 대답이건 듣지 않으면 안 되겠습니다.

지금 문득 떠오른 생각입니다만, 당신은 사랑의 모험 같은 것을 소설에 자주 쓰셨고, 세상으로부터 지독한 악당이라는 평판을 듣고 있으면서도 사실은 상식가이시지요. 저에게는 상식이라는 말이 이해가 되지 않습니다. 자신이 좋아하는 일을 할 수 있다면 그것이 좋은 생활이라고 생각합니다. 저는 당신의 아이를 낳고 싶습니다. 다른 사람의 아이는 결코 낳고 싶지 않습니다. 그렇기에 저는 당신에게 상담을 드리는 것입니다.

제 마음을 이해하신다면 답장을 주세요. 당신의 기분을 분명하게 알려 주세요.

비가 개고 바람이 불기 시작했습니다. 지금은 오후 3시입니다. 이제 곧 고급 청주 — 한 되 — 를 배급받으러 갈 작정입니다. 럼주병 두 개를 자루에 넣고 가슴 호주머니에 이 편지를 넣고는, 약 10분 후면 아랫마을로 갈 것입니다. 이 술은 동생에게 주지 않겠습니다. 제가 마시겠습니다. 매일 밤 컵으로 한 잔씩 마실 생각입니다. 술이란, 사실은 컵으로 마셔야 제맛이 나는 모양입니다.

이곳에 오시지 않겠습니까?

M·C님께.

오늘도 비가 내립니다. 눈에 보이지 않을 정도의 보슬비가 내립니다. 매일매일, 외출도 하지 않고 답장을 기다리는데도, 결국 오늘까지 답장이 없습니다. 도대체 당신은 무슨 생각을 하고 계시는 건가요? 지난번 편지에 다른 분과의 일을 쓴 것이 잘못이었나요? '이 따위 혼담 이야기를 써서 경쟁심을 부추길 작정인가' 하는 생각이 들기라도 하셨나요? 하지만 그 혼담은 이미 끝난 일입니다. 아까도 어머님과 그 이야기를 하며 웃었습니다. 어머님은 얼마 전에 혀끝이 아프시다더니 나오지의 권유로 '미학 요법'을 써 보시고는, 그 요법 덕분에 혀의 통증이 가셔서 요즈음은 어느 정도 건강이 좋으십니다.

아까 제가 툇마루에 서서, 소용돌이치며 바람에 날리는 가랑비를 바라보면서, 당신의 심정에 관하여 생각하고 있노라니까,

"우유를 데워 놓았으니 이리 오너라."

하고 어머님이 식당 쪽에서 부르셨습니다.

"추우니까 아주 뜨겁게 해 봤지."

우리들은 식당에서 김이 나는 뜨거운 우유를 마시며, 지난번 혼담에 관하여 이야기하였습니다.

"그분과 저는 애당초 전혀 어울리지 않지요?"

어머님은 태연스럽게,

"어울리지 않아."

하고 대답하셨습니다.

"저는 이렇게 철이 없고, 그러면서도 예술가가 싫지도 않고, 더구나 그분은 수입이 많으신 모양이니까, 그런 분과 결혼한다면 좋은 거라고는 생각해요. 하지만 싫은걸요."

어머님은 웃으시며,

"너는 못된 애로구나. 그렇게 싫다면서, 요전에 그분과 한

참 동안 무언가 즐거운 듯이 이야기를 했잖아. 네 마음을 모르겠구나."

"어머, 하지만, 재미있던 걸? 좀 더 많은 이야기를 하고 싶더라구요. 저는 버릇이 없나 봐요."

"그게 아니라, 남에게 달라붙기 좋아하는 거야. 아주 찰싹."

오늘은 어머님이 아주 쾌활하셨습니다.

또한, 어제 처음으로 위로 올린 제 머리를 보시고는,

"위로 올리는 건 머리숱이 적은 사람에게나 어울려. 네가 올린 모습은 너무 요란해서 작은 금관이라도 씌워 주고 싶구나. 실패야."

"아이, 참! 하지만 어머님이 언젠가, 가즈코는 목덜미가 희고 늘씬하니까 될 수 있으면 목덜미를 감추지 말라고 말씀하셨잖아요."

"그 말은 잘도 기억하고 있네."

"조금이라도 칭찬받았던 일은 평생 잊지 않지요. 기억하고 있으면 즐겁거든요."

"요전의 그분에게서도 무언가 칭찬을 들었지?"

"네. 그래서 찰싹 달라붙었던 거예요. 저와 함께 있으면 영감이 떠오른다나요. 아아, 하지만 저는 예술가는 싫지 않지만, 인격자인 양 거드름 피우는 그런 사람은 정말 질색이에요."

"나오지의 스승님은 어떤 분이었니?"

저는 뜨끔하였습니다.

"잘 모르겠지만, 어차피 나오지의 스승님이라면 딱지 붙은 불량배겠지요."

"딱지 붙은?"

하고 어머님은 즐거운 듯한 표정으로 말씀하시고는,

"재미있는 표현이네. 딱지가 붙어 있다면 오히려 안전해서 좋잖아. 방울을 목에 건 고양이 같아서 귀여울 정도야. 딱지도 붙이지 않은 불량배가 무서운 거야."

"그럴까요?"

저는 너무나 기뻐서, 몸이 연기로 변하여 쑤욱 하늘로 빨려 올라가는 기분이었습니다. 제 기분을 아시겠습니까? 어째서 제가 기뻤는지. 잘 모르시겠다면…… 혼내 줄 거예요.

정말로 이곳에 한번 놀러 오시지 않겠습니까? 제가 나오지에게 당신을 모시고 오도록 시키는 것도 어쩐지 부자연스럽고 이상하니까, 당신이 자진하여 술 한잔 마신 김에 홀쩍 여기에 들렀다는 식으로, 나오지의 안내를 받아서 오셔도 좋습니다. 하지만 가능하다면 혼자서, 그리고 나오지가 도쿄에 간 틈을 타서 와 주세요. 나오지가 있으면 당신을 나오지에게 빼앗길 테고, 보나마나 당신들은 오사키 아주머님 댁에 소주나 마시러 가서 그대로 눌러앉을 것이 뻔하니까요. 저희 집안은 선조 대대로 예술가를 좋아하였던 모양입니다. 고린이라는 화가도, 옛날에 교토의 저희 집에 장기간 머무르며 장지문에 멋진 그림을 그려 주었습니다. 그러니까 어머님도 당신이 오시는 것을 반가워하시리라고 생각합니다. 당신은 아마도 2층 방에서 주무시게 되겠지요. 잊지 말고 전등을 꺼주세요. 저는 작은 촛불을 한 손에 들고 어두운 계단을 올라가…… 그러면 안 될까요? 너무 성급한가요?

저는 불량배가 좋아요. 그것도 딱지 붙은 불량배가 좋아요. 또한 저도 딱지 붙은 불량배가 되고 싶어요. 그러는 수밖에, 제가 살아갈 방도가 없다는 생각이 들어요. 당신은 일본에서 제일가는 딱지 붙은 불량배지요? 더구나 요즈음 다시 수많은 사람들이 당신을 더럽고 추하다는 식으로 미워하며 공격한다는 말을 동생에게서 듣고는 더욱더 당신이 좋아졌습니다. 당신이라면 애인도 많이 있겠지만, 머지않아 차츰 저 하나만을 좋아하게 될 겁니다. 어쩐지 저는 자꾸만 그런 생각이 들어요. 또한 당신은 저와 함께 살며 매일 즐겁게 일을 할 수 있게 되겠지요. 어렸을 때부터 저는 남들로부터 자주 "너와 함께 있으면 걱정을 잊는다."는 말을 들어왔습니다. 저는 이제까지 남들의 미움을 산 경험이 없습니다. 모두들 저를 좋은 아이라고 칭찬해 주셨습니다. 그러니까 당신도 결코 저를 싫어하실 리는 없으리라고 생각합니다.

일단 만나주세요. 이제는 답장도 필요없습니다. 만나고 싶습니다. 제 쪽에서 도쿄의 당신 댁에 들르면 가장 간단히 만나 뵐 수 있겠지만, 무엇보다도 어머님이 환자나 다름없으니, 제가 전속 간호사 겸 가정부이기 때문에, 아무래도 그럴 수가 없습니다. 부탁드립니다. 부디 이곳에 와 주세요. 한번 뵙고 싶습니다. 그리고 모든 것은 만나면 알 수 있을 겁니다. 제 입가의 양쪽에 생긴 잔주름을 봐 주세요. 어마어마한 슬픔의 주름을 봐 주세요. 저의 어떤 말보다도 제 얼굴이 제 심정을 가장 잘 당신에게 알려 드릴 겁니다.

처음 드렸던 편지에, 제 가슴에 솟은 무지개에 관하여 썼습니다만, 그 무지개는 반딧불 같은, 혹은 별빛 같은, 그러한 고상하고 아름다운 것이 아닙니다. 그렇게 아련히 먼 연정이었더라면, 저는 이토록 괴로워할 필요도 없이 차츰 당신을 잊어버릴 수가 있었겠지요. 제 가슴의 무지개는 화염의 다리입니다. 가슴이 타 버릴 정도의 연정입니다. 마약 중독자가 마약이 떨어져서 약을 찾을 때의 심정도 이만큼 괴롭지는 않을 겁니다. 그릇된 짓이 아니라고, 사악한 짓이 아니라고 생각하면서도 문득 저는 몹시 바보같은 짓을 하려는 것이 아닌가 하는 생각이 들어, 소름이 끼치는 때도 있습니다. 미쳐 버린 것이 아닐까 하고 반성하는, 그런 심정이 될 때도 자주 있습니다. 하지만 때로는 냉정히 계획하는 일도 있습니다. 정말로 이곳에 한번 들러 주세요. 언제 오셔도 좋습니다. 저는 아무 데도 가지 않고 항상 기다리고 있겠습니다. 저를 믿어 주세요.

다시 한 번 만나서, 그때 싫으시다면 확실히 말씀해 주세요. 제 가슴의 이 불길은 당신이 일으키신 것이니까 당신이 끄고 가 주세요. 저 혼자의 힘으로는 도저히 끌 수가 없습니다. 하여간에 만나면, 만나면, 제가 구원을 받습니다. 《만엽집》(萬葉集. 고대 일본의 시집-옮긴이)이나 《겐지이야기》(源氏物語. 헤이안 중기의 장편 소설-옮긴이)의 무렵이라면, 제가 드리는 부탁 따위는 아무것도 아니었을 것입니다. 제 소망은 당신의 애첩이 되고, 당신 아이의 엄마가 되는 것입니다.

만약에 이러한 편지를 비웃는 사람이 있다면, 그 사람은 여자의 살아가려는 노력을 비웃는 사람입니다. 여자의 삶을 비웃는 사람입니다. 저는 항구의 숨막힐 듯이 침체된 공기를 견딜 수 없어서, 항구 바깥은 폭풍이라 하더라도 돛을 올리려는 것입니다. 쉬고 있는 돛은 예외 없이 더럽습니다. 저를 비웃는 사람들은 틀림없이 모두가 쉬고 있는 돛일 겁니다. 아무것도 하지 못하는 자들입니다.

어쩔 수 없는 여자. 그러나 이 문제로 가장 고심하고 있는 것은 저입니다. 이 문제에 관하여, 아무런 고심도 하지 않는 방관자가 돛을 보기 흉하게 축 늘어뜨려 놓고 이 문제를 비판하는 것은 난센스입니다. 저는 무슨무슨 사상이라는 말도 안 되는 소리를 듣고 싶지 않습니다. 저는 무사상입니다. 저는 사상이나 철학 따위에 의하여 행동한 적이 한 번도 없습니다.

세상에서 좋은 평판과 존경을 받는 사람들은 모두가 거짓말쟁이이고 가짜라는 사실을 저는 알고 있습니다. 저는 세상을 신용하지 않습니다. 딱지가 붙은 불량배만이 제 편입니다. 딱지 붙은 불량배. 저는 그러한 십자가에라면 못 박혀 죽어도 좋다고 생각합니다. 만인이 비난하더라도 저는 상대할 자신이 있습니다. '너희들은 딱지가 붙지 않은 훨씬 위험한 불량배가 아니냐'고.

아시겠습니까?

사랑에 이유는 없습니다. 다소 억지 같은 소리를 했나 봅니다. 동생 흉내에 불과하였다는 느낌도 듭니다. 오시기를 기다릴 뿐입니다. 다시 한 번 뵙고 싶습니다. 그것뿐입니다.

기다림. 아아, 인간의 생활에는 희로애락의 갖가지 감정이 있지만, 그것은 인간 생활의 불과 1퍼센트를 차지하는 감정일 뿐, 나머지 99퍼센트는 단지 기다리며 사는 것이 아닐까요?

행복의 발소리가 복도에서 들려오기를 이제나저제나 하고 가슴 조이며 기다려도, 헛일. 아아, 인간의 생활이란 너무도 비참합니다. 태어나지 않았더라면 좋았으리라고 모두들 생각하는 이 현실. 그러면서도 매일, 아침부터 밤까지 헛되이 무엇인가를 기다립니다. 너무도 비참합니다. 태어나길 잘했다고, 아아, 목숨을, 인간을, 세상을 축하해 보고 싶습니다.

　가로막는 도덕을 뿌리칠 수는 없을까요?

　M·C — 마이 체호프의 이니셜이 아닙니다. 저는 작가를 사랑하는 것이 아닙니다. 마이 차일드.

＊

5

　나는 금년 여름, 어느 남자에게 세 통의 편지를 보냈으나 답장은 없었다. 아무리 생각해도 나에게는 그 외에 살아갈 방도가 없었기에, 세 통의 편지에 내 흉금을 털어 붓고는, 벼랑 끝에서 성난 파도를 향하여 뛰어드는 기분으로 우체통에 넣었으나, 아무리 기다려도 답장은 없었다. 동생 나오지에게 넌지시 그 사람의 동정을 물어봐도, 그 사람은 아무런 변함도 없이, 매일 밤 돌아다니며 술을 마시고, 부도덕한 작품만 쓰던 끝에, 세상 사람들의 빈축을 사서 미움을 받고 있다는 것이었다. 또한 그 사람이 나오지에게 출판업을 해 보자고 권하여, 나오지는 본격적으로 그 사람 이외에도 소설가 두세 분에게 고문을 부탁하였지만, 자본을 대 줄 사람이 있는 건지 없는 건지, 나오지의 이야기를 듣고 있으면, 내가 사랑하는 사람의 주변에 내 냄새는 티끌만큼도 배어 있지 않은 듯 하였다. 나는 부끄럽다는 생각보다도, 이 세상이라는 것이 내가 생각하는 세상과는 전혀 다른, 별개의 기묘한 생물처럼 생각되어, 나 혼자만 내버려져, 아무리 불러도 전혀 반응이 없는 황혼의 가을 벌판에서 있는 듯한, 이제까지 느껴본 적이 없는 처참한 기분에 사로잡혔다. 이것이 실연이라는 것일까? 벌판에 이렇게 무작정 서 있는 동안에 해가 져 버려, 밤이슬에 얼어 죽는 수밖에 없는 것일까 하고 생각하니, 눈물도 나지 않는 통곡인지, 양 어깨와 가슴이 격동하며 숨도 쉴 수 없는 지경이 되었다.

'이렇게 된 바에는, 부득불 내가 상경하여 우에하라 씨와 만나야지. 내 돛은 이미 올려져 항구 밖으로 나오고 말았으니, 멈추어 있을 수는 없다. 가는 데까지 가 보아야 한다.'고 생각하고는 상경할 결심을 다지려는 때에 어머님의 건강이 심상치 않게 되었다.

하룻밤은 심한 기침을 하시기에 열을 재 보니 39도였다.

"오늘 날씨가 쌀쌀하기 때문일 거야. 하루만 지나면 좋아지겠지.

하고 어머님은 콜록거리며 작은 소리로 말씀하셨으나, 나에게는 아무래도 단순한 기침처럼은 생각되지 않았기에, 내일은 우선 아랫마을 의사 선생님께 왕진을 부탁드리기로 작정하였다.

이튿날 아침, 열은 37도로 내리고 기침도 그다지 나지 않게 되었으나, 그래도 나는 마을 병원으로 가서, 어머님이 최근에 갑자기 쇠약해지셨다는 것과, 어제저녁부터 열이 나고, 기침도 단순한 감기로 인한 기침과는 다른 듯하다는 등의 병세를 알리고는 왕진을 부탁드렸다.

의사 선생님은, "그렇다면 잠시 후 들르지요, 이것은 선물로 받은 것입니다만." 하시며 응접실 구석의 찬장에서 배를 세 개 꺼내어 나에게 주셨다. 그리고 점심때가 조금 지나, 흰옷에 여름 하오리를 걸쳐 입은 차림으로 왕진을 오셨다. 여느 때처럼 정성스럽게 오랫동안 청진과 타진을 하신 다음, 나를 향하여 똑바로 몸을 돌려서,

"걱정하실 필요는 없습니다. 약을 드시면 회복하실 겁니다."

하고 말씀하셨다.

나는 이상하게도 웃음이 나왔으나, 웃음을 참으며,

"주사를 놓으면 어떨까요?"

하고 물었더니, 진지한 표정으로,

"그럴 필요는 없겠지요. 감기니까 안정만 하면 곧 나으실 겁니다."

하고 대답하셨다.

하지만 어머님의 열은 그 후로 일주일이 지나도 내리지 않았다. 기침은 가라앉았지만 열은 아침은 37도 7부 정도이고, 저녁이 되면 39도가 되었다. 의사 선생님은 그다음 날부터 배탈이 나서 움직이지 못하신다기에, 내가 약을 받으러 가서 어머님의 병세가 심상치 않다고 간호사에게 전하여 선생님께 알려드려도, "보통 감기이니 걱정하실 필요는 없습니다." 하고 대답하며 물약과 가루약을 주셨다.

나오지는 여전히 도쿄에 가서 이미 열흘이 지나도 돌아오지 않았다. 나는 혼자서 너무도 불안하였기에, 어머님의 상태가 이상하다는 사실을 엽서에 적어서, 와다 숙부님께 알려 드렸다.

발열 이후 그럭저럭 열흘째 되는 날, 의사 선생님이 "겨우 배탈이 나았습니다." 하며 진찰을 오셨다.

선생님은 어머님 가슴을 주의 깊은 표정으로 타진하시다가,

"알겠습니다. 알겠어요."

하고 외치시더니, 이어서 다시 나에게 정면으로 몸을 돌리시고는,

"열의 원인을 알았습니다. 왼쪽 폐의 침윤입니다. 하지만 걱정하실 필요는 없습니다. 열은 당분간 계속되겠지만, 요양만 잘하신다면 걱정하시지 않아도 됩니다." 하고 말씀하셨다.

'과연 그럴까' 하고 생각하면서도, 물에 빠진 사람은 지푸라기라도 잡는다는 식으로, 의사 선생님의 그 말씀에 나는 약간 안심할 수 있었다.

의사 선생님이 돌아가시자,

"다행이에요, 어머님 약간의 침윤은 누구에게나 있게 마련이니까요. 마음만 단단히 잡수시면 쉽게 나으실 거예요. 금년 여름에 날씨가 불순하였던 탓이겠지요. 여름이 싫어요. 저는 여름꽃도 싫어요."

어머님은 눈을 감은 채 웃으시고는,

"여름꽃을 좋아하는 사람은 여름에 죽는다기에, 나도 금년 여름에 죽는 줄로만 알았더니, 나오지가 돌아온 덕분에 가을까지 살게 되었구나."

그런 나오지일지라도, 역시 어머님이 사시기 위해서는 소중한 보람이 되는가 생각하니 괴로웠다.

"하지만 이제 여름도 지나갔으니까 어머님은 고비를 넘기

신 게 되는군요. 어머님, 정원에 싸리꽃이 피었어요. 그리고 마타리, 오이풀, 도라지꽃, 개솔새, 억새풀. 정원이 완전히 가을 풍경이에요. 10월이 되면, 반드시 열이 내릴 거예요."

나는 그렇게 되기를 기도하였다. 빨리 이 9월의 무더운, 이른바 잔서의 계절이 지나가면 좋겠다. 그리고 국화꽃이 피고 화창한 가을 날씨가 계속되면 반드시 어머님의 열도 내려서 건강해지시고, 나도 그 사람과 만날 수 있게 되어 내 계획도 커다란 국화꽃처럼 멋진 꽃을 피우게 될지 모른다. 아아, 빨리 10월이 되어 어머님의 열이 내리면 좋겠다.

와다 숙부님께 엽서를 보내고 나서 일주일 정도 지나자, 와다 숙부님의 조처로, 예전에 시의(侍醫)를 하셨던 미야케라는 연로하신 선생님이 간호사를 데리고 도쿄에서 왕진을 오셨다.

미야케 선생님은 돌아가신 아버님과도 친분이 있으셨던 분이라, 어머님은 무척 반가우신 모양이었다. 게다가 선생님은 옛날부터 좀 예의가 없고 말씀도 함부로 하시는 분이었으나, 그런 점이 오히려 어머님의 마음에 드시는 듯 그날은 진찰도 뒷전으로 미루고 두 분이서 이런저런 이야기를 나누며 즐기셨다. 내가 부엌에서 푸딩을 만들어 침실로 갖고 갔더니, 이미 그 사이에 진찰을 끝내신 듯, 선생님은 청진기를 마치 목걸이처럼 어깨 쪽에 걸치고는 툇마루의 등나무 의자에 앉아서,

"나도 포장마차에 들어가서, 선 채로 우동을 먹지. 맛은 그저 그렇지만" 하고 태연하게 잡담을 계속하셨다. 어머님도 아무렇지도 않다는 표정으로 천장을 보며 그 이야기를 듣고 계셨다. 대수로운 병은 아니었나 보구나, 하고 나는 안도의 한숨을 쉬었다.

"어떻던가요? 이 마을 선생님은, 왼쪽 가슴에 침윤이 있다고 말씀하시던데."

하고, 나도 갑자기 기운이 나서, 미야케 선생님께 여쭈어 보았더니,

선생님은 간단하게,

"뭐, 대수로울 거 없어."

하고 가볍게 말씀하셨다.

"어머, 다행이로군요, 어머님."

나는 진심으로 미소를 지으며 어머님께,

"괜찮대요."

하고 말씀드렸다.

그때, 미야케 선생님이 불쑥 일어나더니 응접실 쪽으로 가셨다.

무언가 나에게 용건이 있는 듯한 눈치였기에, 나는 잠자코 그 뒤를 따랐다.

선생님은 응접실의 족자 밑으로 가서 멈추어 서시더니,

"바삭바삭하는 소리가 들리더군."

하고 말씀하셨다.

"침윤이 아니던가요?"

"아니야."

"기관지염인가요?"

나는 눈물을 글썽이며 여쭈었다.

"아니야."

결핵! 나는 그것이라고 생각하고 싶지 않았다. 폐렴이나 침윤 혹은 기관지염이라면, 반드시 내 힘으로 낫게 해 드릴 수 있다. 하지만 결핵이라면, 아아, 이젠 틀렸는지도 모른다. 나는 발밑이 무너져 내리는 듯한 느낌이 들었다.

"소리가 아주 나쁘던가요? 바삭바삭 들리나요?"

불안한 느낌에 나는 흐느껴 울었다.

"오른쪽, 왼쪽 모두."

"하지만 어머님은 아직 원기 왕성하셔요. 식사도 맛있다고 하시며……."

"어쩔 수 없지."

"거짓말이지요, 네? 그렇지 않지요? 버터나 계란이나 우유를 많이 드시면 낫겠지요? 몸에 저항력만 붙으면 열도 내리겠지요?"

"응, 무엇이건 많이 먹으면 좋지."

"네, 그렇지요. 토마토도 매일 다섯 개 정도 드시는걸요."

"응, 토마토는 좋지."

"그럼, 됐지요? 낫겠지요?"

"하지만 요번 병은 목숨이 위태로울지 몰라. 그렇게 각오하고 있는 편이 좋을 거야."

인간의 힘으로는 어쩔 수 없는 일이 이 세상에는 많다는, 절망의 벽이 존재한다는 사실을, 난생처음으로 안 것 같은 느낌이 들었다.

"2년? 3년?"

나는 떨리는 목소리로 자그맣게 물었다.

"몰라. 하여간에 손쓸 방도가 없어."

그러고 나서 미야케 선생님은 그날 이즈의 나가오카 온천에 방을 예약해 두셨다며, 간호사와 함께 돌아가셨다. 문밖까지 전송하고는 정신없이 침실로 돌아와 어머님 머리맡에 앉아서 아무 일도 없었다는 듯이 미소를 띠자, 어머님은,

"선생님께서 뭐라고 하시던?"

하고 물으셨다.

"열만 내리면 된대요."

"가슴은?"

"별것 아닌 모양이에요. 지난번 아프셨을 때와 마찬가지일 거예요, 틀림없이. 곧 날씨가 선선해지면, 금세 건강해지실 거예요."

나는 자신의 거짓말을 믿으려 하였다. 목숨이 위태로울 거라는 무서운 말을 잊으려 하였다. 나로서는, 어머님이 돌아가신다는 것은 바로 내 육체도 함께 소실되어 버릴 것 같은 느낌이 들어, 도저히 사실로서 받아들일 수가 없었다. 이제부터는 모든 것을 잊고 어머님께 맛있는 음식을 잔뜩 만들어 드려야지. 생선, 수프, 통조림, 간, 과즙, 토마토, 달걀, 우유, 맑은장국. 두부가 있으면 좋을 텐데. 두부를 넣은 된장국, 흰쌀밥, 찹쌀떡. 맛있는 건 무엇이든, 내 소지품을 전부 팔아서라도 어머님께 만들어 드려야지.

나는 일어서서 응접실로 갔다. 그러고는 그 방의 안락의자를 침실 툇마루 가까이로 옮겨서 어머님의 얼굴이 보이도록 앉았다. 누워 계시는 어머님의 얼굴은 전혀 환자처럼 보이지 않았다. 눈은 아름다울 정도로 맑았고 얼굴에는 생기가 돌았다. 매일 아침 규칙적으로 기상하여 세수를 하신 다음 욕실 옆의 작은 방에서 손수 머리를 빗고 몸단장을 단정히 하시고는 침상으로 돌아와 이불 위에 앉은 채로 식사를 하셨다. 그러고는 다시 눕기도 하고 일어나 계시기도 하며, 오전 중에는 항상 신문이나 책을 읽으셨고, 열이 나는 것은 오후뿐이었다.

'아아, 어머님은 건강하신 거야. 틀림없이 건강하신 거야.'

하며 나는 마음속으로 미야케 선생님의 진단을 힘껏 부정하였다.

10월이 되어 국화꽃이 필 무렵이 되면, 하고 생각하던 중 나는 꾸벅꾸벅 졸기 시작하였다. 현실에서는 한번도 본 적이 없는 풍경인데도, 꿈에서는 이따금 그 풍경을 보고는, 아아, 또다시 여기에 왔구나, 하는 느낌이 드는 낯익은 숲 속의 호숫가에 내가 있었다. 나는 기모노를 입은 청년과 함께 조용히 거닐고 있었다. 풍경 전체가, 초록빛 안개가 끼어 있는 듯한 느낌이었다. 또한 호수 바닥에는 하얗고 가느다란 다리가 잠겨 있었다.

"아아, 다리가 잠겨 있군. 오늘은 아무 데도 갈 수가 없겠는데. 이 호텔에서 쉴까? 틀림없이 빈방이 있을 거야."

호숫가에 돌로 지은 호텔이 있었다. 그 호텔의 돌은, 초록빛 안개로 촉촉이 젖어 있었다. 돌문 위에 금빛으로 가늘게, HOTEL SWITZERLAND라고 새겨져 있었다. S W I 하고 읽던 중, 갑자기 어머님 생각이 났다. '어머님은 어떻게 하실 건가? 어머님도 이 호텔에 오실 건가?' 하는 의문이 들었다. 청년과 함께 돌문을 지나, 앞뜰로 들어갔다. 안개 낀 정원에 수국과 비슷한 빨갛고 커다란 꽃이 불타는 듯이 피어 있었다. 어렸을 때, 이불 무늬에 새빨간 수국이 새겨져 있는 것을 보고는 어쩐지 슬픈 느낌이 들었었는데, 역시 빨간 수국이 정말로 있구나, 하고 생각했다.

"춥지 않아?"

"네, 약간. 안개에 귀가 젖어서 귀 뒤가 시려요."

하고 대답하며 웃고는,

"어머님은 어떻게 하실 건지 모르겠네요."

하고 물었다.

그러자 청년은 무척 슬프고 자애심 깊은 미소를 띠며,

"그분은 무덤 속에 계셔."

하고 대답하였다.

"아!"

나는 자그맣게 외쳤다. 그렇다. 어머님은 이미 안 계신다. 어머님의 장례식도 이미 치르지 않았던가. 아아, 어머님은 이미 돌아가셨다는 사실을 깨닫고, 말할 수 없는 외로움에 몸을 떨다가 잠이 깨었다.

베란다에는 이미 어둠이 깔려 있었다. 비가 내렸다. 초록빛 외로움은 꿈 속에서처럼 주위에 가득하였다.

"어머님!"

하고 나는 불렀다.

조용한 목소리로,

"무얼하고 있니?"

하는 대답이 있었다.

나는 너무도 기뻐서 벌떡 일어나 침실로 가서,

"방금, 저는 잠이 들었었어요."

"그래? 무얼 하고 있나 했더니. 낮잠을 오래도 잤구나."

하며 재미있다는 듯이 웃으셨다.

나는, 어머님이 이런 우아한 모습으로 호흡하며 살아 계신다는 사실이 너무도 기쁘고 고마워서, 눈물을 글썽거렸다.

"저녁은 무엇으로 할까요? 잡수시고 싶은 거 있으세요?"

나는 약간 들뜬 어조로 그렇게 여쭈었다.

"괜찮아. 아무것도 먹고 싶지 않아. 오늘은 39도 5부까지 올라갔어."

갑자기 나는 풀이 죽고 말았다. 그러고는 어찌할 바를 몰라 어두운 방안을 멍하니 둘러보다가, 문득 죽고 싶다는 생각이 들었다.

"어쩐 일이지요? 39도 5부라니."

"아무것도 아니야. 단지 열이 나기 전이 싫지. 머리가 좀 아프고, 오한이 들다가 열이 나거든."

바깥은 이미 어두워지고 비는 그친 듯 하였으나 바람이 일기 시작하였다. 전등을 켜고 식당으로 가려는데, 어머님께서,

"눈이 부시니까 켜지 마."

하고 말씀하셨다.

"어두운 곳에서 잠자코 누워 있는 건 싫으시잖아요?"

하고 선 채로 여쭈어 보니,

"눈을 감고 누워 있으면 마찬가지야. 전혀 외롭지 않아. 오히려 눈부신 게 싫어. 이제부터는 계속, 침실등은 켜지 마."

하고 말씀하셨다.

나는 그 말씀도 어쩐지 불길하게 느껴졌지만, 잠자코 침실의 불을 끄고 옆방으로 가서 스탠드를 켰다. 쓸쓸함을 견디지 못하여 서둘러 식당으로 가서 식은 밥 위에 연어 통조림을 얹어 먹으려니 주르륵 눈물이 흘렀다.

밤이 되자 바람은 더욱 거세어지더니 9시쯤부터는 비까지 내려 본격적인 폭풍우가 되었다. 이삼 일전에 걷어 올린 툇마루의 발이 콩콩 소리를 내는 가운데, 나는 침실 옆방에서 로자 룩셈부르크(폴란드 태생의 독일 여류 혁명가이며 경제학자-옮긴이)의 《경제학 입문》을 기묘한 흥분을 느끼며 읽었다. 이것은 내가 요전에 2층의 나오지 방에서 가져온 것으로, 그때 이것

과 함께 레닌 전집, 그리고 카우츠키의 《사회 혁명》 등도 무단으로 빌려와, 옆방의 내 책상 위에 두었다. 언젠가 어머님께서 아침에 세수를 하고 돌아가는 길에 내 책상 곁을 지나치시다가 문득 그 세 권의 책을 발견하고는 하나하나 손에 들어 보시더니, 다시 자그마한 숨을 쉬며 살짝 책상 위에 놓으시고는 쓸쓸한 표정으로 내 쪽을 힐끗 보셨다. 하지만 그 눈빛은 깊은 슬픔으로 가득하면서도 결코 거부나 혐오를 나타내지는 않았다. 어머님이 읽으시는 책은 위고, 뒤마 부자(父子), 뮈세, 도데 등이었지만, 나는 그토록 감미로운 소설 책에서도 혁명의 냄새가 풍긴다는 사실을 알고 있었다. 어머님처럼 천부적인 교양, 이런 표현은 이상하지만, 그러한 것을 지니신 분은 의외로 아무렇지도 않게 혁명을 당연지사로 받아들일 수 있을지도 모른다. 나 역시 이렇게 로자 룩셈부르크의 책을 읽으며, 스스로가 주제넘은 짓이라는 생각이 들지 않는 것도 아니지만, 반면에 역시 나는 내 나름대로 깊은 흥미를 느끼게 된다. 이 책의 내용은 일단 경제학이지만, 경제학이라는 견지에서 읽으면 전혀 재미가 없다. 그야말로 단순하고 뻔한 이야기뿐이다. 아니, 어쩌면 나는 경제학을 전혀 이해하지 못하는 것인지도 모른다. 하여간 나에게는 전혀 재미가 없다. 인간이란 치사한 존재이며, 또한 영원히 치사하다는 전제가 없으면 전혀 성립되지 않는 학문으로, 치사하지 않은 사람에게는 분배의 문제이건 무엇이건 전혀 흥미를 느끼게 하지 못한다. 그래도 나는 이 책을 읽고 별개의 측면에서 기묘한 흥분을 느꼈다. 그것은 이 책의 저자가 아무런 주저도 없이 닥치는 대로 종래의 사상을 파괴하여 가는 저돌적인 용기였다. 아무리 도덕에 위배되더라도 사랑하는 사람 곁으로 시원스럽게 달려가는 유부녀의 모습마저 느껴졌다. 파괴사상. 파괴는 애절하고 슬프며 또한 아름다운 것이다. 파괴하고, 다시 세워서, 완성시키려는 꿈. 물론 일단 파괴하면, 영원히 완성되는 날이 오지 않을지도 모르지만, 그렇다 하더라도, 사모하는 정 때문에, 파괴하지 않을 수 없다. 혁명을 일으켜야만 한다. 로자는 마르크스주의에 대하여, 슬프고 맹목적인 사랑을 하고 있다.

12년 전의 겨울에 있었던 일이다.

"너는 《사라시나 일기》(11세기 일본의 여류 일기-옮긴이)의 소녀로구나. 이제 무슨 말을 해도 소용없겠지."

그렇게 말하며 내 곁을 떠난 친구. 그 친구에게, 그때 나는 레닌의 저서를 읽지도 않고 돌려주었다.

"읽었니?"

"미안. 읽지 않았어."

니콜라이당(堂)이 보이는 다리 위에서였다.

"왜? 어째서?"

그 친구는 나보다 키가 3센티 정도 크고, 영어도 잘하며, 빨간 베레모가 잘 어울리는, 얼굴도 조 콘더와 닮았다는 평판의 미인이었다.

"표지의 색깔이 싫어."

"이상한 친구로군. 그런게 아니지. 사실은 내가 무서워진 거지?"

"무섭지 않아. 난 표지 색깔이 싫었던 거야."

"그래."

하며 쓸쓸한 듯이 말하고는, 나에게 《사라시나 일기》라며, 그 이상 무슨 말을 하든지 소용없다고 입을 다물어 버렸다.

우리들은 잠시동안 겨울 강을 내려다 보았다.

"잘있어. 만약 이것이 영원한 이별이라면, 영원히 잘 있어, 바이런."

하며 바이런의 시를 원어로 빨리 읊고는 내 몸을 가볍게 안았다.

나는 부끄러워서,

"미안해."

하고 작은 소리로 사과하고는, 오차노미즈 역 쪽으로 걸어 가다가 뒤돌아보니 그 친구는 여전히 다리 위에 서서 움직이지도 않고 가만히 나를 바라보고 있었다.

그 이후로 그 친구와는 한 번도 만나지 못했다. 같은 외국인 교사의 집에 배우러 다녔으나 학교가 달랐던 것이다.

그리고 12년이 지났지만 나는 역시 《사라시나 일기》에서 한 걸음도 진보가 없었다. 도대체 그동안 나는 무엇을 하며 지냈을까? 혁명을 동경한 적도 없고 사랑도 몰랐다. 이제까지 세상의 어른들은, 혁명과 사랑 이 두 가지를 가장 어리석고 혐오스러운 것이라고 우리들에게 가르쳤고, 전쟁 전에도 전쟁 중에도 우리들은 그 말을 믿고 있었으나, 전쟁에서 패한 후 세상의 어른들을 신뢰할 수 없게 되자, 무엇이건 그 어른들이 말하는 것과 반대되는 쪽에 진정한 삶이 있는 듯한 느낌이 들어, 혁명도 사랑도 사실은 이 세상에서 가장 좋고 매력적인 것, 너무나 좋은 것이기에 어른들은 심술궂게도 우리들에게 덜 익은 포도라고 거짓말을 하였음에 틀림없다고 생각하게 되었다. 나는 확신한다. 인간은 사랑과 혁명을 위하여 살아왔다고.

방문이 살짝 열리더니 어머님께서 웃으시며 얼굴을 내밀고는,

"아직 안 자니? 졸리지 않아?"

하고 물으셨다.

책상 위의 시계를 보니 자정이었다.

"네, 전혀 졸리지 않아요. 사회주의에 관한 책을 읽었더니 흥분이 돼서요."

"그래? 술이 없니? 그럴 땐 술을 마시고 자면 잠이 잘 오는데."

하며 놀리는 듯한 어조로 말씀하셨다. 그 태도에서는 데카당과 종이 한 장 차이의 요염함이 느껴졌다.

이윽고 10월이 되었으나, 쾌청한 가을 날씨가 아니라 장마철과 같은 습하고 무더운 날이 계속되었다. 따라서, 어머님의 열은 저녁때만 되면 여전히 38~39도 사이를 오르내렸다.

그러던 어느 날 아침, 나는 끔찍한 광경을 목격하였다. 어머님의 손이 부어 있었던 것이다. 아침 식사가 가장 맛있다고 말씀하시던 어머님도 최근에는 침상에 앉으신 채로 겨우 죽한 그릇에, 반찬도 냄새가 심한 것은 못 드시기에, 그날은 송이버섯으로 끓인 맑은국을 드렸는데도 역시 송이버섯 향기도 싫으신 모양으로, 한술 드시려다가 다시 밀어 놓으셨다. 그때나는 어머님의 손을 보고 깜짝 놀랐다. 오른손이 둥그렇게 부어 올라 있었던 것이다.

"어머님! 손은 괜찮으세요?"

얼굴도 약간 창백하고 부어 있는 듯이 보였다.

"괜찮아. 이 정도는 아무것도 아니야."

"언제부터 부기가 있으세요?"

어머님은 눈부신 듯한 표정을 지으며 잠자코 계셨다. 나는 소리 내어 울고 싶어졌다. 이런 손은 어머님 손이 아니다. 다른 집 아주머니 손이다. 내 어머님의 손은 훨씬 가늘고 작은 손이다. 내가 잘 알고 있는 손. 부드러운 손. 귀여운 손. 그 손은 영원히 사라져 버린 것일까? 왼손은 아직 그다지 부어 있지 않았으나, 그래도 애처로워 차마 볼 수가 없어서 나는 눈길을 돌려 도코노마(다다미 방의 상좌에 장식품을 놓기 위하여 만든 선반-옮긴이)의 꽃바구니를 바라보았다.

눈물이 나올 것 같아 견딜 수가 없어서 불쑥 일어나 식당으로 가니 나오지가 혼자서 반숙한 계란을 먹고 있었다. 나오지는, 이따금 집에 있는 일은 있어도, 밤에는 반드시 오사키 아주머님 댁에 가서 소주를 마시고, 아침이 되면 불쾌한 표정으로 식사도 하지 않고 반숙한 계란을 너덧 개 먹을 뿐, 그러고는 2층 방에서 뒹굴었다.

"어머님 손이 부어서……."

하고 나오지에게 말을 걸고는 고개를 숙였다. 말을 계속할 수가 없어서 나는 고개를 숙인 채로 어깨를 들먹이며 울었다.

나오지는 잠자코 있었다.

나는 얼굴을 들고,

"이제 틀렸어. 너는 아직 모르지? 저렇게 부으면 이미 틀린 거야."

하고 탁자 모서리를 붙잡고 말했다.

나오지도 어두운 표정이 되어,

"얼마 남지 않았겠지, 그야. 쳇, 빌어먹을."

"난 다시 한 번 낫게 해 드리고 싶어. 무슨 수를 쓰더라도 낫게 해 드리고 싶어."

하고 오른손으로 왼손을 주무르며 말했더니, 갑자기 나오지가 훌쩍훌쩍 울면서,

"좋은 일이라곤 아무것도 없잖아. 우리에겐 좋은 일이라곤 아무것도 없잖아."

하며, 주먹 쥔 손으로 마구 눈을 비볐다.

그날 나오지는, 와다 숙부님께 어머님의 상태를 보고하고 차후의 지시를 받으러 상경하였고, 나는 어머님 곁에 있을 때를 제외하고는 아침부터 밤까지 거의 울며 지냈다. 아침 안개 속을 우유 배급을 받으러 가면서도, 거울 앞에서 머리를 손질하면서도, 입술을 칠하면서도 나는 줄곧 울었다. 어머님과 지냈던 행복한 나날들의 이런 일 저런 일이 그림처럼 떠올라 아무리 울어도 소용이 없었다.

저녁때 어두워진 후, 응접실의 베란다에 나가서 오랫동안 흐느껴 울었다. 가을 하늘에는 별이 반짝였고, 발밑에는 남의 집 고양이가 웅크린 채로 움직이지 않았다.

이튿날 손의 부기는 어제보다도 한층 심해졌다. 식사는 아무것도 드시지 않았다. 오렌지 주스도 입 안이 헐어서 아리니까 못 마시겠다고 하셨다.

"어머님, 나오지가 권한 마스크를 다시 하세요."

하고 웃으며 말할 작정이었으나, 말하는 도중에 가슴이 메어서 왁하고 울음을 터뜨렸다.

"날마다 바빠서 피곤하지? 간호사를 고용하자꾸나."

하고 조용히 말씀하셨는데, 당신의 몸보다도 내 몸을 걱정하는 것이라는 사실을 알고 더욱더 슬퍼져서, 일어나 달려서 욕실 옆의 작은 방으로 가서 마음껏 울었다.

점심때가 조금 지나, 나오지가 미야케 선생님과 간호사 두 명을 데리고 왔다.

언제나 농담만 하시는 선생님도, 그때에는 성이 나신 듯한 몸짓으로 성큼성큼 병실로 들어오시더니, 곧바로 진찰을 시작하셨다.

그러고는 누구에게랄 것도 없이,

"많이 쇠약해지셨군."

하는 한마디만 나지막이 하시고는 캠퍼(camphor. 강심제의 일종-옮긴이) 주사를 놓으셨다.

"선생님 댁은?"

하고 어머님은 헛소리처럼 말씀하셨다.

"다시 나가오카에 삽니다. 숙소를 예약해 두었으니까 걱정하실 필요는 없습니다. 환자께서는 남의 일은 걱정 마시고, 마음대로 드시고 싶으신 것은 아무거나 많이 드셔야만 합니다. 영양을 섭취하면 좋아지실 겁니다. 내일 또 들르겠습니다. 간호사를 한 사람 두고 갈 테니까 시키실 일이 있으면 시키세요."

하며 미야케 선생님은 병상의 어머님을 향하여 커다란 소리로 말하고는, 나오지에게 눈짓을 하며 일어나셨다.

나오지 혼자 선생님과 수행 간호사를 전송하러 갔다. 이윽고 돌아온 나오지의 얼굴을 보니 그것은 울음을 참는 얼굴이었다.

우리들은 살짝 병실을 나와서 식당으로 갔다.

"틀렸지? 그렇지?"

"빌어먹을."

나오지는 입술을 일그러뜨리며 웃고는,

"너무나 급격히 쇠약해지신 모양이야. 오늘내일을 모른다더군."

하고 말하는 동안에 나오지의 눈에서 눈물이 넘쳐흘렀다.

"모두에게 전보를 치지 않아도 될까?"

나는 오히려 차분한 마음이 되어 말하였다.

"그건, 와다 숙부님과도 상담했지만, 숙부님께서 지금은 그렇게 사람들을 불러모을 수 있는 시절이 아니라는군. 오더라도 이렇게 좁은 집에서는 오히려 실례가 될 뿐이고, 이 근처에는 변변한 여관도 없고, 나가오카 온천에도 방을 두세 개씩이나 예약할 수는 없다는 거야. 다시 말해서, 우리는 이제 가난하니까 그렇게 높은 분들을 모실 힘이 없다는 이야기야. 숙부님이 곧 오시겠지만 그분은 옛날부터 구두쇠라 아무런 도움도 되지 않을거야. 어제저녁에도 어머님 병은 제쳐 놓고 나한테 잔뜩 설교만 하더군. 구두쇠한테 설교를 듣고 정신을 차렸다는 사람은 동서고금을 통해서 한 사람도 없지. 누이와 동생 사이지만, 어머님과 그 작자는 정말 하늘과 땅 차이니까, 질렸어."

"하지만 나야 아무래도 좋지만, 넌 앞으로 숙부님께 의지하지 않으면 ……."

"사양하겠어. 차라리 거지가 되는 편이 낫겠다. 누나야말로 앞으로 숙부님께 잘 부탁드려 봐야지."

"나에겐……."

눈물이 흘렀다.

"나에겐 갈 데가 있어."

"혼담? 정해졌어?"

"아니."

"자활? 일하는 여성? 집어치워."

"자활이 아니야. 난 혁명가가 될 생각이야."

"응?"

나오지는 기묘한 얼굴로 나를 보았다.

그때 미야케 선생님이 데려다 놓은 간호사가 나를 불렀다.

"어머님께서 무슨 용건이 있으신 모양이에요."

서둘러 병실로 가서 병상 옆에 앉아,

"무슨 일이세요?"

하고 얼굴을 가까이 하며 여쭈었다.

하지만 어머님은 무언가 말씀하시고 싶은 표정이면서도 잠자코 계셨다.

"물을 드릴까요?"

하고 여쭈었다.

희미하게 고개를 저으셨다. 물을 드시고 싶은 것은 아닌 모양이었다.

잠시 후, 작은 소리로,

"꿈을 꿨어."

하고 말씀하셨다.

"그래요? 무슨 꿈을요?"

"뱀 꿈."

나는 깜짝 놀랐다

"툇마루의 섬돌 위에 빨간 무늬의 암뱀이 있지? 가 봐."

나는 전신에 오한을 느끼며 불쑥 일어나 툇마루로 나가 유리창 너머로 보니, 섬돌 위에 뱀이 가을 햇살을 받으며 길게 늘어져 있었다. 나는 어쩔어쩔 현기증이 났다.

'나는 너를 알고 있지. 너는 그때보다 약간 크고 나이가 들었지만, 내가 알을 태워 버린 그 암뱀이지. 네 복수가 얼마나 무서운지 이제 잘 알겠으니까, 저리로 가! 빨리 저리 가라니까!'

하고 마음속으로 중얼거리며 그 뱀을 바라보았으나, 뱀은 전혀 움직일 기색이 없었다. 나는 무슨 까닭인지 간호사에게 그 뱀을 보이고 싶지 않았다. 콩하고 세차게 발을 구르고서,

"없어요, 어머님. 꿈 같은 걸 믿을 수 있나요."

하고 일부러 필요 이상의 큰소리로 말하고는, 힐끗 섬돌 쪽을 보니, 뱀은 그제야 몸을 움직여 슬그머니 돌에서 내려갔다.

이제 끝장이로구나. 끝장이라는 체념이, 그 뱀을 보자 비로소 내 마음속에서 솟았다. 아버님이 돌아가실 때에도 머리맡

에 검고 작은 뱀이 있었다고 한다. 또한 그때에 정원의 나무라는 나무에는 모두 뱀이 엉겨 붙어 있던 모습을 나는 보았다.

어머님은 침상에 일어나 앉을 기력도 없으신 듯 항상 꾸벅꾸벅 졸기만 하시고, 이제는 모든 것을 간호사의 시중에 맡기신 채 식사도 전혀 목구멍으로 넘어가지 않는 모양이었다. 뱀을 보고 나자, 나는 슬픔의 심연에서 헤어난 듯한 마음의 평온, 이렇게 표현해도 좋을지 모르지만, 그러한 행복감과도 같은 마음의 여유가 생겨, 이렇게 된 이상, 가능한 한 그냥 어머님 곁에 있기로 하였다.

그리하여 이튿날부터 어머님 머리맡에 바싹 붙어 앉아서 뜨개질을 하였다. 나는 뜨개질이건 바느질이건 남들보다 훨씬 빠르게 해치우는 반면에 솜씨가 서툴렀다. 그래서 어머님은 언제나 그 서툰 부분을, 내 손을 잡고 가르쳐 주셨다. 그날도 나는 별로 뜨개질을 할 기분이 아니었으나, 어머님 곁에 찰싹 달라붙어 있더라도 이상하게 보이지 않도록 그럴싸하게 털실 상자를 꺼내어 담담한 표정으로 뜨개질을 시작하였다.

어머님은 내 손을 잠자코 바라보시다가,

"네 양말을 뜨는 거지? 그렇다면 여덟 코 더 떠야만, 신을 때 불편하지 않을 거야."

하고 말씀하셨다.

나는 어렸을 때, 아무리 가르쳐 주어도 어쩐 일인지 제대로 뜨개질을 할 수가 없었는데, 그때처럼 당황스럽고 부끄러우면서도 그리운 생각이 들고, 이렇게 어머님께 배우는 것도 이제는 마지막이라 생각하니, 그만 눈물이 나서 바늘 코가 보이지 않게 되었다.

어머님은 이렇게 누워 계실 때면 전혀 몸이 불편하신 것처럼 보이지 않았다. 식사는 이미 오늘 아침부터 잡수시지 못하기 때문에 가제에 차를 적셔서 이따금 입을 축여 드리는 정도이지만, 그러나 의식은 확실하였기에 이따금 나에게 조용히 말을 거셨다.

"신문에 천황 폐하의 사진이 실렸던 것 같은데, 어디 한번 더 보여 주려무나."

나는 신문의 그 페이지를 어머님 얼굴 위에 펼쳐 드렸다.

"늙으셨네."

"아니에요. 사진이 잘못 찍힌 거예요. 요전에 본 사진은 정말로 젊고 활기 있게 보이던데요. 오히려 지금 같은 시대가 즐거우신 모양이에요."

"왜?"

"왜냐 하면, 폐하도 이제야 해방이 되신 셈이니까요."

어머님은 쓸쓸한 표정으로 웃으셨다. 그러고는 잠시 후,

"울고 싶으셔도 이젠 눈물이 나지 않으시는 거야."

하고 말씀하셨다.

나는 문득 어머님은 지금 행복한 것이 아닐까 하는 생각이 들었다. 행복이란 비애의 강바닥에 가라앉아 희미하게 빛나는 사금과도 같은 것이 아닐까? 슬픔의 한계를 넘어서 느끼게 되는 희미한 빛과도 같은 기분이 바로 행복이라면, 폐하도 어머님도 그리고 나도, 분명히 지금 행복한 것이다. 조용한 가을날의 오전. 햇살도 부드러운 가을의 정원. 나는 뜨개질하던 손을 멈추고, 가슴 높이로 빛나는 바다를 바라보며,

"어머님, 저는 이제까지 이 세상을 너무나도 몰랐나 봐요."

하고 말하고는, 더 말하고 싶은 것이 있었지만, 방구석에서 정맥주사 준비를 하는 간호사가 들을까 봐 부끄러워서 입을 다물었다.

"이제까지라니……."

하고 어머님은 희미하게 웃으시며 따지기라도 하듯이,

"그럼 지금은 세상을 알겠니?"

나는 어쩐지 얼굴이 새빨개졌다.

"세상은 알 수 없는 거야."

하시며, 어머님은 얼굴을 저쪽으로 돌리시고 혼잣말처럼 작은 소리로 중얼거리셨다.

"나는 통 모르겠어. 아는 사람이 없는 게 아닐까? 언제까지나 모두들 어린애지. 아무것도 모르고 지내는 거야."

하지만 나는 살아가야만 했다. 어린애일지 몰라도, 어리광만 부리고 있을 수는 없게 되었다. 나는 이제부터 이 세상과 싸우며 살아가야만 한다. 아아, 어머님처럼 남들과 싸우지도 않고, 미워하지도 원망하지도 않으면서, 아름답고 슬픈 생애를 마칠 수 있는 사람은 어머님을 마지막으로 이제는 더 이상 존재할 수 없는 것이 아닐까? 죽어가는 사람은 아름답다. 살아 있다는 것. 그것은 몹시 추악하고 피비린내 나는 더러운 것처럼 여겨진다. 나는 알을 낳으려고 구덩이를 파는 뱀의 모습을 다다미 위에서 상상하여 보았다. 하지만 나에게는 포기할 수 없는 것이 있다. 야비하다고 해도 좋다. 나는 살아남아서 마음먹은 일을 이루기 위하여 이 세상과 싸울 테다. 어머님이 결국 돌아가시게 되면, 나의 로맨티시즘이나 감상이 차츰 사라지고, 무언가 나 스스로도 방심할 수 없는 악랄한 인간이 되어 버릴 듯한 느낌이 든다.

그날 점심때가 지나, 내가 어머님 곁에서 입을 축여 드리고 있으려니, 문 앞에 자동차가 멈추었다. 와다 숙부님이 숙모님과 함께 도쿄에서 자동차로 오신 것이다. 숙부님이 병실에 들어오셔서, 어머님 머리맡에 잠자코 앉으시자, 어머님은 손수건으로 자신의 얼굴 아래쪽을 절반쯤 가리시고는, 숙부님 얼굴을 응시한 채로 우셨다.

하지만 우는 얼굴이 되었을 뿐, 눈물은 나오지 않았다. 마치 인형과도 같은 느낌이었다.

"나오지는 어디 있지?"

하고, 잠시 후 어머님은 내 쪽을 보며 말씀하셨다.

2층으로 가서, 양실 소파에 누워 신간 잡지를 보고 있는 나오지에게,

"어머님이 부르셔."

하고 말하자,

"와! 또 한바탕 눈물을 흘려야 하나? 그대들은 잘도 참으며 그곳에 버티고 있구먼. 신경이 둔하고 박정한 사람들이야. 우리들은 너무도 괴로워서, 마음은 뜨거워도 육체가 나약하니 도저히 어머님 옆에 있을 기력이 없다고."

하는 따위의 소리를 하며 상의를 입고, 나와 함께 아래층으로 내려갔다.

둘이 나란히 어머님 머리맡에 앉자 어머님은, 갑자기 이불 밑에서 손을 내밀어 잠자코 나오지 쪽을 가리키고, 이어서 나를 가리키고, 그러고는 숙부님 쪽을 바라보시더니, 양손바닥을 붙여서 합장하셨다.

숙부님은 크게 끄덕이시며,

"예, 알겠습니다. 알겠어요."

하고 말씀하셨다.

어머님은 안심하신 듯이 눈을 가볍게 감으시고, 손을 이불 속으로 살짝 넣으셨다.

나는 울었고, 나오지도 엎드려서 오열하였다.

그때 미야케 선생님이 나가오카에서 오셔서 일단 주사를 놓으셨다. 어머님도 숙부님을 뵈었으니 더 이상 미련이 없다고 생각하셨는지,

"선생님, 빨리 편안하게 해 주세요."

하고 말씀하셨다.

미야케 선생님과 숙부님은 서로 얼굴을 마주 보며 잠자코 계셨으나, 두 분의 눈에는 눈물이 반짝였다.

나는 일어나서 식당으로 가, 숙부님이 좋아하시는 유부우동을 만들어, 선생님과 나오지와 숙모님과의 4인분을 응접실로 가져갔다.

그러고는 숙부님이 선물로 사 오신 마루노우치 호텔의 샌드위치를 어머님께 보여 드리고, 어머님 머리맡에 놓자,

"바쁘시지요?"

하고 어머님은 작은 소리로 말씀하셨다.

응접실에서 모두들 잠시 잡담을 하였다. 숙부님과 숙모님은 볼일이 있어서 아무래도 오늘 밤 도쿄에 가야만 한다며, 나에게 병문안 돈 봉투를 전해 주셨다. 미야케 선생님도 수행 간호사와 함께 돌아가시기로 되었기에, 시중을 드는 간호사에게 여러 가지로 간호 상의 주의 사항을 지시하고는, 하여튼 아직 의식이 확실하고 심장도 그다지 탈이 없으니까 주사만으로도 앞으로 사오 일간은 걱정 없으리라며, 그날은 일단 모두들 자동차를 타고 도쿄로 떠나셨다.

손님들을 전송하고 방으로 가자 어머님이 나에게만 보이는 다정한 웃음을 지으시며,

"수고 많았어."

하고, 또다시 속삭이듯이 작은 소리로 말씀하셨다. 그 얼굴은 생기가 넘쳐서 오히려 빛나는 듯이 보였다. 숙부님을 뵙고 나니 기쁘신 것이리라고 나는 생각했다.

"아니에요."

나도 약간 들뜬 기분이 되어, 생끗 웃었다.

그리고 그것이 어머님과의 마지막 대화가 되었다.

그로부터 약 세 시간 후에 어머님은 돌아가셨다. 가을의 조용한 황혼, 맥을 짚는 간호사에게 손목을 맡기신 채, 나오지와 나 단둘뿐인 육친이 지켜보는 가운데, 일본 최후의 귀부인이

었던 아름다운 어머님께서.

임종하신 얼굴은 생전의 모습과 전혀 다름이 없었다. 아버님 때에는 금세 안색이 변하였지만, 어머님의 안색은 조금도 변함없이 호흡만 멎었을 뿐이었다. 그 호흡이 멈춘 것이 언제인지 확실하지 않을 정도였다. 얼굴의 부기도 그 전날부터 가라앉아, 뺨이 납(蠟)처럼 매끄럽고, 엷은 입술이 희미하게 일그러져 미소를 띠고 있는 듯 보이는 것이, 살아 계신 어머님보다도 아름답고 요염하였다. 나는 피에타의 마리아(십자가에서 내려진 예수의 시신을 무릎 위에 안고 있는 마리아-옮긴이)를 닮았다고 생각했다.

*

6

전투 개시.

언제까지고 슬픔에 잠겨 있을 수만은 없다. 나에게는 반드시 쟁취하여야 할 것이 있다. 새로운 윤리. 아니, 그렇게 말해 봤자 위선처럼 들리겠지. 사랑. 그것뿐이다. 로자가 새로운 경제학에 의존하지 않으면 살아갈 수 없었던 것처럼, 나는 지금 사랑 하나에 매달리지 않으면 살아갈 수가 없다. 예수님께서 이 세상의 종교가 도덕가, 학자, 권위자들의 위선을 파헤치고, 조금도 주저하지 않고 하느님의 진정한 애정을 있는 그대로 사람들에게 고하기 위하여 12사도를 곳곳에 파견할 때, 제자들에게 들려주신 말씀은 내 경우와도 전혀 무관하지 않은 듯이 여겨졌다.

"전대에 금이나 은이나 동전을 넣어 가지고 다니지 말 것이며, 식량 자루나 여벌 옷이나 신이나 지팡이도 가지고 다니지 말아라."

"이제 내가 너희를 보내는 것은 마치 양을 이리 떼 가운데 보내는 것과 같다. 그러므로 너희는 뱀같이 슬기롭고 비둘기같이 양순해야 한다. 너희를 법정에 넘겨 주고 회당에서 매질할 사람들이 있을 터인데 그들을 조심하여라. 또 너희는 나 때문에 총독들과 왕들에게 끌려가 재판을 받으며 그들과 이방인들 앞에서 나를 증언하게 될 것이다. 그러나 잡혀갔을 때에 '무슨 말을 어떻게 할까?' 하고 미리 걱정하지 말아라. 때가 오면 너희가 해야 할 말을 일러 주실 것이다. 말하는 이는 너희가 아니라 너희 안에서 말씀하시는 아버지의 성령이시다."

"그리고 너희는 나 때문에 모든 사람에게 미움을 받을 것이다. 그러나 끝까지 참는 사람은 구원을 받을 것이다. 이 동네에서 너희를 박해하거든 저 동네로 피하여라. 나는 분명히

말한다. 너희가 이스라엘의 동네들을 다 돌기 전에 사람의 아
들이 올 것이다."

"그리고 육신은 죽여도 영혼은 죽이지 못하는 사람들을 두
려워하지 말고, 영혼과 육신을 아울러 지옥에 던져 멸망시킬
수 있는 분을 두려워하여라."

"내가 세상에 평화를 주러온 줄로 생각하지 말아라. 평화
가 아니라 칼을 주러 왔다. 나는, 아들은 아버지와 맞서고 딸
은 어머니와, 며느리는 시어머니와 서로 맞서게 하려고 왔다.
집안 식구가 바로 자기 원수다. 아버지나 어머니를 나보다 더
사랑하는 사람은 내 사람이 될 자격이 없고 아들이나 딸을 나
보다 더 사랑하는 사람도 내 사람이 될 자격이 없다. 또 자기
십자가를 지고 나를 따라오지 않는 사람도 내 사람이 될 자격
이 없다. 자기 목숨을 얻으려는 사람은 잃을 것이며 나를 위하
여 자기 목숨을 잃는 사람은 얻을 것이다."

전투 개시.

만일 내가 사랑 때문에 예수님의 이러한 가르침을 반드시
그대로 지키겠다고 맹세한다면, 예수님은 야단치실까? 왜 '사
랑'은 나쁘고 '애정'은 좋은지 모르겠다. 아무래도 똑같은 것
이라는 생각이 든다. 무언지 모를 애정 때문에, 사랑 때문에,
그 슬픔 때문에, 몸과 영혼을 지옥에서 멸망시킬 수 있는 자,

아아, 나야말로 그렇다고 주장하고 싶다.

숙부님 내외분의 도움으로 어머님의 밀장(密葬. 집안 식구끼리 간단히 치르는 약식 장례-옮긴이)을 이즈에서 치르고, 본장(本葬. 친지들이 전부 모인 가운데 치르는 정식 장례-옮긴이)은 도쿄에서 치렀다. 장례식이 끝나자 나오지와 나는 다시 이즈의 산장으로 돌아와, 서로 마주 보면서도 대화를 하지 않는, 이유를 알 수 없는 거북한 생활이 시작되었다. 나오지는 출판업 자본금이라며 어머님의 보석류를 전부 들고 나가 도쿄에서 퍼마시고는 지치면 중환자처럼 창백한 얼굴이 되어 휙 하니 이즈의 산장으로 돌아와 잠을 잤다. 어느 날, 댄서처럼 보이는 젊은 여자를 데리고 왔으나, 나오지 자신도 약간 멋쩍어 하기에,

"오늘 나 도쿄에 가도 되겠니? 오랜만에 친구 집에 놀러 가고 싶어. 이삼 일 묵고 올 테니, 네가 집을 지켜 줘. 식사는 저 아가씨에게 부탁하면 되겠지."

나오지의 약점을 잽싸게 파고들어, 이른바 뱀처럼 현명하게 나는 가방에 화장품과 빵 등을 쑤셔 넣고, 정말로 자연스럽게 그 사람을 만나러 상경할 수 있었다.

도쿄 교외에 있는 오기쿠보 역의 북쪽 출구에서 하차하여 20분 정도 가면, 전쟁 후에 이사한 그 사람의 새 거주지가 나온다는 사실은 이미 나오지에게 넌지시 물어봐 두었다.

초겨울의 찬바람이 거세게 부는 날이었다. 오기쿠보 역에 하차하였을 무렵에는 이미 주위가 어두컴컴하였다. 나는 길 가는 사람을 붙잡고는 그 사람이 사는 번지의 위치를 물어 한 시간 가까이 어두운 교외의 골목길을 헤매다가 너무도 불안하여 눈물이 나왔다.

그러다가 자갈 길의 돌에 걸려서 왜나막신 끈이 뚝 끊어지고 말아, 그 자리에 선 채로 어쩌면 좋을까 망설이던 중, 별안간 오른쪽에 있는 집 두 채 가운데 한쪽 문패가 어둠 속에 어슴푸레하게 보였다.

그 문패에 '우에하라'라고 씌어 있는 듯한 느낌이 들어, 한쪽 발은 버선만 신은 채로 그 집의 현관으로 달려가 다시 자세히 문패를 보니 분명히 우에하라 지로라고 적혀 있었는데 집안은 어두웠다.

어쩌면 좋을까 하고 잠시 동안 다시 그 자리에 우두커니 서서 망설이다가, 몸을 내던지는 기분으로 현관문에 몸을 기대듯이 가까이 다가가서,

"실례합니다."

하고 부르고는, 양손의 손가락으로 문짝을 쓰다듬으며,

"우에하라 씨."

하고 작은 소리로 속삭여 보았다.

대답이 있었다. 그러나 그것은 여자 목소리였다.

현관문이 안에서 열리더니 갸름한 얼굴에 고풍스러운, 나보다 서너 살 위인 듯한 여자가 현관의 어둠 속에서 살짝 웃으며,

"누구신가요?"

하고 물었다. 그 묻는 어조에는 아무런 악의도 경계심도 없었다.

"저어, 실은……."

하지만 나는 자신의 이름을 대지 못하고 말았다. 이 여자에게만큼은 내 사랑도 어쩐지 떳떳하지 못한 느낌이 들었다. 주저주저하다가 비굴할 정도의 어조로,

"선생님은 안 계신가요?"

하고 물었다. 부인은,

"네."

하고 대답하고는, 안됐다는 듯이 내 얼굴을 보며,

"하지만 어디 계신가는 대충……."

"먼 곳인가요?"

"아니요."

하며, 우습다는 듯이 한 손을 입에 대고,

"오기쿠보예요. 역 앞의 '시라이시'라는 오뎅집에 가시면

대충 행선지를 알 수 있을 거예요."

나는 날아갈 것 같은 기분으로,

"아, 그렇습니까?"

"어머나, 신발이."

부인이 권유하는 대로 나는 안으로 들어가 현관 마루에 앉았다.

'간이 왜나막신 끈'이라고 불러도 좋을지 모르나, 왜나막신의 끈이 끊어졌을 때 간편하게 수선할 수 있는 가죽 끈을 얻어서 왜나막신을 고쳤다. 그동안에 부인은 촛불을 켜 들고 현관에 와서는,

"마침 전구가 둘 다 나가 버렸어요. 요즈음 전구는 터무니없이 비싸기만 하고 잘 끊어져서 못쓰겠어요. 바깥양반이 계시면 사 오라고 하겠는데, 엊저녁도 그제 저녁도 돌아오지 않으니 우리는 벌써 사흘째 무일푼이라 일찌감치 잠자리에 들어요."

하고, 정말로 태연스럽게 웃으며 말하셨다. 부인의 뒤쪽에는 열두 세 살 가량의 눈이 크고 좀처럼 남들과 어울리는 성격이 아닌 듯한 가냘픈 몸매의 계집아이가 서 있었다.

적! 나는 그렇게 여기지 않았지만, 그러나 이 부인과 따님은 언젠가는 나를 적으로 여기고는 미워하게 될 것임에 틀림

없다. 그것을 생각하니, 나의 사랑하는 마음도 순식간에 식어 버리는 듯한 느낌이 들었다. 왜나막신 끈을 갈아 끼우고, 일어나서 탁탁 양손의 먼지를 털자니, 외로움이 주위에 몰려드는 듯한 느낌을 견딜 수 없어서, 방 안으로 뛰어들어 가 캄캄한 어둠 속에서 부인의 손을 잡고 울어 볼까 하는 심한 동요를 느꼈다. 하지만 문득 그러고 난 다음에 쑥스럽고 멋쩍게 되어 버릴 자신의 모습을 생각하니, 그럴 수가 없어서,

"정말 감사합니다."

하며, 지나칠 정도로 정중하게 인사를 하고 밖으로 나오니, 차가운 초겨울 바람이 불어닥쳤다. 전투, 개시, 사랑, 좋아한다, 그립다, 정말로 사랑한다, 정말로 그립다, 사모하니까 어쩔 수 없다, 좋아하니까 어쩔 수 없다, 그리우니까 어쩔 수 없다, 그 부인은 드물게 보는 좋은 분, 그 따님도 예쁘다, 하지만 나는 하느님의 심판대에 서게 되더라도 조금도 자신을 부끄럽게 생각하지 않는다, 인간은 사랑과 혁명을 위하여 태어난 것이다, 하느님도 벌을 내리실 리가 없다, 나는 전혀 나쁘지가 않다, 정말로 좋아하니까 마음껏 뽐낼 수 있다, 그분을 잠깐이나마 뵐 때까지 이틀이고 사흘이고 길바닥에서 자더라도, 반드시.

역전의 시라이시라는 오뎅집은 즉시 찾을 수 있었다. 하지

만 그분은 계시지 않았다.

"아사가야에 있을 겁니다, 틀림없이. 아사가야 역의 북쪽 출구를 곧장 나가서, 글쎄요, 150미터쯤 될까, 철물점이 나올 텐데, 그곳에서 오른쪽으로 들어가서 50미터쯤 될까, '야나기'라는 작은 음식점이 있어요. 그 친구 요즈음 그 집 아가씨와 뜨거운 사이라, 그곳에 죽치고 있으니 어쩔 수 없죠."

역에 가서 표를 사서 도쿄행 전차를 타고 아사가야에서 내려, 북쪽 출구에서 약 150미터, 철물점이 있는 곳에서 오른쪽으로 돌아 50미터, '야나기'는 조용하였다.

"방금 나가셨어요, 여러 분이서. 이제부터 니시오기쿠보의 '지도리' 주인 아주머니한테 가서 밤새 마실 작정이라나요."

나보다도 젊고 침착하며 품위가 있고 친절해 보이는 이 여자가 그 사람과 뜨거운 사이라는 아가씨일까?

"지도리? 니시오기쿠보의 어디쯤?"

불안한 심정에 눈물이 나올 것 같았다. 내가 지금 정신이 어떻게 된 것은 아닐까 하고 문득 생각하였다.

"자세히는 모르겠습니다만 아마도 니시오기쿠보 역에서 내려서, 남쪽 출구에서 왼쪽으로 들어간 곳이라든가, 하여튼 파출소에서 물어보시면 알 수 있지 않을까요? 어차피 한집으로는 만족하지 못하는 사람이라 지도리로 가기 전에 또 어딘가에 들렀을지도 모르죠."

"지도리로 가 보겠습니다. 안녕히 계세요."

다시 되돌아갔다. 아사가야에서 다치카와행 전철을 타고 오기쿠보를 지나 니시오기쿠보의 남쪽 출구에서 내려, 찬바람 속을 헤매다가 파출소를 발견하고는 지도리의 위치를 물어, 가르쳐 준 대로 밤길을 달리다시피 하여, 지도리라고 쓰인 파란 등롱을 발견하고는 주저 없이 격자문을 열었다.

토방이 있고, 바로 곁에 세 평 정도의 방이 있었다. 담배 연기가 자욱한 가운데 열 명 가량의 사람들이 커다란 탁자를 둘러싸고 왁자지껄 떠들며 술자리를 벌이고 있었다. 나보다 젊어 보이는 아가씨도 세 명 섞여서 담배를 피우며 술을 마시고 있었다.

나는 토방에 서서, 둘러보고는 찾아냈다. 그러자 꿈 속 같은 느낌이 들었다. 변해 있었다. 6년. 전혀 다른 사람으로 변해 있었다.

이 사람이 나의 무지개, M·C, 삶의 보람, 바로 그 사람인가? 6년. 텁수룩한 머리는 옛날 그대로이지만 보기에도 딱할 정도로 색이 바래고 숱이 적었으며 얼굴은 누렇게 뜨고 눈언저리는 벌겋게 짓무른데다가, 앞니가 빠진 채 쉬지 않고 입을 우물거리는 모습이 마치 늙은 원숭이 한 마리가 등을 구부리고 방구석에 앉아 있는 느낌이었다.

아가씨 하나가 나를 알아차리고는 눈짓으로 우에하라 씨에게 내가 온 사실을 알렸다. 그 사람은 앉은 채로 가느다랗고 긴 목을 뻗쳐서 내 쪽을 보더니 아무런 표정도 없이 턱으로 올라오라는 신호를 하였다. 사람들은 나에게 아무런 관심도 없다는 듯 와자지껄 떠들어 대면서도, 그래도 조금씩 자리를 좁혀서 우에하라 씨의 바로 오른쪽 곁에 내 자리를 만들어 주었다.

나는 잠자코 앉았다. 우에하라 씨는 내 컵에 술을 넘칠 정도로 가득히 채워 주고는, 이어서 자신의 컵에도 술을 채운 다음,

"건배."

하고 쉰 목소리로 나지막하게 말했다.

두 개의 컵이 힘없이 닿으며 찰캉 하는 구슬픈 소리를 내었다.

기요틴, 기요틴, 주르르륵, 하고 누군가 말하자, 그에 응하여 또 한 사람이, 기요틴, 기요틴, 주르르륵, 하고 말하더니, 찰캉 하며 높은 소리로 컵을 부딪치고는 꿀꺽꿀꺽 마셨다. 기요틴, 기요틴, 주르르륵, 기요틴, 기요틴, 주르르륵, 하며 여기저기서 그 엉터리 같은 노래가 일더니, 마구 잔을 부딪치며 건배

를 하였다. 그 얼토당토않은 리듬에 맞추어 억지로 술을 목구 멍에 부어 넣는 모양이었다.

"그럼, 이만."

하고 비틀거리며 돌아가는 사람이 있는가 하면, 또 새로운 사람이 슬그머니 들어와서 우에하라 씨와 가볍게 인사를 나 누고는 술자리에 끼어든다.

"우에하라 씨, 그 부분 말입니다, 우에하라 씨, 그 부분의, 아아아, 하는 부분은 말입니다, 그건 어떻게 발음하면 좋을까 요? 아, 아, 아인가요? 아아, 아인가요?"

하고 몸을 내밀며 묻는 사람은 분명히 나도 무대에서 얼굴 을 본 적이 있는 연극 배우 후지타였다.

"아아, 아야, 아아, 아, 지도리의 술은 비싸구나, 하는 식이 라고."

하고 우에하라 씨가 대답하였다.

"돈 이야기뿐이네."

하며 아가씨가 투덜거렸다.

"꼬치구이 두 개에 1전이라면, 그건 비싼 겁니까? 싼 겁니까?"

하고 젊은 신사가 물었다.

"한 푼도 남김없이 갚아야 한다는 말씀도 있고, 어떤 자에 게는 5달란트(성경에 나오는 고대 로마의 화폐단위-옮긴이), 어떤 자에게는 2달란트, 어떤 자에게는 1달란트, 하는 식으로 아주 까다로운 비유도 있으니까, 예수님도 계산은 아주 세밀하지."

하고 다른 신사가 대답했다.

"더구나 그 녀석은 술꾼이라고. 이상하게도 성경에는 술 이야기가 많다고 생각했더니, 역시 말이야, '보아라, 술을 좋아하는 사람아' 하는 비난이 성경에 기록되어 있더군. '술을 마시는 사람'이 아니라 '술을 좋아하는 사람'이라니까, 상당한 술꾼이었음에 틀림없을 거야. 적어도 한 되는 마실걸."

하고 또 다른 신사가 말했다.

"그만둬. 그만두라고. 아아, 너희들은 도덕이 두려워서 예수를 핑계로 삼는가! 지에코, 마시자. 기요틴, 기요틴, 주르르륵."

하며, 우에하라 씨는 가장 젊고 아름다운 아가씨와 찰칵 하고 컵을 세게 부딪치고는 꿀꺽꿀꺽 마셨다. 술이 입가로 흘러내려 턱을 적시자, 그것을 성가시다는 듯이 아무렇게나 손바닥으로 닦고는, 이어서 큰 재채기를 대여섯 차례 잇달아 하였다.

나는 살짝 일어나 옆방으로 가서 환자처럼 창백하게 여윈 주인 아주머님께 화장실 있는 곳을 물었다. 돌아오는 길에 그 방을 지나치려니까, 아까의 가장 예쁘고 젊은 지에코라는 아가씨가 나를 기다리고 있었던 듯한 모습으로 서서,

"시장하지 않으세요?"

하고 다정하게 웃으며 물었다.

"네. 하지만, 저는 빵을 갖고 왔어요."

"아무것도 없지만……."

하고, 환자처럼 보이는 주인 아주머님은 나른한 듯이 옆으로 앉아서 화로를 쬐며 말했다.

"이 방에서 식사를 하세요. 저런 주정뱅이들을 상대하다가는 밤새도록 아무것도 먹지 못할 거예요. 앉으세요, 이리로. 지에코도 함께."

"어이, 기누코, 술이 없어!"

옆방에서 신사분이 소리쳤다.

"네, 네."

기누코라는 서른 전후의, 세련된 줄무늬 기모노를 입은 여종업원이 술병을 열 개 정도 얹은 쟁반을 들고서 주방에서 나타났다.

"잠깐!" 주인 아주머님이 불러 세우더니,

"여기에도 두 병."

하고 웃으며 말하고는,

"그리고, 기누코, 미안하지만, 뒤쪽의 '스즈야'에 가서 우동 두 그릇 빨리 갖다 달라고 해 줘."

나와 지에코는 화로 곁에 나란히 앉아서 손을 쬐고 있었다.

"이불을 덮으세요. 춥군요. 한잔 드시겠어요?"

주인 아주머님은 자기 찻잔에 술을 따르고, 이어서 다른 두 개의 찻잔에도 술을 따랐다.

우리 세 사람은 잠자코 마셨다.

"모두들 센가 봐."

주인 아주머님은 어쩐지 숙연한 어조로 말했다.

드르륵 하며 바깥문이 열리는 소리가 들리더니,

"선생님, 갖고 왔습니다."

하는 젊은 사내의 목소리가 들렸다.

"하여간에 우리 사장님은 보통 분이 아니니까 2만 엔이라고 우겨봤지만 겨우 1만 엔입니다."

"수표인가?"

하는 우에하라 씨의 쉰 목소리가 들렸다

"아니요, 현찰입니다. 죄송합니다."

"아니, 됐어, 영수증을 쓰지."

기요틴, 기요틴, 주르르륵, 하는 건배의 노래가 그 사이에도 술좌석에서 끊임없이 계속되었다.

"나오지는?"

주인 아주머님은 진지한 얼굴로 지에코에게 물었다. 나는 가슴이 뜨끔하였다.

"몰라요. 제가 나오지의 감시병인가요?"

하며 지에코는 당황하여 얼굴을 가련하게 붉혔다.

"요즈음 우에하라 씨와의 사이에 무슨 일이 있었던 게 아니야? 항상 꼭 함께 지냈는데."

하고 주인 아주머님은 차분하게 물었다.

"댄스가 좋아졌대요. 댄서 애인이라도 생겼나 보죠."

"나오지 씨는 정말 술에다가 여자까지 좋아하니 어쩔 도리가 없네."

"선생님한테서 배운걸요."

"하지만 나오지가 더 못됐어. 그런 부잣집 도련님 출신은……."

"저……."

나는 웃으며 끼어들었다. 잠자코 있다가는 오히려 이 두 사람에게 실례가 되리라고 생각한 것이다.

"제가 나오지의 누나입니다."

주인 아주머님은 놀란 듯이 내 얼굴을 새삼스럽게 보았으나, 지에코는 태연히,

"얼굴이 아주 비슷한걸요. 아까 어두운 토방에서 계시는 걸 보고 저는 깜짝 놀랐어요. 나오지 씨인가 해서."

"그러신가요?"

하며 주인 아주머님은 공손한 말투가 되어,

"이런 누추한 곳에 이렇게. 그럼 저, 우에하라 씨와는 예전 부터?"

"네, 6년 전에 만나서……."

말이 나오지 않아, 고개를 숙이니 눈물이 나올 듯 하였다.

"많이 기다리셨죠?"

여종업원이 우동을 갖고 왔다.

"드세요. 식기 전에."

주인 아주머님이 권했다.

"그럼 들겠습니다."

우동에서 솟는 김에 얼굴을 들이대고 후룩후룩 우동을 먹으며, 나는 지금이야말로 삶의 적적함을, 그 극한을 맛보고 있는 듯한 느낌이 들었다.

기요틴, 기요틴, 주르르륵, 기요틴, 기요틴, 주르르륵, 하고 나지막이 중얼거리며 우에하라 씨가 우리들이 있는 방에 들어오더니 내 옆에 털썩 양반다리로 주저앉아 말없이 주인 아주머님께 커다란 봉투를 건네주었다.

"이걸로 나머지를 얼렁뚱땅 넘기면 안 돼요."

주인 아주머님은 봉투 속을 들여다보지도 않은 채 서랍에 넣고는 웃으며 말했다.

"걱정마슈. 나머지는 내년에 드릴 테니."

"또 그 소리."

1만 엔. 그 돈만 있으면 전구를 몇 개나 살까? 나도 그 돈만 있으면 1년은 편안히 지낼 수 있다.

아아, 이 사람들은 뭔가 잘못되어 있다. 그러나 이 사람들도 내 사랑과 마찬가지로, 이렇게라도 하지 않으면 살아갈 수 없는 것인지도 모른다. 인간이 이 세상에 태어난 이상 끝까지 살아가야만 한다면, 이 사람들의 이러한 생활 방식 역시, 미워할 것이 못 될지도 모른다. 살아 있다는 것. 살아 있다는 것. 아아, 그것은 얼마나 견디기 힘들고 숨 가쁜 대사업인가!

"하여간에."

하며 옆방의 신사분이 말했다.

"앞으로 도쿄에서 생활하려면, '안녕하세요' 하는 경박하기 짝이 없는 인사를 예사롭게 하지 못하면 정말 곤란하지. 현재의 우리들에게 중후함이나 성실 따위의 미덕을 요구한다는 것은 목매달고 자살하는 사람의 다리를 잡아당기는 거나 마찬가지야. 중후함? 성실? 퉤, 엿 먹어라. 그래 가지고 어떻게 살란 말이야? 만약에 말이지, '안녕하세요'를 가볍게 말할 수 없다면, 나머지는 세 가지 방법밖에 없어. 하나는 다시 농사나 짓는 거고, 또 하나는 자살, 그리고 나머지 하나는 여자의 끄

나풀이 되는 거지."

"이 중의 하나도 못 하겠다는 불쌍한 녀석에게는, 최후의 유일한 수단."

하고 다른 신사분이,

"우에하라 지로에게 매달려서 술이나 실컷 마시는 거지."

기요틴, 기요틴, 주르르륵, 기요틴, 기요틴, 주르르륵.

"잘 곳이 없지?"

하고 우에하라 씨는 나지막한 목소리로 혼잣말처럼 말씀하셨다.

"저 말씀인가요?"

나는 자신의 내부에서 머리를 쳐든 뱀을 의식하였다. 적의! 그것에 가까운 감정으로, 나는 몸을 도사렸다.

"남들하고 같이 잘 수 있겠나? 추울걸."

우에하라 씨는 나의 분노에 개의치 않고 중얼거렸다.

"무리겠지요."

하고 주인 아주머님이 끼어들었다.

"불쌍하잖아요."

쳇 하고 우에하라 씨는 혀를 차고는,

"그렇다면 이런 곳에 오질 말았어야지."

나는 잠자코 있었다. '이 사람은 분명히 내가 보낸 그 편지를 읽었다. 그리고 누구보다도 나를 사랑하고 있다'고 나는 그 사람이 말하는 분위기에서 민감하게 눈치챘다.

"할 수 없지. 후쿠이에게 부탁해 볼까? 지에코, 데려다주겠어? 아니, 여자들끼리 가면 도중에 위험하겠군. 성가시게 됐네. 아줌마, 이 사람 신발을 몰래 부엌 쪽으로 갖다 놔 줘. 내가 바래다주고 올 테니까."

바깥은 한밤중이었다. 바람은 어느 정도 가라앉고, 하늘 가득히 별이 빛났다. 우리들은 나란히 걸으며,

"저, 남들하고 함께 잘 수 있어요."

우에하라 씨는 졸린 듯한 목소리로,

"그래?"

하고 대답할 뿐이었다.

"둘만이 되고 싶었던 거죠? 그렇죠?"

내가 그렇게 말하며 웃었더니, 우에하라 씨는,

"이래서 싫다니깐."

하고, 입을 일그러뜨리며 웃었다. 나는 자신이 무척 귀여움을 받고 있다는 사실을 확고하게 의식하였다.

"술을 무척 많이 드시더군요. 매일 밤 드시나요?"

"그래, 매일. 아침부터지."

"맛있어요, 술이?"

"맛없어."

그렇게 말하는 우에하라 씨의 목소리에, 나는 어쩐지 소름이 끼쳤다.

"일은요?"

"전혀지. 무엇을 쓰건, 바보 같은 짓이라는 생각이 들어서 그냥 마구 슬퍼지니 어쩔 수 없지. 생명의 황혼. 예술의 황혼. 인류의 황혼. 그것도 어울리지 않아."

"위트릴로(모리스 위트릴로. 프랑스의 인상주의 화가-옮긴이) 같군요."

나는 거의 무의식적으로 그렇게 말했다.

"응, 위트릴로. 아직 살아 있는 모양이더군. 알코올의 망령, 시체지. 최근 10년간 그 녀석이 그린 그림은 어딘가 저속하고 틀려 먹었어."

"위트릴로만이 아니지요. 다른 대가들도 전부."

"그래, 쇠약해졌지. 하지만 새로 난 싹들도, 피어나지 못하고 쇠약해졌어. 서리, 프로스트(frost). 온 세상에 느닷없이 서리가 내린 느낌이야."

우에하라 씨가 내 어깨를 가볍게 안자, 내 몸은 우에하라 씨의 옷소매에 감싸인 꼴이 되었으나, 나는 거부하지 않고 오히려 몸을 바짝 붙인 채 천천히 걸었다.

길가의 나무들은 잎사귀가 하나도 없는 가느다란 가지로 밤하늘을 날카롭게 찌르고 있었다.

"나뭇가지란 아름다운 모습을 하고 있군요."

하고 무심코 혼잣말처럼 중얼거리자,

"응, 꽃과 시커먼 가지의 조화가."

하며 약간 당황한 듯이 대답하셨다.

"아니요, 저는 꽃도 잎사귀도 새싹도 아무것도 없는 이런 가지가 좋아요. 이래도 어엿이 살아 있잖아요? 마른 가지가 아니에요."

"자연만큼은 쇠약해지지 않는가 보군."

그렇게 말하고는 다시 심하게 재채기를 몇 차례나 계속하셨다.

"감기가 아닌가요?"

"아니 아니, 그게 아니라, 실은 이건 내 괴벽이야. 취기가 포화점에 달하면 금세 이런 식으로 재채기가 나오거든. 취기의 바로미터 같은 거지."

"사랑은?"

"응?"

"누군가 있으신가요? 포화점 정도까지 가신 분이."

"뭐야, 놀리지 마. 여자는 모두 똑같아. 까다로워서 싫지.

기요틴, 기요틴, 주르르륵. 사실은, 한 사람, 아니, 반 사람 정도 있지."

"제 편지 보셨어요?"

"봤지."

"답장은?"

"난 귀족이 싫어. 아무래도, 어딘가 참을 수 없는 오만함이 있거든. 당신 동생 나오지도, 귀족치고는 나은 편이지만, 그래도 이따금 갑자기 도저히 같이 지낼 수 없는 건방진 부분을 드러내지. 난 시골 농사꾼 자식이라, 이런 개천 옆을 지날 때면 반드시 어렸을 때 고향의 냇가에서 붕어를 낚던 일이나 송사리를 잡던 일이 생각나서 못 견디겠어."

우리들은 어둠 속에서 희미하게 소리를 내며 흐르는 개천을 따라 걷고 있었다.

"하지만 당신네 귀족들은 그따위 우리들의 감상을 절대로 이해하지 못할뿐더러 경멸까지 하지."

"투르게네프는?"

"그놈은 귀족이야. 그러니까 싫지."

"하지만《사냥꾼 일기》……."

"응, 그거 하나는 제법 잘 썼더군."

"그건 농촌 생활의 감상……."

"그 녀석은 시골 귀족이라는 정도로 타협을 할까?"

"저도 지금은 시골 사람이에요. 밭을 일구고 있어요. 시골의 가난뱅이지요."

"지금도 날 좋아하나?"

난폭한 어조였다.

"내 아이를 원하나?"

나는 대답하지 않았다.

바위가 떨어지는 듯한 기세로 그 사람의 얼굴이 다가오더니, 마구잡이로 나는 키스를 당하였다. 성욕의 냄새가 풍기는 키스였다.

나는 키스를 받으며 눈물을 흘렸다. 굴욕적인, 분노의 눈물과도 같은 씁쓸한 눈물이었다. 눈물은 하염없이 눈에서 넘쳐 나와 흘렀다.

다시 둘이서 나란히 걸으며,

"실수했군. 반해 버렸으니."

하고 말하며 그 사람은 웃었다.

하지만 나는 웃을 수가 없었다. 눈살을 찌푸리며 입을 움츠렸다.

어쩔 수 없었다.

말로 표현하자면 그러한 느낌이었다. 나는 자신이 왜나막신을 끌며 터덜터덜 걷고 있다는 사실을 깨달았다.

"실수했군."

하고 우에하라 씨는 같은 말을 되풀이하였다.

"가는 데까지 가 볼까?"

"어울리지 않는 말씀이로군요."

"이 녀석!"

우에하라 씨는 내 어깨를 주먹으로 툭 치고는, 다시 크게 재채기를 하셨다.

후쿠이라는 분 댁에서는 모두들 이미 잠자리에 든 모양이었다.

"전보, 전보! 후쿠이 씨, 전보입니다!"

하고 큰 소리로 외치며, 우에하라 씨는 현관문을 두드렸다.

"우에하란가?"

집 안에서 남자 목소리가 들렸다.

"그래. 왕자님과 공주님께서 하룻밤 묵을 곳을 부탁하러 오셨지. 이렇게 추워서야, 재채기만 나오니, 모처럼 하는 사랑의 도피도 코미디가 되어 버리는군."

현관문이 안에서 열렸다. 제법 나이가 든, 쉰이 넘었을 정도의, 머리가 벗겨지고 키가 작은 아저씨가 화려한 파자마를 입고 묘하게 수줍은 듯한 미소로 우리들을 맞이하였다.

"잘 부탁해."

하고 한마디 하고는, 우에하라 씨는 망토도 벗지 않고 거침 없이 집 안으로 들어가더니,

"아틀리에는 추워서 안 되겠어. 2층을 빌릴게. 이리 와."

내 손을 잡고 복도를 지나 안쪽의 계단을 올라갔다. 어두운 방으로 들어가 구석에 있는 스위치를 찰칵 켰다.

"요릿집 방 같군요."

"응, 돈이 많은 걸 자랑하는 천박한 취미야. 하지만 저런 엉터리 화가에게는 과분하지. 억세게 운이 좋아서 공습 피해도 안 당하거든. 그러니 이용하지 않을 수 있나? 자, 어서 자자고."

자기 집처럼 멋대로 벽장을 열고 이불을 꺼내어 깔며,

"여기에서 자. 나는 돌아갈 테니. 내일 아침 데리러 올게. 변소는 계단을 내려가서 바로 오른쪽이야."

쿵쿵쿵쿵 하며 계단에서 굴러떨어지듯이 요란하게 내려가더니,

그 이후로는 조용해졌다.

나는 다시 스위치를 틀어 전등을 껐다. 아버님이 외국에서 사다 주신 외제 옷감으로 만든 벨벳 코트를 벗고 허리띠만 풀고는 기모노를 입은 채로 잠자리에 들었다. 피곤한데다가 술을 마신 탓인지 몸이 나른하여 곧바로 잠에 빠져들었다.

어느 틈엔가 그 사람이 내 옆에 누워서…… 나는 한 시간 가까이 필사적으로 무언의 저항을 하였다.

문득 가여운 생각이 들어, 포기하였다.

"이렇게 하지 않으면 안심이 안 되지요?"

"그렇다고 할 수 있지."

"혹시 건강이 나쁘신 거 아닌가요? 각혈하셨죠?"

"어떻게 알지? 사실은 얼마 전에 상당히 심하게 했지만, 아무에게도 알리지 않았는데."

"어머님께서 돌아가시기 전과 같은 냄새가 나는걸요."

"죽을 작정으로 마시고 있지. 살아 있는 게 슬퍼서 견딜 수가 없어. 쓸쓸하다거나 외롭다거나, 그런 여유만만한 감정이 아니라, 슬픈 거야. 어두운 탄식이 사방에서 들려오는데 우리들만의 행복이 있을 리가 없잖아. 자신의 행복도 영광도, 살아 있는 동안에는 절대로 없으리라고 깨달았을 때 남들은 어떤 기분이 들까? 노력? 그런 건 단지 굶주린 야수들의 먹이가 될 뿐이야. 비참한 사람들이 너무 많아. 이것도 어울리지 않는 소리인가?"

"아니요."

"사랑뿐이지. 당신이 편지에서 말한 그대로야."

"그래요."

하지만 편지에 썼던 나의 사랑은 사라지고 없었다.

날이 밝았다.

방 안이 희미하게 밝아지자, 나는 곁에서 자고 있는 그 사람의 얼굴을 찬찬히 바라보았다. 머지않아 죽을 사람 같은 얼굴을 하고 있었다. 몹시도 지쳐 있는 얼굴이었다.

희생자의 얼굴. 고귀한 희생자.

내 사람. 나의 무지개. 마이 차일드. 미운 사람. 교활한 사람.

이 세상에 다시 없을 정도로, 너무도, 너무도 아름다운 얼굴처럼 생각되어, 사랑이 새로이 되살아날 듯하여 가슴이 두근거려, 그 사람의 머리를 쓰다듬으면서 내 쪽에서 키스를 하였다.

슬픈, 슬픈 사랑의 성취.

우에하라 씨는 눈을 감은 채로 나를 안았다.

"나는 성격이 삐뚤어져 있었지. 농사꾼 자식이니까."

이제는 이 사람 곁을 떠나지 말아야지.

"전, 지금 행복해요. 사방에서 탄식 소리가 들려와도 지금 저의 행복감은 포화점이에요. 재채기가 날 정도로 행복해요."

우에하라 씨는 후후후 웃더니,

"하지만 이미 늦었어. 황혼인걸."

"아침이에요."

동생 나오지는 그날 아침에 자살하였다.

*

7

나오지의 유서.

안 되겠어요. 먼저 가겠습니다.

저는 제가 어째서 살아야만 하는지 그걸 전혀 모르겠습니다.

살고 싶은 사람만 살면 되겠지요.

인간에게는 살 권리가 있듯이, 죽을 권리도 있으리라고 생
각합니다.

저의 이러한 생각은 전혀 새로운 것이 아니라, 너무나 당연
하고 그야말로 원초적인 것인데 사람들은 공연히 두려워하며
입 밖에 내지 않을 뿐입니다.

살고 싶은 사람은 무슨 일이 있더라도 반드시 굳은 결심으
로 살아야 하겠지요. 그러한 삶이야말로 훌륭한 삶이며, 인간
의 영예도 그러한 삶 속에 있으리라고 생각합니다. 그러나 죽
음도 역시 죄악은 아니라고 생각합니다.

저는, 저라고 하는 풀은 이 세상의 공기와 햇빛 속에서는
살아갈 수가 없습니다. 살아가기에는 무언가 하나가 결여되어
있습니다. 부족합니다. 지금까지 살아온 것도 저로서는 최선

을 다한 것이었습니다.

저는 고등학교에 들어가, 제가 자라 온 계급과는 전혀 다른 계급에서 자란, 억세고 튼튼한 풀인 친구들과 처음으로 사귀어 보고, 그 기세에 눌려서, 지지 않으려고 마약을 사용하며 미친 듯이 저항하였습니다. 또한 군대에 가서, 그곳에서도 역시 살기 위한 최후의 수단으로 아편을 사용했습니다. 누님은 저의 이러한 심정을 이해하지 못할 겁니다.

저는 야비한 인간이 되고 싶었습니다. 강하게, 아니, 난폭해지고 싶었습니다. 그것이 바로 민중의 벗이 되는 유일한 길이라고 생각했던 것입니다. 술 따위로는 어림도 없었습니다. 언제나 어찔어찔 현기증을 느껴야만 했습니다. 그러기 위해서는 마약 이외에는 방도가 없었습니다. 저는 집을 잊어야만 했고, 아버님의 피에 반항하여야만 했고, 어머님의 다정함을 거부하여야만 했고, 누님을 차갑게 대하여야만 했습니다. 그렇게 하지 않으면, 그 민중의 방에 들어갈 수 있는 입장권을 손에 넣을 수 없다고 생각했습니다.

저는 야비한 인간이 되었습니다. 야비한 말을 하게 되었습니다. 하지만 그것의 절반, 아니 60퍼센트는 안타깝게도 진짜가 아니었습니다. 어설픈 모조품이었습니다. 민중에게 있어서, 저는 역시 꼴사납고 비위에 거슬리며 거북한 존재였습니다. 그들은 저와 진정으로 마음을 터놓고 사귀려 하지 않았습니다. 하지만 또한 저로서는, 이제 와서 포기하였던 상류사회로 돌아갈 수도 없습니다. 이제 저의 야비함은 가령 60퍼센트가 가짜라 하더라도, 나머지 40퍼센트는 진정한 야비함이 되어 있습니다. 저는 이른바 상류사회의 아니꼬운 거드름에 구역질이 나서 잠시도 견딜 수가 없습니다. 그뿐만 아니라, 높으신 분들이나 귀하신 몸이라고 불리는 분들도 저의 좋지 못한 품행에 질려서 당장 내쫓고 말겠지요. 일단 버렸던 세계로 다시 돌아갈 수도 없으니, 악의로 가득한 방청석에 앉아서 민중들의 과도한 친절을 받아야 할 뿐입니다.

어느 시대이건, 저처럼 이른바 생활력이 약하고 결함이 있는 풀은 사상이고 나발이고 없이, 스스로 소멸될 운명을 지니고 있는지도 모릅니다. 그러나 저에게도 조금은 할 말이 있습니다. 저로서는 정말로 살아가기 어려운 사정이 있습니다.

인간은 모두 똑같다.

이 말이 도대체 사상일까요? 이토록 기괴한 말을 생각해 낸 사람은 종교가도 철학자도 예술가도 아니리라고 생각합니다. 민중의 술집에서 흘러나온 말일 겁니다. 구더기가 끓듯이, 어느 틈엔가 누가 말했다고 할 것도 없이, 부글부글 끓어올라 전 세계를 뒤덮고, 세상을 어색하게 만들었습니다.

이 기괴한 말은 민주주의와도, 또한 마르크시즘과도 전혀 관계가 없습니다. 그것은 필경 술집에서 추남이 미남자에게 던진 말일 겁니다. 단순한 짜증입니다. 질투입니다. 사상도 아무것도 아닙니다.

하지만 그 술집의 질투 섞인 분노의 목소리가 이상하게도 사상과 같은 얼굴을 하고 민중 속을 걸어 다니며, 민주주의와도 마르크시즘과도 전혀 다를 터인데, 어느 틈엔가 그 정치 사상이나 경제 사상에 뒤엉켜, 기묘하리만치 비천한 모습으로 만들어 버린 것입니다. 메피스토조차도 이토록 무모한 소리를 사상과 바꿔치는 짓은, 양심에 비추어 주저하였을지도 모릅니다.

인간은 모두 똑같다.

얼마나 비굴한 말입니까? 남을 멸시함과 동시에, 자기 자신마저 멸시하고, 아무런 긍지도 없이 모든 노력을 포기하게끔 만드는 말. 마르크시즘은 노동자의 우위를 주장합니다. 똑같다는 말은 하지 않습니다. 민주주의는 개인의 존엄을 주장합니다. 똑같다는 말은 하지 않습니다. 단지, 삐끼만이 그런 소리를 합니다. "헤헤헤, 아무리 잘난 척해도, 똑같은 인간이잖아?"

어째서 똑같다는 말을 하는 걸까요? 뛰어나다고 말할 수는 없는 걸까요? 노예 근성의 복수.

하지만 그야말로 외설적이고 불길한 이 한 마디로 인하여 사람들은 서로를 두려워하고, 모든 사상이 간음당하고, 노력은 조소당하고, 행복은 부정되고, 미모는 더럽혀지고, 영광은 비하되고, 이른바 '세기의 불안'은 이 한 마디에서 나온 것이리라고 저는 생각합니다.

기분 나쁜 말이라고 생각하면서도, 저 역시 이 말에 협박당하여 부들부들 떨고, 무엇을 하든 간에 쑥스럽고 끊임없이 불안하고 가슴이 두근거려 몸 둘 바를 몰라, 차라리 술이나 마약에 취하여 잠시나마 안정을 얻으려 하였지만, 결국은 엉망이 되었습니다.

약한 탓이겠지요. 어딘가 한 군데 중대한 결함이 있는 풀이겠지요. 또한 이러쿵저러쿵 쓸데없는 변명을 늘어놓아 봤자, "흥, 원래 놀기나 좋아하는 놈이지. 게으름뱅이에, 색골에, 무책임한 탕아일 뿐이라고." 하며 그 삐끼가 비웃을지도 모릅니다. 저 또한 그런 말을 들어도, 이제까지는 단지 쑥스러워서 애매모호하게 수긍하였습니다만, 저도 죽는 마당에 한마디 항의 같은 것을 하고 싶습니다.

누님.

믿어 주십시오.

저는 놀아도 전혀 즐겁지 않았습니다. 쾌락에 대한 불감증일지도 모릅니다. 저는 다만 귀족이라는 그림자를 떼어 버리고 싶어서, 미친 듯이 놀며 방탕하게 지냈습니다.

누님.

도대체 저희들에게 죄가 있는 걸까요? 귀족으로 태어난 것은 저희들의 죄일까요? 단지 그 집에 태어났다는 것만으로, 우리들은 영원히, 예를 들자면 유다의 가족처럼, 미안해하고, 사죄하며, 부끄럽게 살아야 합니다.

저는 더 빨리 죽었어야 했습니다. 하지만 단 하나, 어머님의 애정. 그것을 생각하면, 죽을 수가 없었습니다. 인간은 자유로이 살 권리를 지니고 있으며, 동시에 언제라도 자유로이 죽을 권리도 지니고 있습니다. 그러나 '어머님'이 살아 계시는 동안은 그 죽을 권리는 보류되어야 한다고 생각했습니다. 그것은 동시에 '어머님'도 죽이는 결과가 되니까요.

이제는 제가 죽어도 몸이 망가질 정도로 슬퍼할 사람도 없고, 아니, 누님, 저는 알고 있습니다. 저를 잃어버린 당신들의 슬픔이 어느 정도일지, 아니, 허식의 감상은 그만둡시다. 당신들은 저의 죽음을 알면 분명히 울겠지만, 제가 살아 있는 고통과, 그리고 그 불길한 삶으로부터 완전히 해방된 저의 기쁨을 생각해 주신다면, 당신들의 그 슬픔은 점차 해소되리라고 생각합니다.

저의 자살을 비난하며, 끝까지 살아야만 했다고, 저에게 아무런 도움도 주지 않으면서 그럴싸한 얼굴을 하고 말로만 비판하는 사람은, 천황 폐하께 과일 가게를 해 보시라고 아무렇지도 않게 권할 수 있을 정도의 엄청난 위인일 것입니다.

누님.

저는 죽는 편이 낫습니다. 저에게는 생활 능력이 없습니다. 돈 때문에 남들과 다툴 힘도 없습니다. 저는 남의 신세를 질 줄도 모릅니다. 우에하라 씨와 놀더라도, 제 몫은 언제나 제가 지불하였습니다. 우에하라 씨는 그것을 귀족의 쩨쩨한 자존심이라며 몹시 불쾌해하였습니다만, 저는 자존심 때문에 지불한 것이 아니라, 우에하라 씨가 일해서 번 돈으로 제가 쓸데없이 먹고 마시며 여자와 자는 따위의 짓은 두려워서 도저히 할 수가 없었던 것입니다. 우에하라 씨가 하는 일을 존경하기 때문이라고 간단히 잘라 말해 봤자 거짓말일 것이고, 저로서도 사실은 잘 모르겠습니다. 다만, 남들에게 얻어먹는 것이 어쩐지 두렵습니다. 더군다나 그분이 고생해서 번 돈으로 먹고 마시는 짓은, 괴롭고 가슴이 아파서 견딜 수가 없습니다.

그렇기 때문에 무작정 우리 집에서 돈이나 물건을 갖고 나가, 어머님이나 누님을 슬프게 하였고, 제 자신도 전혀 즐겁지 않았습니다. 출판업을 계획한 것도 단지 쑥스러움을 감추려는 위장이었을 뿐, 사실은 전혀 그럴 생각이 없었습니다. 정말로 해 봤자 남들의 대접도 제대로 받을 줄 모르는 제가 돈벌이 같은 것은 어림도 없다는 사실은, 아무리 제가 어리석다 하더라도, 그 정도의 사실은 알고 있었습니다.

누님.

저희들은 가난뱅이가 되었습니다. 살아 있는 동안은 남들을 대접하고 싶었습니다만, 이제는 남들의 신세를 지지 않으면 살아갈 수 없게 되었습니다.

누님.

더 이상 저는, 어째서 살아야만 하는 것일까요? 이미 틀렸습니다. 저는 죽겠습니다. 편안하게 죽을 수 있는 약이 있습니다. 군대에서 입수해 두었습니다.

누님은 아름답고 — 저는 아름다운 어머님과 누님을 자랑스럽게 여겼습니다 — 또한 현명하니까, 저는 누님에 관하여는 아무런 걱정도 하지 않습니다. 걱정할 자격조차 저에게는 없습니다. 도둑이 피해자를 걱정하는 격이라, 얼굴이 붉어질 뿐입니다. 아마도 누님은 결혼해서 아이를 낳고 남편에게 의지하며 살아가게 되리라고 저는 생각합니다.

누님.

저에게 비밀이 하나 있습니다.

오랫동안 가슴깊이 간직한 채, 전쟁터에서도 그 사람 생각만 하였고, 그 사람 꿈을 꾸다가 잠이 깨어 눈물이 날 것 같았던 적도 많았습니다.

그 사람 이름은 도저히 아무에게도 결코 밝힐 수 없습니다. 저는 곧 죽을 테니까, 누님에게만큼은 밝혀 둘까도 생각했습니다만, 역시 도저히 무서워서 그 이름을 말할 수가 없습니다.

하지만 저는 그 비밀을, 절대 비밀인 채로, 결국 이 세상의 누구에게도 밝히지 않고 가슴속에 묻어 둔 채 죽는다면, 제 몸이 화장되어도 가슴속만은 비린내를 풍기며 타지 않을 듯한 느낌이 들어서 불안하여 못 견디겠기에, 누님에게만, 넌지시, 어렴풋이, 픽션 같은 식으로 알려 두겠습니다. 픽션이라고해도 누님은 아마 그 상대가 누구인지 금방 알아차리실 겁니다. 픽션이라기보다는 단지, 가명을 사용하는 정도의 속임수이니까요.

누님은 알고 계십니까?

누님은 그 사람을 알고 계시겠지만 아마도 만난 적은 없으실 겁니다. 그 사람은 누님보다 약간 연상입니다. 쌍꺼풀이 없고, 눈꼬리가 치켜 올라갔으며, 파마를 한 적도 없이, 언제나 머리를 뒤로 단단히 묶는 검소한 모습에 무척 초라한 차림이지만, 언제나 깔끔하고 단정하게 차려입기 때문에 청결한 느낌입니다. 그분은 전후에 새로운 기법의 그림을 잇달아 발표하여 갑자기 유명해진 어느 중년 화가의 부인으로, 그 화가의 행실은 무척 난폭하고 거칠지만, 그 부인은 태연한 표정으로 언제나 다정하게 미소 지으며 살고 있습니다.

제가 자리에서 일어나,

"그럼, 이만 실례하겠습니다."

하고 작별 인사를 하니까, 그 사람도 일어나더니, 아무런 경계심도 없이 제 곁으로 다가와서, 제 얼굴을 올려다보며,

"벌써요?"

하고 평소의 목소리로 말하고는, 정말로 이상하다는 듯 약간 고개를 갸웃거리며 잠시 동안 제 눈을 바라보았습니다. 그 눈에는 아무런 사심(邪心)도 허식도 없었습니다. 저는 여자들과 시선이 마주치면 당황하여 시선을 돌리는 성격입니다만, 그때만큼은 전혀 부끄러움을 느끼지 않았습니다. 그 사람의 얼굴과 불과 30센티 정도의 간격을 두고 60초 이상이나 정말 좋은 기분으로 그 사람의 눈을 바라보다가, 결국 웃었습니다.

"하지만……."

"곧 돌아오실 거예요."

그 사람은 여전히 진지한 표정으로 말했습니다.

정직이란 이런 느낌의 표정을 말하는 것일까, 하는 생각이 문득 들었습니다. 그것은 윤리 교과서처럼 엄숙한 덕이 아닙니다. 정직이라는 말로 표현되는 본래의 덕은 이렇게 사랑스러운 것이 아닐까 하고 생각했습니다.

"다시 들르겠습니다."

"그러시겠어요?"

처음부터 끝까지 아무런 내용도 없는 대화였습니다. 어느 여름날 오후, 제가 그 서양화가의 아파트를 방문하였을 때, 서양화가는 부재중이었습니다. 하지만 "곧 돌아올 테니까 들어와서 기다리세요." 하는 부인의 말에 따라, 방에 들어가서 30분 가량 잡지를 보며 기다리다가, 돌아올 것 같지도 않았기에, 일어나서 작별 인사를 한 것뿐이었습니다만, 저는 그날 그때의, 그 사람의 눈동자를 미칠 듯이 사랑하게 되었습니다.

고귀하다고 해야 좋을까요? 제 주위의 귀족들 중에는, 어머님을 제외하고는, 그토록 무경계하고 '정직'한 눈의 표정을 지닌 사람이 한 사람도 없었던 것만은 단언할 수 있습니다.

또한 저는 어느 겨울날 저녁, 그 사람의 프로필에 감동한 적이 있습니다. 역시 그 서양화가의 아파트에서, 서양화가를 상대로 고타쓰를 사이에 두고 아침부터 술을 마시며, 서양화가와 함께 일본의 문화인들을 마구잡이로 욕하고 웃어 대다가, 이윽고 서양화가는 쓰러져서 크게 코를 골며 잠이 들고, 저도 누워서 잠이 들려는 순간, 누군가가 이불을 펴서 덮어 주었습니다. 살짝 눈을 떠 보니 겨울철 도쿄의 새파란 저녁 하늘을 배경으로 부인은 따님을 안고 아파트 창가에 무심히 앉아 계셨습니다. 그 부인의 단정한 프로필이, 멀리 새파란 저녁 하늘을 배경으로 마치 르네상스 시절의 프로필화(畵)처럼 선명하게 윤곽을 드러내었습니다. 저에게 살짝 이불을 덮어 주셨던 친절은 전혀 교태도 아니고 욕정도 아니었습니다. 휴머니티라는 말은 이런 때야말로 사용되어 소생하는 말이 아닐까? 인간으로서 당연히 하여야 할 소박한 배려를 하였을 뿐이라는 듯이, 또한 거의 무의식적으로 한 행동이었다는 듯이, 마치 그림처럼 조용히 먼 곳을 바라보고 계셨습니다.

눈을 감으니, 사모하는 마음에 미칠 듯이 애타는 심정이 되어, 눈에서 눈물이 흘러내려, 저는 머리까지 이불을 뒤집어썼습니다.

누님.

제가 그 서양화가의 집에 놀러간 것은 처음에는 그가 그린 작품의 특이한 터치와 그 밑에 숨겨진 열광적인 패션에 심취하였기 때문입니다. 그러나 교제가 깊어짐에 따라, 그 사람의 무교양, 막돼먹은 언행, 불결함에 정이 떨어지게 되었지만, 그것과 반비례로, 그 사람 부인의 아름다운 마음씨에 이끌려, 아니, 올바른 애정을 지닌 사람이 그리워서, 부인의 모습을 한번 보고 싶어서, 그 서양화가의 집에 놀러가게 되었습니다.

그 서양화가의 작품에 다소라도 예술의 고귀한 향기와도 같은 것이 나타나 있다면, 그것은 부인의 자상한 마음씨의 반영이 아닐까 하고 지금 저는 생각하고 있습니다.

저는 지금이야말로 느낀 그대로를 분명히 말하겠습니다만, 그 서양화가는 단지 지독한 술꾼에다 놀기나 좋아하는 교묘한 장사치에 불과합니다. 유흥비가 필요하니까 그냥 엉터리로 화폭에 물감을 처발라서, 유행의 물결에 편승하여, 잘난 척하며 비싸게 팔아먹고 있을 뿐입니다. 그 사람이 지니고 있는 것은 촌놈의 뻔뻔스러움, 바보 같은 자신감, 교활한 상술, 이러한 것뿐입니다.

아마도 그 사람은, 다른 사람의 그림은, 외국인의 그림이건 일본인의 그림이건 전혀 이해를 못할 것입니다. 더구나 자신이 직접 그리는 그림도, 뭐가 뭔지 자기도 모를 것입니다. 다만 유흥비가 필요하니까 막무가내로 물감을 화폭에 처바르고 있을 뿐입니다.

또한 더욱 놀라운 것은, 그 사람은 자신의 그러한 행위에 아무런 의문도, 수치도, 공포도 지니고 있지 않다는 점입니다.

단지 득의양양해 있을 뿐입니다. 어차피 자기가 그린 그림을 본인도 모를 정도의 사람이니까, 타인이 그린 그림의 좋은 점을 알 리도 없고, 단지 무작정 욕만 해 댑니다.

즉, 그 사람의 퇴폐적인 생활은 입으로는 이러쿵저러쿵하며 죽는 소리를 합니다만, 사실은 멍청한 촌놈이 예전부터 동경하던 도회지에 나와서, 스스로가 놀랄 정도로 성공하여 좋아 날뛰는 것에 불과합니다.

언젠가 제가,

"친구들이 모두 게으름만 피우며 놀고 있을 때 나만 혼자 공부하는 건 쑥스럽고 두려운 느낌이 들어서 견딜 수 없으니까, 전혀 놀고 싶지 않으면서도 결국 어울려서 논다."

하고 말하자, 그 중년의 서양화가는,

"그래? 그게 귀족 기질이라는 걸까? 마음에 안 드는군. 나는 남들이 노는 모습을 보면 나도 놀지 않으면 손해라는 생각에 마음껏 놀지."

하고 대답하는 건 당연했지만, 저는 그때 그 서양화가를 몹시 경멸하였습니다. '이 사람의 방탕에는 고뇌가 없다. 오히려 바보처럼 놀며 지내는 생활을 자만하고 있다. 진짜로 멍청한 방탕아.'

하지만 이 서양화가에 대한 욕을 이 이상 잔뜩 늘어놓아 봤자, 누님에게는 관계도 없는 일이고 또한 저도 지금 죽는 마당에 있어서, 역시 그 사람과의 오랫동안의 교제를 생각하니 그립게 여겨지면서, 다시 한 번 만나서 놀고 싶은 충동마저 느낍니다. 저에게는 그 사람을 미워하는 감정은 전혀 없습니다. 그 사람도 외로움을 타는, 정말로 좋은 점을 많이 지닌 사람이니까, 더 이상 아무 말도 하지 않겠습니다.

다만 누님께서, 제가 그 사람의 부인을 사모하게 되어 안절부절못하고 괴로워하였다는 사실만 알아 주시면 됩니다. 그러니까 누님은 이 사실을 알아도, 별달리 누군가에게 그 사실을 호소하여 동생의 생전의 소망이 이루어지도록 해 주겠다는 그러한 생각은 하실 필요가 전혀 없습니다. 누님 혼자서만 알고 마음속으로 '아아, 그렇구나.' 하고 생각해 주시면 됩니다. 굳이 욕심을 말하자면, 저의 이러한 부끄러운 고백을 듣고, 누님만이라도, 제가 이제까지 겪었던 삶의 괴로움을 조금이나마 더 깊이 이해해 주신다면 무척 기쁘게 생각하겠습니다.

저는 언젠가, 그 부인과 서로 손을 잡는 꿈을 꾸었습니다. 부인도 역시 오래전부터 저를 좋아하였다는 사실을 알고, 꿈에서 깨어나도 제 손바닥에 부인 손가락의 온기가 남아 있기에, 저는 정말로 이것만으로라도 만족하고 체념하여야 하리라고 생각했습니다. 도덕이 두려웠던 것이 아니라, 저로서는 그

반미치광이인, 아니, 정말 미치광이라고 해도 좋을 그 서양화가가 두려워서 견딜 수가 없었습니다. 체념하려는 생각에, 가슴의 불길을 다른 곳으로 옮기려고, 닥치는 대로, 그 서양화가까지도 눈살을 찌푸릴 정도로, 어느 날 밤 마구 엉망진창으로 여러 여자들과 놀아났습니다. 어떻게 해서든 부인의 환상에서 벗어나 평온을 되찾고 싶었습니다. 하지만 그럴 수가 없었습니다. 저는 결국 한 여자밖에 사랑할 수 없는 사내였습니다. 저는 분명히 말할 수 있습니다. 저는 그 부인 이외의 다른 여자 친구들을, 한 번도 아름답다거나 사랑스럽다고 느낀 적이 없습니다.

누님.

죽기 전에 단 한 번만 불러 보고 싶습니다.

…… 스가코 씨!

그 부인의 이름입니다.

제가 어제, 전혀 좋아하지도 않는 댄서 — 이 여자에게는 본질적으로 바보 같은 데가 있습니다 — 를 데리고 산장에 온 것은, 결코 오늘 아침 죽겠다는 생각이 있어서 그런 것은 아니었습니다. 언젠가, 머지않아 반드시 죽겠다는 생각은 있었습니다만, 어제 여자를 데리고 산장에 온 것은, 여자가 여행을 하자고 졸라 대기에, 저도 도쿄에서 노는 데에 질렸던 참이라,

이 바보 같은 여자와 이삼 일 산장에서 쉬는 것도 나쁘지 않으리라고 생각되어, 누님께는 약간 죄송하였지만 일단 이곳에 함께 왔던 것입니다. 그런데 누님이 도쿄의 친구 집으로 떠나는 것을 보고, 그때 문득, '지금이 찬스다.'라는 생각이 들었습니다.

저는 옛날부터, 니시카타초의 그 집 안방에서 죽고 싶다는 생각을 했었습니다. 길바닥이나 들판에서 죽으면, 구경꾼들이 시체를 집적거릴 테니까, 그것이 정말로 싫었습니다. 하지만 니시카타초의 그 집은 남의 손에 넘어 갔으니, 이제는 역시 이 산장에서 죽는 수밖에 없다고 생각했습니다. 하지만 자살한 저의 시체를 처음 발견하는 것은 누님일 테고, 그러면 누님이 얼마나 놀라고 무서워하실까 생각하니, 누님과 둘이서만 있는 밤에 자살하는 짓은 마음에 걸려서 도저히 할 수가 없었습니다.

그런데 절호의 찬스가 왔습니다. 누님이 안 계시고, 그 대신에 아주 멍청한 댄서가 저의 시체를 발견해 줄 테니까요.

어젯밤, 둘이서 술을 마시다가 여자가 2층 양실에서 잠든 후, 저 혼자서 어머님이 돌아가신 아래층 방에 이불을 깔고, 이 비참한 유서를 쓰기 시작했습니다.

누님.

저에게는 희망의 기반이 없습니다. 안녕히 계십시오.

결국 저의 죽음은 자연사입니다. 인간은 사상만으로 죽을 수는 없으니까요. 그리고 한 가지, 아주 부끄러운 부탁이 있습니다. 어머님이 남겨 주신 삼베옷을, 제가 내년 여름에 입을 수 있도록 누님이 고쳐 주셨지요. 그 옷을 제 관에 넣어 주십시오. 저는 그것이 입고 싶었습니다.

날이 밝아 왔습니다. 오랫동안 많은 신세를 졌습니다.

안녕히 계십시오.

간밤의 취기는 완전히 깨었습니다. 저는 맨정신으로 죽습니다.

다시 한 번, 안녕히 계십시오.

누님.

저는 귀족입니다.

＊
8

꿈.

모두가 나를 떠나간다.

나오지가 죽고 난 뒤처리를 끝내고, 1개월간 나는 겨울 산장에서 혼자 지냈다.

그리고 나는 그 사람에게, 아마도 마지막이 될 이 편지를 물처럼 맑은 심정으로 써 보냈다.

아마 당신도 저를 버리신 모양이로군요. 아니, 차츰 잊어 버리시는 모양입니다.

하지만 저는 행복합니다. 저의 희망대로 아이가 생긴 것 같습니다. 저는 이제 모든 것을 잃어버린 듯한 느낌이 듭니다만, 그러나 배 속의 작은 생명이 저의 고독한 미소의 씨앗입니다.

저로서는 불결한 실책이라고는 생각할 수 없습니다. 이 세상에 전쟁이니 평화니 무역이니 조합이니 정치니 하는 것들이 존재하는 이유가 무엇인지, 이제는 저도 알 것 같습니다. 당신은 모르시겠지요. 그러니까 언제까지고 불행한 것입니다. 그것은 가르쳐 드리지요, 여자가 좋은 아이를 낳도록 하기 위해서입니다.

저는 애당초 당신의 인격이나 책임 따위에 기대할 생각은 없었습니다. 저는 오로지 사랑의 모험을 성취하는 것만이 문제였습니다.

그리고 저의 그 소망이 이루어져, 이제 저의 가슴속은 숲 속의 연못처럼 조용합니다.

저는 이겼다고 생각합니다.

성모 마리아가, 설령 남편의 자식이 아닌 아이를 낳았다 하더라도, 마리아에게 빛나는 긍지가 있다면, 성모 성자라 할 수 있습니다.

저에게는 낡은 도덕을 태연히 무시하고, 좋은 아이를 얻었다는 만족감이 있습니다.

당신은 그 후에도 여전히 '기요틴, 기요틴' 하며 신사숙녀들과 술을 마시고, 데카당 생활을 계속하고 계시겠지요. 하지만 저는 그것을 그만두라고 말씀드리지는 않겠습니다. 그것도 역시 당신에게는 마지막 투쟁의 형식일 테니까요.

술을 끊고 병을 고쳐서 오래 사시면서 훌륭한 일을 하시라는,

속이 뻔히 들여다보이는 그러한 소리를 더 이상 하고 싶지 않습니다. '훌륭한 일'보다도, 목숨을 버릴 작정으로 이른바 악덕 생활을 계속하는 편이 후세 사람들로부터 오히려 찬사를 받게 될지도 모릅니다.

희생자. 도덕 과도기의 희생자. 당신도 저도 분명히 그렇습니다.

혁명은 도대체 어디에서 일어나고 있는 것일까요? 적어도 저의 주변에서는 낡은 도덕이 여전히 그대로 티끌만한 변화

도 없이 우리들의 앞길을 가로막고 있습니다. 해면의 파도는 무언가 소란스럽지만, 그 바닥의 물은, 혁명은커녕 옴짝달싹도 하지 않는 채 잠든 척하며 나자빠져 있습니다.

하지만 저는 이제까지의 1회전에서는 옛 도덕을 조금이나마 움직여 놓을 수 있었다고 생각합니다. 그리고 이 다음에는 태어나는 아이와 함께 2회전, 3회전을 싸울 작정으로 있습니다.

사랑하는 사람의 아이를 낳아 기르는 것이 저의 도덕 혁명의 완성입니다.

당신이 저를 잊어 버리셔도, 또한 당신이 술 때문에 목숨을 잃어도, 저는 저의 혁명을 완성시키기 위하여 굳건히 살아갈 수 있을 것 같습니다.

당신이 형편없는 인격의 소유자라는 사실을, 저는 요전에 어느 사람에게서 이것저것 들었습니다만, 그래도 저에게 이러한 힘을 주신 것은 당신입니다. 제 가슴에 혁명의 무지개가 솟도록 해 주신 것은 당신입니다. 살아갈 목표를 주신 것은 당신입니다.

저는 당신을 자랑스럽게 여기고 있으며, 또한 태어날 아이도 당신을 자랑스럽게 여길 수 있도록 노력할 생각입니다.

사생아와 그 어머니.

하지만 우리들은 낡은 도덕과 끝까지 싸우면서 태양처럼 살아갈 작정입니다.

부디 당신도 당신의 투쟁을 계속해 주세요.

혁명은 아직 전혀 일어나지 않았습니다. 더욱더 많이, 아깝고 고귀한 희생이 필요한 모양입니다.

지금의 세상에서 가장 아름다운 것은 희생자입니다.

작은 희생자가 또 한 사람 있습니다.

우에하라 씨.

저는 더 이상 당신에게 무언가를 부탁드릴 생각은 없습니다만, 그 작은 희생자를 위하여 한 가지만 양해를 구하고자 합니다.

즉, 제가 낳은 아이를 단 한 번만이라도 좋으니까 당신의 부인께서 안아 주셨으면 하는 것입니다. 그러면 그때 저는 이렇게 말씀드리겠습니다.

"이 아이는 어떤 여자가 몰래 낳은 나오지의 아이입니다."

어째서 그렇게 하려는 것인지, 그 이유만큼은 누구에게도 말씀드릴 수 없습니다. 제 자신도 어째서 그런 짓을 하려는 것인지 잘 모르겠습니다. 하지만 저는 무슨 일이 있어도 그렇게 하여야만 합니다. 나오지라는 작은 희생자를 위하여, 무슨 일이 있어도 그렇게 하여야만 합니다.

불쾌하신가요? 불쾌하시더라도 참아 주세요. 이것이 버림 받고 잊혀져 가는 여자의 유일한 마지막 소망이라 생각하시고 부디 들어 주시기를 부탁드립니다.

M·C 마이 코미디언.

1947년 2월 7일.

파멸 속의 구원
_다자이 오사무의 작품 세계

일본이 태평양 전쟁에서 패배한 지 3년 후인 1948년 6월, 다자이 오사무가 야마자키 도미에와 다마 강 수원지에 투신 자살하여 39년의 생애에 종지부를 찍자, 일본 문학계에는 다자이 열풍이 거세게 불었다. 그 열풍은 마치 전염병처럼 패전 후의 일본 사회에 번져 갔고, 젊은이들은 모이기만 하면 으레 다자이 문학에 관하여 떠들어 대었기에, 일부 대학에서는 다자이 문학을 졸업 논문의 테마에서 제외시키는 사태가 발생하기도 하였다.

그로부터 약 반세기가 지난 오늘날 다자이 문학에 대한 광적인 열기는 어느 정도 식었지만, 그래도 여전히 다자이 문학의 매력은 수많은 독자들을 사로잡고 있다. 과연 다자이 문학의 특질은 무엇이고, 매력의 근원은 무엇인가?

문학 작품을 읽을 경우, 작품의 성격에 따라서, 작가를 전혀 의식하지 않고 읽을 수 있는 작품이 있는가 하면, 그 작가의 신상에 관한 어느 정도의 지식이 없이는 제대로 이해할 수 없는 작품이 있다. 가령, 역사 소설이나 추리 소설의 경우는 그 작가를 전혀 의식하지 않고 작품을 읽는 것이 보통이다. 그러나 고백적인 내용의 작품, 혹은 수기와도 같은 성격의 작품은, 그 작가에 관한 지식이 없이는 그 작품을 제대로 이해하기 어렵다.

다자이 오사무의 경우, 특히 그 성장 과정이나 인생 편력이 그의 문학을 이해하는 데에 있어서 중요한 단서가 되고 있다. 다자이 문학의 키워드인 '죄의식' '익살' '파멸' 등은 어디에서 유래하는가를 알고, 그러한 것들에 대한 공감을 느낄 때 비로소 다자이 문학의 진정한 매력을 느끼게 된다. 특히 다자이 문학은 작가의 성장 환경이 바로 그 작품의 소재인 만큼, 작품을 이해하기에 앞서 작가를 이해할 필요가 있기에, 우선 다자이의 일생을 간략히 소개하고자 한다.

다자이는 일본 동북 지방의 아오모리 현 기타쓰가루에서 태어났다. 본명은 쓰시마 슈지. 아버지는 그 지방의 대지주이며 귀족원(중의원) 의원이기도 하였다. 7남 4녀 중의 10번째로 태어났으나 장남과 차남 및 동생이 요절하였기 때문에 실제적으로는 8남매 중의 막내로, 유모의 손에서 자랐다. 특히, 아버지가 귀족원 의원이 되어 도쿄에 머물게 되자 어머니도 도쿄에서 생활하는 시간이 많아진 관계로, 다자이는 초등학교

2, 3학년 때까지 어머니의 존재를 모르고 지냈다. 그뿐만 아니라 어머니는 형제들 중에서 유달리 다자이에게만 냉담하였던 것으로 알려져 있다. 그렇기에 다자이는 형제들에 대하여 항상 열등의식을 지니고 부모의 사랑도 모른 채 유모의 손에서 성장하였다. 소년 시절의 다자이는, 집안에서도 학교에서도 소문난 익살꾼이었으나, 고등학교 시절 동안 잡지에 아버지의 방탕한 생활과 위선을 폭로한 〈무한 나락〉을 발표하기도 하였다. 그리고 3학년 때인 1929년, 다량의 수면제를 먹은 것이 그의 첫 번째 자살 미수 사건이었다. 자살 동기는 다자이 본인이 구체적으로 언급한 바가 없기에 확실히 밝혀지지 않았으나, 그 2년 전에 있었던 아쿠타가와 류노스케의 자살에 충격을 받았으리라는 설도 있고, 단순히 상용하던 수면제를 너무 많이 먹어서 일시적인 혼수상태에 빠졌을 뿐이라는 설도 있다.

1930년 도쿄대학 불문과에 입학한 다자이는 이부세 마스지를 만나, 이후로 사제 관계를 맺기에 이르렀다. 그러나 다자이 문학의 성격은 이부세 문학과 본질적으로 다르기 때문에, 문학적인 면에서 다자이가 이부세의 영향을 받았다고는 볼 수 없으며, 단지 다자이가 작가로서 성장할 수 있도록 이부세가 보살펴 준 덕분에 다자이의 문학 세계가 꽃을 피우게 되었다고는 할 수 있다.

같은 해, 게이샤 출신의 오야마 하쓰요가 도쿄로 찾아와, 우여곡절 끝에 두 사람의 관계를 인정받게 되나, 그 때문에 다자이는 고향의 가족들로부터 분가 제적을 당하였다. 당시는 결혼을 하더라도 분가 제적을 하지 않는 경우가 많았기에, 다자이는 이 처분으로 인하여 상당한 충격을 받았다.

그러나 분가 제적의 실질적인 원인으로는 당시의 다자이가 비합법운동에 가담하고 있었다는 사실을 들 수 있다. 도쿄 대학 불문과에 입학한 다자이는 구도 에이조의 끈질긴 권유에 못 이겨 좌익 운동에 가담하였다. 당시의 작품인 〈지주 일대〉와 〈학생군〉은 착취 계급이나 국가 권력에 대하여 상당히 비판적인 입장을 취하고 있다. 그러나 1931년 구도가 검거된 이듬해에 다자이는 자수하였고, 이후로 비합법운동에서 탈락하였다는 죄책감에 시달리게 된다.

고향 집으로부터 분가 제적을 당한 지 얼마 안 되어, 다자이는 긴자 카페의 호스티스와 함께 가나가와 현 에노 섬에서 투신 자살을 기도하였는데, 여자는 죽고 다자이는 살아남아 가마쿠라의 병원에 수용되었다.

이 사실에 관하여는 〈도쿄 팔경〉〈인간 실격〉〈광언의 신〉〈허구의 봄〉〈어릿광대의 꽃〉 등에서 다자이 스스로가 언급하고 있다.

이 사건으로 다자이는 자살방조혐의로 기소유예처분을 받았으며, 이때의 체험 역시 평생 동안 죄의식으로 남게 되었다. 퇴원 이후의 다자이는 삶에 대한 희망을 잃고, 패배자로서 데카당 생활을 하던 중, 대학을 졸업할 가망이 없게 되자 미야코 신문사의 입사 시험에 응하여 그것마저 실패하고는, 1935년 가마쿠라의 산중에서 혼자 자살을 기도하여 미수에 그쳤다. 그때 유서 대신으로 썼던 〈만년〉이 뜻하지 않게 문단의 각광을 받아 작가로서의 길이 열렸음에도, 다시금 마약 중독과, 갈망하던 '아쿠타가와상'을 수상하지 못한 좌절감 등으로 실의에 빠져들고 말았다.

1936년 다자이가 마약 중독을 치료하기 위하여 입원하고 있는 동안 하쓰요가 불륜을 저지른 사건이 계기가 되어, 이듬해 두 사람은 미나카미 온천에서 동반 자살을 기도하지만, 이 자살도 미수로 끝나고, 마침내 하쓰요와 결별한 다자이는 후지산 기슭에서 홀로 지내며 마음의 평온을 되찾는다. 1939년 미치코 부인과의 결혼으로 비교적 안정된 생활을 하게 된 다자이는 1945년 일본이 패전할 때까지 활발한 작가 활동을 하며 소시민으로서의 생활을 즐겼다고 할 수 있다. 다자이가 후지산 기슭에서 홀로 지내던 당시의 생활을 기록한 것이 〈부악 백경〉이다.

패전 이후 투신 자살하기까지의 약 3년간, 다자이는 전쟁에서 패하여 윤리적 기반을 잃은 일본 사회에 가장 어울리는 무뢰파 작가로서, 이른바 '유행 작가'라는 칭호를 얻었다.

〈사양〉과 〈인간 실격〉을 집필하던 만년의 다자이에 관하여는 작품 해설과 더불어 다시 자세히 언급하기로 하겠지만, 결국 근대라는 시대가 종언을 고하고 근대적 자아의 환상이 해체된 시기에, 자의식의 과잉 속에서 자기 파괴에 의한 기성질서의 파괴 이외에 나아갈 길이 없다고 자각한 문학자의 몸부림, 그것이 바로 다자이의 작가 편력이라고 할 수 있다.

이러한 다자이의 문학을 크게 삼등분 하자면, 자살 미수와 마약 중독에 빠져서 암담한 생활을 하던 제1기, 전쟁 중이기는 하지만 결혼 생활을 통하여 비교적 안정된 생활을 하였던 제2기, 그리고 패전 후의 황폐된 사회 속에서 파멸로 치닫던 제3기로 나눌 수 있다.

〈사양〉과 〈인간 실격〉은 바로 제3기에 속하는 작품으로, 데카당 문학의 진면목을 보여주고 있으며, 다자이 문학의 결정이라고 할 수 있을 만큼 '퇴폐의 미'나 '파멸의 미'를 기조음으로 삼고 있다.

〈사양〉은 1947년 7월부터 4회에 걸쳐서 〈신조〉에 발표되어, 발표 당시 이미 상당한 호평을 얻었다. 같은 해 12월에 신조사에서 단행본으로 출간되자 곧바로 베스트셀러가 되었고, 항간에는 '사양족'이라는 유행어가 생겨나기도 하였다.

패전 직후 일본의 혁명적 분위기를 배경으로 한 〈사양〉은, 이즈의 산장에서 생활하는 귀족 출신의 모녀 이야기로 시작되어, 후반에는 처자가 있는 작가 우에하라와, 그의 아이를 자진하여 낳겠다는 이혼녀 가즈코와의 특이한 사랑 이야기로 전개된다. 즉, '최후의 귀족'인 어머니와 '나'(가즈코), 남동생 나오지와 그의 문학적 스승인 소설가 우에하라, 이상 여자 두 명과 남자 두 명이 주요 인물이라고 하겠다. 어머니는 결핵으로 죽고, 동생 나오지는 자살하고, 우에하라는 자포자기와도 같은 향락주의에 빠져 지내는 가운데, 가즈코만이 종래의 관습적 도덕에 대항하여 스스로 새로운 '도덕 혁명'을 일으키려 한다는 내용이다.

평자에 따라서는, 이 작품을 작품의 명성과는 별도로, 그다지 높게 평가하지 않는 견해도 있다. 그러한 견해는 특히 작품의 전반과 후반이 판이하게 다른 인상을 준다는 점과, 전반적으로 등장인물에 관한 묘사가 부자연스럽다는 점을 지적하고 있다.

작품의 전반과 후반이 판이하게 다르다는 이야기는, 전반의 지나친 감상주의적인 분위기에 비하여, 후반에 이르러 "전투 개시"를 외치는 가즈코의 모습이 불균형하게 느껴진다는 뜻이다. 이러한 지적은 물론 당연하다고 하겠지만, 작품의 완성도는 결코 그 작품의 매력과 비례하는 것이 아니며, 또한 그 작품의 문학적 가치와도 반드시 부합되는 것은 아니다. 중요한 것은 작가가 그 작품을 통하여 독자들에게 전달하려는 메시지가 무엇이고, 그 작품의 진정한 매력은 무엇인가를 발견하는 일이다.

〈사양〉은 당시의 애인인 오타 시즈코에게서 빌린 이른바 〈사양 일기〉를 바탕으로 하여 쓰인 작품이다. 오타 시즈코는 시가 현의 의사 딸로서, 고향의 고등학교를 졸업한 후 도쿄 짓센 여전 가정과를 중퇴하였다. 1938년에 부친상을 당한 직후 결혼하여 아이를 낳았으나, 부부 사이에 불화가 잦았기에, 아이가 죽자 이혼하고는, 1940년 도쿄에서 모친과 함께 생활하였다. 시즈코는 죽은 아이에 대하여 사죄하는 기분으로 마음의 고백을 일기식으로 기록하였다.

이것이 바로 〈사양 일기〉이다.

소녀 시절부터 문학을 좋아하였던 그녀가 다자이의 작품에 매료되어 다자이에게 편지를 띄운 것이, 두 사람이 사귀게된 계기였다.

두 사람만의 시간을 갖게 된 것은 1943년 가나가와 현 소가무라에 피난하여 있는 그녀를 다자이가 방문하였을 때였으나, 육체적인 관계가 생긴 것은 1947년 2월, 두 사람이 함께 시모소가에서 일주일간을 지냈던 때였으리라고 추측된다. 그때 다자이는 시즈코의 일기를 빌렸고, 3월 초에는 이미 〈사양〉의 1, 2장이 완성된 단계였다. 3월 중순, 다시 시즈코를 만났을 때 다자이는 그녀로부터 임신하였다는 사실을 들었고, 또한 태어날 아이 문제로 그녀가 크게 고민하고 있다는 사실도 알았다. 이때 이미 〈사양〉은 절반 가량 진척되어 있었다.

시즈코로부터 일기를 빌려서 〈사양〉을 집필하기 시작하였을 당시, 다자이는 시즈코를 모델로 하여 여주인공 가즈코를 설정하였고, 작품의 끝부분에서는 그녀가 죽는 것으로 구상하였다. 그러나 시즈코의 임신으로 인하여 상황은 급변한 것이다. 즉, 아이가 생겼다면 여주인공을 애인과 함께 죽게끔 할수가 없기에, 아이를 위하여 그녀가 어떻게 해서라도 꿋꿋이 살아갈 수 있는 새로운 힘과 방법을 제시하여야만 하였다. 그것이 가장 뚜렷이 나타난 곳은 6장의 첫부분이다. "전투 개시. 언제까지고 슬픔에 잠겨 있을 수만은 없다. 나에게는 반드시 쟁취하여야 할 것이 있다."

그러나 시즈코의 임신은 오히려 두 사람의 관계를 멀어지게 만들어, 다자이는 시즈코와의 만남을 기피하기에 이르렀다. 그 무렵, 다자이는 새로이 야마자키 도미에와 사귀고 있었다. 당시 서른 살의 도미에는 전쟁 미망인으로 미타카 미용원에서 미용사로 일하고 있었는데, 그녀의 헌신적인 사랑이 다자이의 마음을 사로잡아, 순식간에 두 사람 사이는 부부나 다름없는 관계로 발전하였다. 따라서 〈사양〉은 오타 시즈코와 야마자키 도미에라는 두 여성의 사이에서 쓰인 작품이며, 그녀들과의 교제가 직간접적으로 영향을 준 작품이라고 할 수 있다.

또한, 〈사양〉의 소재로서 오타 시즈코의 〈사양 일기〉 외에도, 체호프의 〈벚꽃 동산〉을 들 수 있다. 다자이는 잡지 〈신조〉에 연재 소설을 싣기로 수락하였을 때, "걸작을 쓰겠습니다. 대걸작을 쓰겠습니다. 소설의 구상도 대부분 되어 있습니다. 일본의 〈벚꽃 동산〉을 쓸 작정입니다. 몰락 계급의 비극입니다. 제목도 정해 놓았습니다. '사양'. 기우는 해. '사양'입니다. 어떻습니까, 좋은 제목이지요?"라고 담당자에게 설명하였다.

〈벚꽃 동산〉은, 급변하는 현실을 이해하지 못한 채 화려했던 과거의 꿈에 잠겨서 조상 대대로 물려받아 오던 영지를 농민 출신의 신흥 부르주아에게 넘겨주어야 했던 귀부인을 통하여 신구 세력을 대조적으로 묘사함과 동시에, 과거의 생활을 미련 없이 버리고 새로운 생활로 뛰어드는 부인의 딸을 통하여 새로운 희망을 모색한 희곡이다. 다자이가 〈벚꽃 동산〉을 읽고 크게 감동한 것은 1945년 무렵이며, 그 이후 오타 시즈코의 〈사양일기〉를 접하게 되자 본격적으로 〈사양〉을 구상하게 되었다.

〈사양〉은 가즈코라는 한 여성의 입을 빌려서 고백 수기의 형식으로 쓴 작품이다. 다자이가 여성을 화자로 등장시킨 작품으로는 〈사양〉 이전에도 이미 〈여학생〉 〈피부와 마음〉 〈귀뚜라미〉 〈12월 8일〉 〈기다림〉 등과 같은 작품들이 다수 있었다. 이러한 작품들은 물론 다자이가 여성의 심리를 잘 이해하고 있었기에 가능하였던 것으로, 다자이는 여성 심리에 부담 없이 접근할 수 있는 소질을 지닌 작가였다고 할 수 있다. 특히 타인의 일기를 소재로 삼은 〈여학생〉과 〈피부와 마음〉은 〈사양〉을 완성시키는 밑받침이 되었다고 하겠다.

그러나 〈사양〉의 묘미는 주요 인물, 즉 어머니·가즈코·나오지·우에하라 등 네 명이 모두 작가인 다자이의 분신이라는 점에 있다.

순수한 삶을 고수하며 죽어가는 '최후의 귀족'인 어머니, 그와는 반대로 사랑과 혁명을 외치며 새로운 삶을 추구하는 가즈코, 좌절 속에서 신음하다가 자살한 나오지, 현실에 몸을 맡긴 채 데카당 생활을 계속하는 우에하라. 여기에는 다자이의 꿈과 희망과 좌절과 현실이 그대로 의인화된 형태로 나타나 있다. 그렇기에 부자연스러운 인물 묘사에도 불구하고 〈사양〉이 수많은 독자들의 공감을 얻고 있는 것이다. 또한 〈사양〉은 이러한 복합적인 배경과 요소를 염두에 두고 읽을 때 비로소 그 진정한 매력을 느낄 수 있는 작품이라고 하겠다.

*

3

갖가지 사정이 뒤얽힌 가운데 완성된 〈사양〉에 비하여, 자신의 경력을 그대로 작품화한 〈인간 실격〉은 비교적 수월하게 완성을 보았다고 할 수 있다. 다자이가 〈인간 실격〉을 구상하기 시작한 것은 10년 전인 1936년 무렵이다. 그러나 "마흔이 되기까지는 대걸작을 하나 남기고 싶다."고 말했던 그의 야심과는 달리 소박한 작품에 머물렀다는 인상은 지울 수가 없다. 왜냐하면 이미 언급한 바와 같이 〈사양〉을 집필하던 시기에 다자이는 이미 심신 양면으로 최악의 상태에 빠져 들어 있었고 그 상태에서 벗어나지 못한 채로 〈인간 실격〉을 써야만 했기 때문이다.

다자이가 〈인간 실격〉을 쓰기 위하여 아타미의 '기운각' 여관으로 향한 것은 1948년 3월 7일이었다. 그 곳에서 다자이는 야마자키 도미에 이외에 몇몇 관계자를 제외하고는 외부와의 접촉을 완전히 끊은 채 집필에 전념하였다. 그리하여 약 20일 간의 체재 기간 중에 '두 번째 수기'까지 탈고한 후, 귀경하여 《여시아문(如是我聞)》과 《이부세 마스지 선집》, 그리고 '후기'의 구술 필기를 끝내고는, 도미에의 집에서 '세 번째 수기' 집필에 착수하였다.

당시의 다자이는 폐 질환이 악화되어 건강이 몹시 나빴지만, 여러 가지 다급한 사정 때문에 원고료를 받기 위하여 서둘러 작품을 써야만 하였다. 다급한 사정이란, 가정을 보살펴야 하는 것 이외에도, 아들의 성장 문제, 과다한 술값, 오타 시즈코와의 사이에 태어난 딸의 양육비 등을 말한다. 더구나 〈인간 실격〉을 쓰기 위하여 아타미로 떠나기 전인 2월 말, 무사시노 세무서로부터 전년도 소득액 21만 엔에 대하여 11만 7,000엔의 과세 고지서가 날아들어와 다자이를 당황하게 만들었다.

미치코 부인의 증언에 따르면, 다자이는 그 고지서를 앞에 놓고 울었다고 한다. 결국 심신이 모두 극도로 쇠약해 있던 다자이는 돈을 벌기 위하여 서둘러 작품을 써야만 하였다.

도미에의 집에서 〈인간 실격〉 연재 제2회분으로 '세 번째 수기'의 전반을 끝낸 다자이는, '지쿠마쇼보'의 요시다 사장 주선으로 4월 29일부터 도미에와 함께 오미야 시에 머물며 연재 제3회분인 '세 번째 수기' 후반을 쓰기 시작하여 5월 9일에 끝냈고, '후기'를 추가로 작성하여 〈인간 실격〉을 완성시킨 것은 5월 11일이었다. 오미야 시에서는 두문불출하면서 〈인간 실격〉의 완성에 전념하는 한편, 충분한 영양을 섭취하고 규칙적인 생활을 한 덕분으로 상당히 건강을 회복하였던 것으로 전해지고 있다.

〈인간 실격〉의 제1회분은 〈전망〉 1948년 6월호에, 다자이가 자살한 다음 달에 제2회분이 7월호에, 제3회분은 8월호에 각각 발표되었다. 제1회분에는 '두 번째 수기'까지 제2회분에는 '세 번째수기(1)'까지, 제3회분에 나머지가 전부 게재되었다. 따라서 〈인간 실격〉은 '머리말' '첫 번째 수기' '두 번째 수기' '세 번째 수기(1) (2)' '후기'의 순서로 이루어져 있다.

〈인간 실격〉은 '머리말'에서 '나'라는 사람이 오바 요조라는 사내의 사진 석 장에 관한 설명을 하는 것으로 시작하여, 그 사내가 남긴 수기 세 편을 소개한 다음, '후기'에서 다시 '나'라는 사람이 그 수기의 출처를 밝히는 형식을 취하고 있다.

특히 '머리말'에 소개되는 석 장의 사진에 관한 설명은 각각, 이후로 소개되는 세 편의 수기에 대하여 일종의 '전제'의 의미를 지닌다. 석 장의 사진이란, 수많은 여자들에게 둘러싸여 찍은 열 살 전후의 사진과, 스무 살 전후의 사진, 그리고 나이가 확실하지는 않은 사진을 말한다. 이 사진들에 대한 '나'의 느낌을 요약해 보면 다음과 같다.

— 첫 번째 사진: ①밉살스럽게 웃는 얼굴 ②원숭이가 웃는 얼굴 ③어딘지 모르게 불결하며 남들을 역겹게 만드는 표정

— 두 번째 사진: ①상당한 미모의 학생이면서도 살아 있는 인간이라는 느낌이 없음 ②인간의 웃음과는 어딘지 모르게 다른 듯한 웃음 ③하나부터 열까지 가짜라는 느낌

— 세 번째 사진: ①전혀 나이를 알 수 없음 ②앉은 채로 죽은 듯한 불길한 냄새 ③표정도 없고 특징도 없는 인상 ④소름이 끼치고 불쾌한 느낌

독자들은 이러한 석 장의 사진에 관한 인상을 염두에 두고 본격적으로 수기에 접하게 된다. 수기의 작자인 오바 요조와 독자들과의 사이에, 그 수기를 소개하는 '나'를 개입시킨 의도

는, 작품에 이중적인 구조를 도입함으로써, 작자 자신이 별로 부담을 느끼지 않는 상태에서 보다 적나라한 고백을 할 수 있다는 이점을 노린 것으로 여겨진다. 그렇기에 오바 요조와 작자와의 관계는 같은 인간인 듯하면서도, 기묘한 장막에 의하여 분리되어 있기도 하다.

고향의 집과 초등학교에서 있었던 에피소드를 위주로 엮은 '첫 번째 수기'는 "너무도 부끄러운 인생을 살아왔습니다."라는 다자이 특유의 충격적인 문장으로 시작된다. 이 문장은 단순히 '첫 번째 수기'의 도입부가 아니라, 작품 전체의 도입부라고 할 수 있다. 이어서 자신이 저지른 갖가지 실패담을 통하여 자신이 본질적으로 이상적인 생활과 어울리지 않는 인간임을 설명하고 있다. 그러면서도 남들과 어울리기 위하여 필사적으로 익살을 떨면서, "나는 무(無)다, 바람이다, 하늘이다."라고 생각하게 된다.

요조가 아버지에 대하여 품고 있는 경외심은 유별나다고 할 수 있다. 수기에는, 볼일이 있어서 도쿄로 가기 전날 아버지가 아이들에게 무슨 선물이 좋으냐고 물어보는 장면이 나온다.

"싫은 것을 마다하지 못하고, 또한 좋아하는 것도 머뭇머뭇 훔치듯이, 전혀 즐기지 못하며, 더구나 극도의 공포감에 전율하는" 성격의 요조는 아버지의 기분에 영합하는 대답을 하지 못하여, 결국에는 "무슨 실수인가! 나는 아버님의 노여움을 샀다. 아버님의 복수는 분명히 엄청날 것이다." 하는 생각에 잠도 이루지 못하고 부들부들 떤다. 이토록 아버지에 대한 두려움이 크게 작용하는 것은 그러한 두려움을 완화시켜 줄 어머니의 사랑이 없었기 때문이다. 수기 중에는 단 한 차례, 어머니를 따라서 기차를 타고 상경할 때 타구에 오줌을 누었다는 실패담이 소개되어 있을 뿐, 요조의 어린 시절에는 어머니의 그림자가 존재하지 않는다. '세 번째 수기'에서 아버님이 돌아가셨다는 소식을 접한 요조가,

아버님이 돌아가셨다는 사실을 알게되자, 저는 드디어 쓸개 빠진 인간처럼 되었습니다. '이제 아버님이 계시지 않는다. 내 가슴에서 한시도 떠나지 않았던, 그립고 무서운 그 존재가 이미 사라졌다.' 제 고뇌의 항아리가 텅 빈 듯한 느낌이 들었습니다. 제 고뇌의 항아리가 너무나 무거웠던 것도, 그 아버님 탓이 아니었을까 하는 생각마저 들었습니다. 의욕이 완전히 사라져 버렸습니다. 고뇌할 능력조차 잃어 버렸습니다.

하고 고백하는 부분이 있다. 이 고백에는 아버지의 죽음을 애도하는 심정이 조금도 보이지 않는다. 오히려, 아버지의 죽

음을 접하자 요조는 비로소 그때까지 자신을 억누르고 있던 존재의 정체를 깨닫게 된다. 이것은 어쩌면 작자인 다자이가 스스로 내린, '대인 공포'의 원인에 대한 분석 결과인지도 모른다.

'두 번째 수기'는 '타향'을 무대로 전개된다. "난생처음으로 이른바 타향에 나간 저로서는, 타향이 오히려 제가 태어난 고향보다 훨씬 편안한 장소처럼 여겨졌습니다."라는 고백과 더불어, 그동안 고향의 가족들과 함께 지내면서 자신이 얼마나 거북한 생활을 하여 왔는가를 새삼스럽게 깨닫는다. 그러나 타향의 안락함은 다케카즈라는 "백치에 가까운 학생"에 의하여 무너지고, 요조는 결국 '세상'이라는 것을 직접 몸으로 느껴야만 하는 입장에 놓이게 된다. 그러자 요조는 익살 대신에 술·담배·매춘부·비합법운동 등을 통하여 세상에 대한 두려움을 완화시키려 하지만, 이러한 것들에 안주할 수는 없었기에, 결국에는 긴자의 호스티스와 함께 가마쿠라 앞바다에서 투신 자살을 기도하기에 이른다.

'세 번째 수기'에 이르러 요조는 비로소 "세상이란 개인이 아닐까?" 하는 사상과도 같은 것을 지니게 되고, 과거보다는 다소나마 스스로의 의지로 처세하게 된다. 우연히 잡지사에 근무하는 이혼녀 시즈코와 동거하게 되어 그녀의 소개로 잡지 만화를 그리게 되나, 시즈코 모녀의 행복을 망치는 것이 두려워서 그녀를 떠나, 스탠드바의 마담과 동거 생활을 한다. 그러고는 점차로 "세상이란 곳은 그다지 무서운 곳이 아니다."라는 생각을 품게 된다.

마담과 동거하던 중 사귀게 된, 담배 가게 딸 요시코의 순결함에 이끌려 부부가 되지만, 결혼 후 얼마 안 되어 요시코의 불륜을 목격하고는 좌절감에서 다시 음독 자살을 기도한다. 병원에서 퇴원한 후, 과음과 무절제한 생활 탓으로 폐병이 악화되고, 결국에는 모르핀 중독으로 요번에는 정신 병원에 입원하게 되어, 결국에는 인간 실격자로 여생을 보내게 된다. 그 나이는 불과 스물일곱.

이러한 내용의 세 편의 수기는 일단 작자인 다자이의 경력과 대부분 일치하기 때문에 작자 자신의 적나라한 고백이라고 할 수 있다. 그러나 '머리말'과 '후기'에 얼굴을 내미는 '나'라는 존재에도 주의를 기울이지 않으면 안 된다. '머리말'에서 석 장의 사진을 저주하는 듯한 어조로 독자들에게 소개하는 '나'는, '후기'에서 가족들을 위하여 해산물을 사는 건전한 가장의 모습을 보이고 있다. 이러한 '나'도 역시 작자의 분신이라면, 수기에 등장하는 요조는 이른바 다자이 특유의 연기로 독자들을 속이고 있는 것인지도 모른다.

즉, 지나친 감수성의 소유자인 요조가 건전한 '나'를 매체로 독자들에게 소개되고 있는 작품의 구조, 그 구조 속에 숨겨진 트릭을 생각하며 〈인간 실격〉을 읽을 필요가 있으리라고 생각한다.

*

4

〈인간 실격〉을 완성시키고 도쿄 미타카의 집으로 돌아온 다자이는 6월 하순부터 실릴 예정인 아사히 신문의 연재 소설 〈굿바이〉에 상당한 의욕을 불태우고 있었다. 그러나 도미에와의 관계가 새로이 다자이를 괴롭히기 시작하였다. 당시에 다자이와 접촉하였던 사람들은, 다자이가 도미에와의 관계를 청산하고 싶어 하였다고 증언하였다. 하지만 다자이는 만약 도미에와 헤어질 경우, 그녀가 혼자 자살하지나 않을까 하는 두려움에서 그녀와의 관계를 청산하지 못하였다. 그리고 결국 그녀와 함께 다마 강 수원지에 뛰어들었다.

다자이가 본격적인 작가로서 활약한 것은 1933년부터 1948년까지의 약 15년 간이다. 그 기간은 좌익 운동 탄압과 언론 통제, 중일 전쟁, 제2차 세계대전, 패전, 연합군의 점령 등 격동의 시기였다고 할 수 있다. 즉, 다자이는 문학자로서, 시간적으로는 극히 비정상적이며 특수한 시대에 살았던 것이다. 그러한 경우, 작품도 당연히 특수하고 편협한 성격을 띠게 마련이지만, 다자이의 작품만큼은 시간과 공간을 초월하여 오늘날의 수많은 독자들과도 공감대를 형성하고 있다.

반면에 다자이 문학을 비난하며 배척하는 사람들도 적지 않다. 다자이의 생전에 그 문학을 비판한 대표자로는, 당시에 '소설의 신'이라고 불리며 일본의 문단에 군림하던 시가 나오야를 들 수 있다.

애당초 다자이도 시가의 문학에 대하여 비판적인 입장을 취하고 있기는 하였지만, 1948년 〈문학 행동〉 1월호에 실린 좌담회에서 시가가, "젊은이들은 좋아하겠지만 나는 싫다. 진지하지 못한 자세가 마음에 들지 않는다."고 다자이를 비판하였고, 같은 해 〈문예〉 6월호의 좌담회에서도 역시 시가는 다자이에 관하여 언급하면서, "귀족의 딸이, 시골에서 갓 올라온 식모 같은 말을 쓴다"고 〈사양〉을 예로 들어 혹평하였다.

또한 사후의 다자이에 대한 공격의 선두로는 역시 미시마 유키오를 들 수 있다. 〈가변의고백〉 〈금각사〉 〈풍요의 바다〉 등으로 널리 알려진 미시마는 생활과 예술의 혼동 속에서 신음하던 다자이를 신랄하게 비난하고 비웃었다. 물론 두 사람의 생리적이고 본질적인 차이가 그러한 결과로 나타난 것이지만 일단 다자이 문학의 음과 양을 동시에 파악한다는 의미에서, 미시마의 다자이 평을 소개하겠다.

내가 다자이 문학에 대하여 품고 있는 혐오는 맹렬하다. 첫째로 나는 이 사람의 얼굴이 싫다. 둘째로 촌놈의 하이칼라 취미가 싫다. 셋째로 이 사람이 자신에게 어울리지 않는 역할을 한 것이 싫다. 여자와 동반 자살하는 소설가는, 좀 더 엄숙한 풍모의 사람이어야 한다.

물론 나도, 작가에게 있어서 약점만이 최대의 강점이 된다는 사실 정도는 알고 있다. 그러나 약점을 그대로 강점으로 살리려는 조작은, 나에게는 자기 기만으로 생각된다. 구제할 길이 없는 자신을 믿는다는 것은, 여러 가지 점에서 인간으로서 외람된 짓이다. 하물며 그것을 남들에게 강요하는 짓은 어떠하겠는가!

다자이가 지니고 있는 성격의 결함은, 적어도 그 절반이 냉수마찰이나 기계체조 혹은 규칙적인 생활로 고칠 수 있는 것이다. 생활로 해결하여야 할 문제에 예술을 끌어들이면 안 된다. 약간 역설적인 표현을 빌리자면, 낫기를 원하지 않는 병자는 진정한 병자가 아니다.

나는 문학이건 실생활이건, 가치의 차원이 다르다고는 생각하지 않는다. 문학의 경우, 강력한 문체는 나약한 문체보다 아름답다. 도대체 동물의 세계에서 나약한 사자가 힘센 사자보다 아름답게 보이는 일이 있을까? 강한 것은 약한 것보다 좋고, 강고한 의지는 우유부단보다 좋고, 독립불기(獨立不羈)는 응석보다 좋고, 정복자는 익살꾼보다 좋다. 다자이 문학을 접할 때마다, 그 불구자처럼 연약한 문체를 접할 때마다, 내가 느끼는 것은, 강대한 세속적 덕목에 대하여 즉각 수난의 표정을 지어 보였던 교활함이다.

이 사내에게는, 세속적인 것은 예술가에게 상처를 입히는 정도가 아니라, 예술가 따위를 거들떠보지도 않는다는 사실이 전혀 이해되지 않았다. 스스로 자신의 피부에 상처를 입히고는 남에게 호소하는 사람 같은 데가 있었다. 피해망상은 적의 강대함에 대한 상상력을 확대시키기는커녕 축소시키고 만다. 상상력을 고무하기 위하여는 직시하지 않으면 안 된다. 그의 피해망상은, 눈앞의 바위를 괴물로 보이게끔 만들었다. 그렇기에 그것을 머리로 받으면 사라지리라는 생각에서 머리로 받고는, 오히려 자신의 머리를 부숴 버리는 꼴이 되었다.

돈키호테는 작중인물에 불과하다. 세르반테스는 돈키호테가 아니었다. 어째서 일부의 일본 소설가들은 작중인물이 되려는 기묘한 충동에 휩싸이는 것일까?

다자이의 최후는 비참하였다. 폐의 질환이 악화되어 각혈은 물론, 계단도 제대로 오르내리지 못할 지경에 이른 다자이는, 1948년 6월 13일 밤(혹은14일 새벽), 동거 중이던 야마자키 도미에와 다마 강 수원지에 뛰어들어 자살하였다. 그 시체는 닷새 후인 19일 아침, 썩어 짓무른 채로 발견되었다. 그날이 바로 다자이의 서른아홉 번째 생일이었다.

그야말로 파멸 속에서 자기 구원을 모색하려고 몸부림치다가 스스로 목숨을 끊어야만 했던 다자이의 일생과 문학이 공감자들의 품속에 안주하지 못하고, 미시마와 같은 극렬한 비판자들의 공격을 받아야만 하였던 것도, 역설적으로 말하자면, 역시 다자이 문학의 특질이며 매력이라고 하겠다.

*

5

일본 근현대문학에서 예나 지금이나 변함없이 대중들로부터 폭넓은 인기를 누리는 작가 세 명을 들자면, '나쓰메 소세키' '아쿠타가와 류노스케' 그리고 '다자이 오사무'가 아닐까 생각된다. 이들 문학의 공통점은 일본 근현대문학의 전통적 특질과도 직결되는데, 그것은 바로 '고뇌하는 지식인'을 다루고 있다는 점이다.

종교의 경우가 그렇지만, 유구한 세월이 흘러 산천이 바뀌고 세상이 바뀌어도, 기본적으로 인간이 짊어지고 있는 고뇌의 본질에는 변함이 없듯이, 이 세 작가의 작품에 그려진 고뇌의 형태는 세대를 초월한 공감과 사랑을 받고 있는 듯하다. 특히 구원을 바라면서도 데카당의 수렁으로 빠져들어 파멸해가는 주인공들에게 작가 자신의 모습을 투영시킨 다자이 문학은 그냥 픽션이라기에는 너무도 리얼한 느낌을 준다.

우연한 계기로 처음 이러한 다자이의 작품을 번역한 것은 20년 전의 일로, 요번에 개정판을 내면서 옛 번역판을 읽어보니, 문장이 몹시 거칠다는 느낌을 받았다.

거칠다는 말은, 세부적으로 오역된 부분이 더러 있다는 의미도 되겠지만, 또한 나름대로 파워를 느끼게 하는 번역이기도 하다는, 일종의 자화자찬이라고도 할 수 있겠다.

번역도 일종의 창작이라고 하듯이, 언어의 예술인 문학에서, 당연히 번역자가 누구냐에 따라서 작품의 분위기는 크게 바뀌게 된다. 다자이처럼 자유분방한 문장을 구사하는 작가의 작품은 더욱더 그렇다.

아마도 요번의 《인간 실격》과 《사양》의 개정판은, 자질구레한 오역을 바로잡음과 동시에, 보다 차분하고 깔끔한 번역으로 탈바꿈한 듯한 느낌일 것이다. 그래도 70년 전의 작품인 만큼, 한글 번역문 자체는 다소 예스러운 느낌을 그대로 살리려고 최대한 노력했다.

요번에 작업을 하면서, 여러 의미에서, 번역 작품에 있어서 개정판을 낸다는 것이 얼마나 중요한가를 새삼 깨달았다. 독자 여러분들에게 조금이라도 더 좋은 작품을 제공하는 게 번역자의 의무이기 때문이다. 아무쪼록 다자이문학의 온기가 원작과 다름없이 국내의 독자들에게 잘 전달되기를 기대해 본다.

2016년 5월

허호

● 연보

1909   6월 9일, 아오모리 현 기타쓰가루 군에서 출생. 11남매 중 열
        번째. 본명은 쓰시마 슈지. 아버지는 아오모리 현의 명사이며
        대지주.

1923   아버지가 귀족원 의원 재임 중 도쿄에서 별세. 4월, 아오모리
        현립 아오모리중학교 입학.

1925   이 무렵부터 작가를 지망. 급우들과 동인 잡지 등에 소설, 희
        곡, 수필 등을 발표.

1927   4월, 히로사키고등학교 입학. 이쿠타가와 류노스케의 자살에
        커다란 충격을 받음. 게이샤 출신의 오야마 하쓰요를 알게 됨.

1929   11월, 공산주의의 영향을 받아 〈지주 일대〉를 집필. 12월, 자
        신의 출신 계급을 고민하여 수면제 자살을 기도.

1930   3월, 히로사키고등학교 졸업. 4월, 도쿄제국대학 불문과 입학.
        6월, 이부세 마스지를 처음으로 만나 이후로 평생 동안 사제
        관계를 맺게 됨. 7월, 〈학생군〉. 이 무렵부터 비합법운동에 관
        계. 11월, 긴자 카페의 호스티스인 다나베 아쓰미와 투신 자살
        을 기도, 여자만 사망하여 자살방조죄의 혐의를 받았으나, 기
        소유예가 됨.

1931	2월, 오야마 하쓰요와 동거. 반제국주의 학생 동맹에 가담하여 비합법운동을 본격적으로 시작.
1932	7월, 비합법 운동을 포기하고 아오모리 경찰서에 자수, 1개월간 유치장 생활을 함.
1933	2월, 처음으로 다자이 오사무라는 필명을 사용하여 〈열차〉를 발표. 이 무렵, 단 가즈오를 알게 됨. 4월, 〈추억〉 완결.
1934	4월, 〈잎〉. 7월, 〈원면관자〉. 10월, 〈그는 옛날의 그가 아니다〉. 12월, 〈로마네스크〉.
1935	3월, '미야코 신문사'의 입사 시험에 낙방, 가마쿠라에서 자살 미수. 도쿄대학 중퇴. 4월, 복막염 진통제로 파비날을 사용하기 시작하여 중독이 됨. 8월, 〈역행〉이 제1회 '아쿠타가와상' 후보에 올랐으나 차석. 사토 하루오를 알게 되어, 사제 관계가 됨.
1936	8월, 제3회 '아쿠타가와상'에 낙선된 것을 알고 충격을 받음. 10월, 에코타의 무사시노 병원에 입원하여 파비날 중독을 완치.
1937	1월, 〈20세기의 기수〉. 3월, 오야마 하쓰요와 미나카미 온천에서 음독 자살 미수, 하쓰요와 헤어짐. 4월, 〈HUMAN LOST〉. 10월, 〈등롱〉 〈허구의 방황, 다스·게마이네〉.
1939	1월, 이시하라 미치코와 결혼. 2월 〈부악 백경〉. 5월, 단편집 《사랑과 미에 관하여》. 7월, 단편집 〈여학생〉. 9월, 도쿄 미타카로 이전.
1940	4월, 단편집 〈피부와 마음〉. 5월, 〈달려라 메로스〉. 6월, 단편집 《추억》. 단편집 《여자의 결투》. 11월, 〈여치〉.

1941	1월, 〈도쿄 팔경〉. 7월, 〈신 햄릿〉. 8월, 단편집 《지요》. 9월, 오타 시즈코가 친구와 함께 처음으로 다자이의 집을 방문.
1942	6월. 〈정의와 미소〉. 10월, 〈불꽃〉을 〈문예〉에 실었으나 시국에 맞지 않는다는 이유로 전문 삭제하라는 지시를 받음. 12월, 어머니 별세.
1943	1월, 단편집 《부악 백경》. 9월 〈우대신 사네토모〉.
1944	5월, 〈쓰가루〉 집필을 위하여 쓰가루 지방을 여행. 12월, 〈석별〉을 쓰기 위하여 센다이에 감.
1945	1월, 〈신해석 각국 이야기〉. 4월, 공습으로 처가에 피신. 7월, 처자식을 데리고 쓰가루의 생가로 피신. 9월, 〈석별〉. 10월, 〈오토기조시〉.
1946	3월, 〈고뇌의 연감〉. 6월, 〈겨울의 불꽃〉, 〈판도라의 상자〉. 11월, 피난 생활을 끝내고 미타카의 집으로 돌아옴.
1947	2월, 가나가와의 오타 시즈코를 방문. 일주일간 머묾. 3월, 야마자키 도미에를 알게 됨. 7월, 작품집 《겨울의 불꽃》. 8월, 단편집 《비용의 처》. 11월, 오타 시즈코와의 사이에서 하루코 탄생. 12월, 〈사양〉.
1948	3월에서 5월에 걸쳐 〈인간 실격〉을 집필. 이 무렵, 피로와 불면증이 심해지고 각혈을 함. 6월 13일, 〈굿바이〉의 초고 및 유서를 남겨 두고, 야마자키 도미에와 다마 강 수원지에 투신 자살. 19일, 사체 발견. 7월, 〈인간 실격〉. 단편집 《앵두》. 향년 39세.

웅진지식하우스 일문학선집

인간 실격

초판 1쇄 발행 1994년 12월 4일
재판 1쇄 발행 2002년 12월 6일
삼판 1쇄 발행 2017년 5월 9일
삼판15쇄 발행 2023년 11월 20일

지은이 다자이 오사무 **옮긴이** 허호

발행인 이재진 **단행본사업본부장** 신동해
편집장 김경림 **디자인** [★]규
마케팅 최혜진 이은미 **홍보** 반여진 허지호 정지연 송임선
국제업무 김은정 **제작** 정석훈

브랜드 웅진지식하우스
주소 경기도 파주시 회동길 20
문의전화 031-956-7350 (편집) 02-3670-1123 (마케팅)
홈페이지 www.wjbooks.co.kr
인스타그램 www.instagram.com/woongjin_readers
페이스북 www.facebook.com/woongjinreaders
블로그 blog.naver.com/wj_booking

발행처 ㈜웅진씽크빅 **출판신고** 1980년 3월 29일 제406-2007-000046호

ISBN 978-89-01-20826-8 04830
ISBN 978-89-01-20824-4 04830 (세트)